韓国近代作家たちの日本留学

波田野節子 著

白帝社

序　文

韓国が国を開いて五年後の一八八一年、日本にやってきた紳士遊覧団のうち三名の若者が残留して日本で学んだ。こうして韓国から日本への留学が始まった。留学生たちは時の政権によって大量に派遣されたり、あるいは両国間の緊張を反映して勉学を中断されたりしたが、その流れは絶えることがなかった。やがて、そのなかから韓国の近代文学の始まりを告げる人々があらわれる。

日清戦争のころ留学した安国善《アングクソン》、日清戦争と日露戦争のはざまでおそらくは亡命という形で日本にわたった李人稙《イインジク》と石鎮衡《ソクチニョン》は、のちに「新小説」と呼ばれる作品を書くことになった。この三人を留学第一世代とするなら、日露戦争前後の日本留学ブームのなかで留学して帰国後に雑誌『少年』を出した崔南善《チェナムソン》と、この雑誌に執筆した李光洙《イグァンス》・洪命憙《ホンミョンヒ》は第二世代、そして、併合後に留学して韓国最初の同人雑誌『創造』を発行した金東仁《キムドンイン》は第三世代と言えるだろう。第二世代の李光洙が併合のあと再度留学し、早稲田大学に在籍しながら韓国の新聞に連載したのが、韓国で最初の近代長編とされる『無情』であった。

本書は、韓国近代文学の草創期の作家たちの日本留学に関する研究である。本書の構成と内容について簡単に説明しておく。

「Ⅰ　草創期韓国文学者たちの日本留学」では、開国五年目にはじまった日本留学が政治状況によって変転していく推移を「三つの波」としてまとめ、その流れのなかで文学作品を残すことになった人々について述べる。

「Ⅱ　李光洙の日本留学」では、まず第一章で李光洙が大学時代に体験したことをできるだけ実証的に考察し、つづく第二章で、それらの体験が長編『無情』にどう反映されているかを分析する。第三章は最近発見された資料の紹介である。李光洙が一九一〇年春に明治学院普通学部の留学生たちといっしょに出したガリ版刷りの雑誌『新韓自由鍾』を紹介して解説する。「Ⅲ 洪命憙の留学時代」では、歴史小説『林巨正』一編によって文学史に名を残し、解放後は北朝鮮の副首相になった特異な作家、洪命憙の留学時代を、彼の母校である大成中学校の資料を中心に見ていく。最後の「Ⅳ 金東仁の文学に見る日本との関連様相」では、金東仁の自伝小説「女人」のなかで日本が舞台になっている部分を分析し、彼が日本に対して抱いた思いを推論する。

本書は二〇一一年に韓国のソミョン出版から刊行した『日本留学生作家研究』（崔珠澣訳）の日本語版である。韓国語版があまり厚かったので二冊に分け、本書には留学にかかわるものだけを収めて、そこに新しく発見された資料の紹介を加えた。留学後の作品や行動にかかわる研究は、本書と同時に白帝社から刊行する『韓国近代文学研究―李光洙・洪命憙・金東仁―』に入れてあるので、関心のある方にはそちらもお読みいただければ幸甚である。

最後に、前回の拙著『李光洙・『無情』の研究―韓国啓蒙文学の光と影』（二〇〇八）に引きつづき、今回も辛抱づよく、誠実に仕事をしてくださった白帝社の伊佐順子さんに心よりの感謝を申し上げる。

二〇一三年二月　波田野節子

目次

正誤表

『韓国近代作家たちの日本留学』

目次

Ⅱ　李光洙の日本留学

第三章　『極秘新自由鐘第壱巻第三号』の李光洙関連資料

→　『極秘新韓自由鍾第壱巻第三号』

初出一覧

Ⅱ　李光洙の日本留学

（誤）　第一章『極秘新韓自由鐘第一巻第三号（隆煕四年四月一日発行）』の李光洙関連資料について（韓国語）

『근대서지』第五号　近代書誌学会　二〇一二年

第二章　李光洙の第二次留学時代—『無情』の再読（上）

『朝鮮学報』第二一七輯　二〇一〇年

第三章　体験と創作のあいだ—『無情』の再読（下）

『朝鮮学報』第二一八輯　二〇一一年

（正）

1917年　1・10「少年의悲哀」

78頁　2・20「天才야! 天才야!」　2・22「二十五年을回顧하야愛妹에게」

6・18「卒業生諸君에게들이는懇告」

82頁　1行目　白順惠→白惠順

83頁　2行目　（註では概況1と〜）→（註では概況一と〜）

3行目　（註では概況2と〜）→（註では概況二と〜）

5行目　（註では概況3と〜）→（註では概況三と〜）

86頁　註(64)　金興斉→金輿濟

87頁　註(79)　崔図善→崔斗善

92頁　4行目　一九一七年一月一日〜六月二十三日→六月十四日

124頁　第三章　『極秘新自由鍾第壱巻第三号』の李光洙関連資料

→『極秘新韓自由鍾第壱巻第三号』

138頁　後ろから3行目　云えど→　云えと、顕はれたれば→　顕はれたればは

最後の行　論じて→　論して、羨慕せざる→　羨慕せさる

139頁　1行目　渡り学ぶも→　渡り学ふも、知れざる→　知れさる

2行目　乗り出でんと→　乗り出てんと

5行目　云ふべき→　云ふへき、忘れ能はざる→　忘れ能はさる

192頁　表　廬山紅　→　盧山紅

193頁　7行目　廬《ノ》山《サン》紅《ホン》→　盧《ノ》山《サン》紅《ホン》

228頁　註(17)5行目　（平凡社二〇二）→（平凡社二〇一一）

第二章　体験と創作のあいだ―『無情』の再読（下）
　『朝鮮学報』第二一八輯　二〇一一年
第三章　『極秘新韓自由鍾第一巻第三号（隆熙四年四月一日発行）』の李光洙
　　関連資料について
　『근대서지』第五号　近代書誌学会　二〇一二年

20 頁　4 行目　明治学院普通部→　明治学院普通学部
26 頁　註(14)柴四郎→　柴四朗
29 頁　註(52)山川菊枝→　山川菊栄
39 頁　後ろから 3 行目　朱耀版→　朱耀翰
　　　後ろから 2 行目　玄相允《ヒョサンユン》→　玄相允《ヒョンサンユン》
47 頁　後ろから 2 行 7 8 目　「文学이란何인가」→　「文学이란何오」
66 頁　註(46)申丹齊→　申丹齋
75 頁　李光洙の第二次留学時代年表
　　1916 年　1・10　詩「어린벗에게」
77 頁　　　11・6「為先獸가되고然에後에人이되라」

【初出一覧】

Ⅰ　草創期韓国文学者たちの日本留学―韓末の三つの波―
　『朝鮮半島のことばと社会　油谷幸利先生還暦記念論文集』明石書店　二〇〇九年

Ⅱ　李光洙の日本留学
第一章『極秘新韓自由鐘第一巻第三号（隆熙四年四月一日発行）』の李光洙関連資料について（韓国語）
　『근대서지』第五号　近代書誌学会　二〇一二年
第二章　李光洙の第二次留学時代―『無情』の再読（上）
　『朝鮮学報』第二一七輯　二〇一〇年
第三章　体験と創作のあいだ―『無情』の再読（下）
　『朝鮮学報』第二一八輯　二〇一一年

Ⅲ　洪命憙の日本留学
第一章　洪命憙が東京で通った二つの学校　―東洋商学校と大成中学校―
　『科研成果報告論文集』二〇〇二年一月
第二章　東京留学時代の洪命憙
　『県立新潟女子短期大学研究紀要』第四一号　二〇〇四年

Ⅳ　金東仁の文学に見る日本との関連様相―「女人」について―
　『科研成果報告論文集』一九九八年一月

I

草創期韓国文学者たちの日本留学

——韓末の三つの波——

一　はじめに

本章では、近代朝鮮文学者の中で一九一〇年の日韓併合以前、すなわち大韓帝国末期に日本留学し、そののち文学作品を著した人たちの留学時代について考察する。彼らは文学者になろうとして留学したわけではない。日本に来て初めて近代文学と出会い、啓蒙手段としての価値に着目し、あるいは詩や小説に心酔して、ついには自分でも創作を始めたのである。「文明」を学んで自国を「開化」させる、これが韓末に日本に留学した人びとの脳裏にあったことだった。そうした人たちのごく一部が留学先で文学と出会って、結果的に文学者になったのである。本章では、彼らがどのような経路で留学し、日本でどのような体験をしたかを考察する。

一八七六年の開国から一九一〇年の日韓併合まで三十五年間の日本留学の流れを見ると、三つの大きな波がある。第一の波は、一八八一年の紳士遊覧団に始まる留学生派遣が甲申政変で途切れるまで、第二の波は、甲午改革のさなかに行なわれた留学生大量派遣が露館播遷のあと先細りになる時期、そして第三の波は、保護条約の前年に派遣された五十名の皇室留学生と、このころ激増した私費留学生たちが日本で学んだ併合前の時期である。本章ではこの三つの波を中心にして考察する。(1)

二　甲申政変前後

日本留学を推進したのは最初から開化派の人びとだった。日本留学の嚆矢は、開国五年目の一八八一年に紳士遊覧団の随行員として来日した兪吉濬《ユキルジュン》、柳定秀《ユジョンス》、尹致昊《ユンチホ》の三人が残留して慶應義塾と同人社で学んだことをさすのが一般的である。(2)だが、すでにその前年、開化派と福沢諭吉との間には連絡がついていた。金玉均《キムオッキュン》を中心とする開化派は近代化に成功しつつある日本に注目して、一八七九年に李東仁《イドンイン》という僧を日本に送り出した。(3)釜山の東本願寺の世話で密航した李東仁は京都と東京の東本願寺に滞在してから、一八八〇年に福沢を訪問して彼と開化派とを結びつけた。兪吉濬らの留学はこの延長線上で行なわれたのである。このあと福沢の慶應義塾は、開化派が送りだす留学生たちの受け入れ先を務めることになる。

開化派は、朝鮮の近代化をになう人材を養成するために百名に近い官費留学生を日本に派遣した。(4)ところがその多くが一八八四年の甲申政変に加担して殺されるか行方不明になって派遣は中断する。(5)金玉均や朴泳孝《パクヨンヒョ》などの主要な開化派人士は日本に亡命し、そのあと守旧派政権は留学生を敵対視して、日本留学生はときに生命の危険にもさらされることになった。たとえば一八八二年に来日して日本で洗礼を受け、朝鮮ではじめて福音書を朝鮮語に訳したことで知られる李樹廷《イスジョン》は、本国政府の方針に逆らっていなかったにもかかわらず、一八八六年の帰国後に処刑されたと見なされている。(6)日本と朝鮮との冷却した関係は日清戦争が始まるまで続いた。この時期の留学生のなかには、のちに文学作品を著した人は見あたらない。

三　甲午改革以後

日清戦争が始まると、日本の後ろ楯で開化派政権が成立し、甲午改革を断行する。この政権によって多くの留学生が日本に送り出されたが、政権の崩壊とともに学費支給は先細りになり、派遣は中断と再開をくりかえした。本節では、この時期に留学し、のちに文学作品を著した安国善《アングクソン》、李人稙《イインジク》、石鎮衡《ソクチニョン》の三人を取り上げる。

1　一八九五年の留学生たち

一八九四年夏、朝鮮に出兵した日本は、すぐに朝鮮政府を掌握して、開化派政権を誕生させた。甲午改革のさなかに留学生の派遣が決まり、翌一八九五年四月には選抜試験に合格した一一三名の官費留学生が日本に出発する。[7] 派遣の推進役は亡命先の日本からもどったばかりの朴泳孝《パクヨンヒョ》で、留学生には開化派の子弟が多く含まれていた。[8] 派遣はこのあとも続き、総数は二百名を越える。[9] 朝鮮政府と慶應義塾のあいだに結ばれた委託契約にもとづいて、彼らは日本語や基礎知識を一年間学んでから、同校の上の段階に進むか、あるいは他の学校に進学することになっていた。

留学生の第一陣を東京で出迎えた先輩たちのなかに、二年前に留学して東京専門学校で学んでいる洪奭鉉《ホンソッキョン》がいた。[10] それから三十三年後、彼は早稲田大学の校友誌に寄せた文章のなかで、当時は生活費の高騰に苦しめられ、早稲田の恩師たちから経済援助を受けてやっと卒業できたと回想している。[11] しかし彼の困窮の理由は生活費の高騰だけではなく、後述するような官費支給の遅滞もあったのではないかと推測される。洪奭鉉をはじめとして、この時期に日本に来た留学生たちは本国の政治情勢に翻弄されて、たいへんな苦労をすることになったのである。

四月に仁川で朴泳孝の見送りを受けて朝鮮を発った留学生たちが東京の生活にも慣れはじめた七月、当の朴泳孝が政府から叛逆の疑いをかけられて日本に再亡命してきた。留学生の一人であった十八歳の兪致衡《ユチヒョン》は、国を出るときから日記をつけていた。のちに息子の兪鎮午《ユジノ》（植民地時代の作家。法学者。解放後は政治家となり高麗大学総長もつとめた）が現代語訳したその日記によると、[12] このとき留学生たちは大いに動揺し、本国政府に誤解を受けることを心配して集会を開いて対策を講じている。[13] つづいて十月には閔王后殺害事件が起きて、留学生たちに激しい衝撃を与えた。[14]

その翌年の二月、高宗が日本の監視を逃れてロシア公館に入った事件、いわゆる「露館播遷」がおきると、開化派によって送り出された彼ら留学生たちの立場は微妙なものになる。高宗は王后の殺害にかかわった開化派の逮捕と処刑を命じたので、多くの開化派が日本に亡命し、開化派と関係の深い留学生の中には身の危険を感じてアメリカに亡命する者もいた。[15] 本国政府は、日本にいる留学生たちが亡命者と共謀して体制の転覆をはかることを恐れて彼らを召還しようとし、学費送付には冷淡だった。給付は途切れがちになって、とうとう一八九七年末に打ち切られてしまう。[16] 先に述べた東京専門学校の洪奭鉉の生活費困窮は、こうした状況のせいもあったと思われるのである。幸いなことに洪奭鉉は恩師たちの援助によってこの困難な時期を乗りきり、一八九七年七月十五日、無事に「早稲田で最初の正規の卒業生[17]」となることができた。だが後述するように、彼は卒業後すぐに帰国してはいない。

2　安国善

朴泳孝が亡命してきた翌月である八月の二十四日、兪致衡は日記に「今日、学徒安明善《アンミョンソン》が塾に入る」と書きつけている。[18]「安明善」とは、のちに新小説『禽獣会議録』を著した安国善《アングクソン》（一八八〇〜一九二六）が一九〇七年ころまで用いていた名前である。[19] この名前は四月に仁川を出発した一一三名の留学生名簿には見あたらず、[20] 受け入れ先の慶應義塾が作成した学籍簿「慶應義塾入社帳」には入っている。[21] そのわけは、彼が留学生とは別ルートで日本に渡ってきて、現地で官費留学生になったからである。時期は不明だが、安国善はほかの青年三名とともに日蓮宗の僧、佐野前励の帰国に同行して来日し、静岡県で勉学しようとしたがうまく行かずに、官費留学生たちに合流することを願いでて受理されたのである。[22] 学部大臣から要請を受けた外部大臣が駐日公使に指示を出して合流が実現しているところから見て、この件には政府の要職にいた叔父安《アン》駉寿《ギョンス》（一八五三〜一九〇〇）の口添えがあったものと推測される。[23]

十五歳の安国善がどのような経緯で僧といっしょに日本に渡ったのかは不明である。安国善は安城郡出身で本貫は竹山。先祖に高い官職についた者がいない家柄であったが、彼の叔父の安駉寿は時代の波に乗って例外的に高い地位にのぼった。安駉寿は早い時期から日韓を往来して言葉を習得し、一八八七年に駐日公使閔泳《ミンヨン》駿《ジュン》の通訳官になり、その後、火薬や造幣の仕事に従事して頭角をあらわした。甲午改革に高官として参画しながら、三国干渉のあとは閔后派に乗り換えて軍部大臣となり、一八九六年に独立協会の初代会長となったが、一八九八年に皇帝を譲位させる陰謀が発覚して日本に亡命した。一九〇〇年に林権助駐韓公使の仲介で、公正な裁判を受けるという条件で帰国自首したところ、約束に反して処刑されてしまった。[24]

牙山で、日清戦争の前哨戦の砲声を聞きながら日本に渡る志を固めたという安国善は、[25] おそらく一族の出世頭である叔父のように日本で学んで身を立てようと考えたのだろう。来日したあとで留学生派遣のことを知ったのか、それとも両班子弟が殺到した留学生選抜試験では合格が難しいと見て、[26] 叔父のはからいで官費生と現地合流する方法を取ったのかはさだかでないが、ともかくも彼は官費留学生として慶應義塾で学び、その一年後には東京専門学校邦語政治科に進んで政治学を学ぶ。[27] 官費支給の遅滞と中断、叔父安駉寿の亡命などの波乱はあったが、十五歳から十九歳までの多感な時期を安国善は慶應義塾と早稲田で学び、その四年間で得た知識は彼の人生における基盤となったのである。

一八九九年七月に東京専門学校を卒業した彼は、朝鮮に帰国したあと、十一月に友人の巻き添えになって逮捕される。[28] 慶應義塾でともに学んだ呉聖模《オソンモ》という友人が、朴泳孝の政治資金調達に関わっていたためと見られている。この時期の韓国政府は、留学生が亡命者と手を組んで陰謀をたくらむことを極度に警戒して、日本を往来する者に目を光らせていた。たとえば朴栄喆《パクヨンチョル》という、一九〇〇年に二十一歳で日本に密航して陸軍士官学校に入り、のちに知事を歴任して実業界でも活躍した人物がいるが、彼は、自分が日本に渡ったころは、「日本に往復するものは多くは獄屋に投げ込まれ、悲惨なる圧迫を加へられ」たと回想している。彼は全州で日本語を学び、日本で学ぶ志を立てて陸軍士官学校の学生になったが、生命の危険があるために長期休暇にも帰省できなかったという。[29] また先述した「早稲田で最初の正規の卒業生」洪奭鉉も卒業後は帰国せずに日本にとどまっていたことが、朴栄喆の自伝から知られる。[30]

こうした状況から見て、安国善の帰国には少々無謀なところがあったようだ。逮捕の二ヶ月後に叔父の安駉寿が帰国したのは、あるいは甥の救出のためだったのかもしれない。その叔父は拷問を受けて処刑され、安国善は未決のまま四年間も鍾路監獄に閉じ込められることになった。獄中で彼は多くの人士と知り合い、その後も長く彼らとの交流をつづけることになる。鍾路監獄には当時、李承晩、李商在、梁起鐸、朴容万、金貞植など多くの人びとが政治犯として囚われており、監獄を定期訪問していた宣教師バンカー牧師（D.A.Bunker）の布教を受けて、全員がキリスト教を信奉するようになった。安国善もこの時期にキリスト教徒になったと見られている。[31]

日露戦争が始まると、裁判長は日本の干渉を恐れて未決の裁判を急ぎ、一九〇四年三月に友人呉聖模は死刑に処され、安国善は百叩きと終身刑の宣告を受けて全羅道珍島金甲島に流された。[32] 二十代の七年を牢獄と離島で過ごした安国善が、ようやく釈放されたのは、一九〇七年三月だった。これには早稲田の人脈が役に立ったらしい。この年の『早稲田学報』七月号の校友動静欄に、「安明善氏（三二政＝明治三十二年邦語政治科卒のこと）はかつて国事に奔走して罪に座し、久しく配所に呻吟せられたるが、今回韓国政府顧問にして校友たる野沢武之助氏の斡旋により特赦の恩命に接せられたる」という記事が見える。野沢という人物は、早稲田で一年先輩の哲学科卒業生である。[33] 当時行なわれていた顧問政治を担当する官吏として赴任してきた先輩が、後輩を助けたのであろう。ただし安国善は釈放の前年にすでにソウルで社会活動を始めており、研究者は「安明善」から「安国善」への改名は、彼が正式の釈放前に活動を始めたことと関わっていたと推測している。[34] 司法権が日本の手に移ろうとしている混乱期のことだった。[35]『早稲田学報』には一九〇七年十一月号まで「安明善」として記載されており、次に名前が見える一九〇八年九月号では「安国善」に変わっている。[36]

ソウルにもどった安国善は、教壇や演壇に立って愛国啓蒙運動に従事し、『比律賓戦史』などの翻訳書と著書『演説法方』を刊行した。このころ統監府の財政官吏になっている。[37] 彼が翌一九〇八年に刊行した『禽獣会議』（皇城書籍組合刊）には、キリスト教の影響や、前年刊行した『演説法方』とのかかわりが指摘されている。この本は、一九〇九年の出版法で押収された最初の本の一冊となった。

併合の翌年から二年間清道郡守をつとめ、この時期に叔父安駉寿の養子になっている。郡守をやめたあとは投機性のある事業に手を出して失敗し、故郷にもどったりしたが、その間の一九一五年に、日韓併合五周年記念として景福宮で開催された朝鮮物産共進会に寄せて、短編集『共進会』を刊行した。安国善が書いた小説は『禽獣会議』とこの短編集だけで、ほかはすべて政治や経済、外交に関するものばかりである。事業に特に成功しないまま、彼は一九二六年に四十代後半で死亡した。

3　李人稙

李人稙《イインジク》（一八六二～一九一六）は、京畿道陰竹郡巨門里（現在の利川郡）で生まれた。本貫は韓山で、安国善と同じように家門は貧賤だった。科挙も受けておらず、もちろん官職にもついていない。自筆「大韓帝国官員履歴書」および一九一六年の『毎日申報』逝去記事によれば、一九〇〇年二月に数え年三十九歳で官費留学生として来日し、九月に東京政治学校に入学、三年後に卒業したことになっている。しかし、研究者たちによって指摘されているように、彼のような低い家門と経歴をもって官費留学生に選ばれることは難しく、そのうえ三十八歳という高齢の官費留学はほかに例がないなど、不審な点が多い。[38] そもそも朝鮮から来て基礎教育も受けないまま東京政治学校の講義を聴講しているのは、語学や知識の点から見て無理がある。[39] 入学以前にそれなりの語学能力を獲得していたと見るのが妥当であろう。

日韓併合の前に統監府外事局長を務めて併合の実務を担当した小松緑は、併合から十年後に刊行した回想録『朝鮮併合の裏面』で、併合直前に自分と李完用との間に立って働いた「李人稙」[40] のことを回想しているが、それによると、李人稙は併合の十五年前に趙重応《チョジュンウン》とともに日本に亡命し、趙重応とは「無二の親友」で、東京政治学校の小松の講義をいっしょに聴講したという。[41] 併合の十五年前というと、(旧計算法で) 露館播遷の起きた一八九六年である。つまり李人稙は三十四歳のときに開化派人士といっしょに亡命してきたことになる。

小松緑の回想と自筆履歴書の二つが存在したために、李人稙の履歴に関しては研究上の混乱が生じていた。[42] だが李人稙が官費生になったときすでに東京にいたことは、当時の公文書と新聞記事から明らかである。一九〇〇年陰暦二月十三日（陽暦三月十三日）付の皇城新聞に、「私費生洪在祺と李人稙ら十二人」を官費生にするよう学部から駐日公使に訓令が出たという記事が載っている。[43] 洪在祺《ホンジェギ》はのちに韓国の弁護士第一号となった人物で、一八九六年に官費留学生として来日し、一八九九年に東京法学院（中央大学の前身）に進み、一九〇二年に卒業している。[44] 彼の場合は、勉学の途中で官費が途切れたために私費生として留学を続け、ふたたび官費を受けるようになったわけだが、李人稙は日本に亡命して四年目に、初めて「官費生」になったのである。

どうして学生ではない高齢の亡命者が、本国政府から官費給付を受けることができたのであろうか。おそらく日本に滞在中の有力者と本国政府内部の有力者との間にパイプが形成されており、李人稙のような経歴の者に官費を支給させるよう圧力をかけたのだろうと推測される。李人稙のために尽力した実力者は趙重応であった可能性が高い。

官費生になったとはいっても学費の支給は順調でなく、李人稙の生活は苦しかったようである。この年の八月に外部大臣が学部大臣に送った公文書の中に、「学生李人稙が食事代を払えず訴えられた」という内容が入っているという。(45) だが、ともかくも官費を得た李人稙は、この一九〇〇年九月に東京政治学校に入学した。そして入学二ヶ月後の十一月から『都新聞』の見習い研修生となり、一九〇二年一月には同紙に日本語小説「寡婦の夢」を発表している。これは、夫の死後、朝鮮の風習にしたがって独身を守る若い寡婦の寂しい生活と心情を描いた短編で、日本人同僚の手が入っているとはいえ、流麗な文章である。(46) 帰国後に新聞事業に携わって自ら創作を行なった李人稙の作家経歴において、東京政治学校の講義聴講と『都新聞』での研修は非常に大きな意味を持っている。

官費はこのあとも遅滞し、本国政府から送金がないために駐日公館が借り入れをして留学生に学費支給をするような状態がつづいたあげく、一九〇三年二月に留学生全員に召還命令が出た。(47) このとき公文書に添付された官費生二十五名の名簿の中には、李人稙の名前とともに、あの朴栄喆の名前も入っている。日本に密航してきた彼もまた現地で官費留学生になっていたのである。李人稙はこの召還命令に従わずに七月に政治学校を卒業し、翌年二月に日露戦争が起きると陸軍通訳として随行する。同時に従軍した朴栄喆は、李人稙がいっしょだったことを回想記に記している。(48) だが、現地で除隊して故郷に錦を飾った朴栄喆と違って、李人稙はふたたび日本にもどった。翌年三月には、のちに日韓同志会の母体となる東亜青年会に趙重応とともに参加したという記録が残っており、(49) 五月に芝愛宕町に漢城楼、七月に上野広小路に韓山楼という朝鮮料亭を開店したことが『都新聞』で確認される。(50)

翌一九〇六年に軸足を韓国にもどした李人稙は、二月に『国民新報』の主筆となり、六月に『万歳報』に移って、そこに『血の涙』と『鬼の声』を連載する。その後も彼は創作活動を行なう一方で日韓を往復し、併合の裏方として政治活動にも関わり、併合後は経学院司成（成均館の教授）となって一九一六年に死亡した。

彼には小説以外の著作はあまりないと思われていたが、最近の研究によれば『万歳報』の論説は多くは彼の手になるという。(51) それらの論説と彼の小説に表われた「東洋連帯論」との関わり、アジアに対する当時の日本人の視線、彼が読んだと思われる日本文学作品など、李人稙については今後さらなる研究が必要である。(52)

4　石鎮衡

一九〇八年八月から九月にかけて『皇城新聞』に連載された新小説『夢潮』は、筆者名が「槃阿」となっていたために、長いあいだ作者不明であったが、一九九七年、崔元植が「槃阿」は石鎮衡《ソクチニョン》（一八七七～一九四六）の号であることを明らかにした。(53) 石鎮衡の本貫は忠州、京畿道広州南漢山城のふもとの小村で生まれている。経済的な余裕がない農家出身であったが、子孫が言い伝えているところでは、「趙大監」の屋敷の息子を教えたことから、いっしょに日本に留学させてもらったという。(54) 自筆大韓帝国官員履歴書によると一八九九年に和仏法律学校（法政大学の前身）に入学して一九〇二年に卒業している。入学年度の一八九九年には官費留学が再開しているので、選抜されて来日した可能性も完全に排除はできないが、李人稙の場合と同様で、朝鮮から日本に来てすぐに法律学校に入学し、三年間で卒業するというのは、語学能力の上から見ても、また基礎知識の上から見ても無理がある。一例だが、この五年後に皇室留学生となった趙素昂《チョソアン》は、来日一年目に府立一中で同盟退学事件が起きたとき、明治大学に入って法律を学ぼうとした。しかし口述筆記のやり方で進む授業についていけず、一中にもどってまた一年学び、卒業後は正則英語学校と予科で一年勉強してから明治大学で学んでいる。(55) 朝鮮で日本語教育を受けていない者が日本で専門教育を受けるためには、来日して三年くらいは必要だったと思われる。筆者としては、李人稙が東京政治学校入学の四年前に日本に来ていたように、石鎮衡も入学の三年前には日本に来ていたのではないかと考えている[56]。来日の時期も官費留学生になった経緯も、李人稙と同じだったのではないか、つまり彼も開化派の系譜につらなっていたのではないかと推測する。

一九〇二年現在に日本滞在中の新規留学生（支給再開後にあらたに留学生になった者）の名簿では、石鎮衡は和仏法律学校学生であったが[57]、翌年、留学生送還命令が出たときの公文書添付名簿では、暁星学校の所属に変わっている[58]。つまり彼は一九〇二年七月に和仏法律学校を卒業したあと、日本に留まって別の学校に在籍していたわけである。この部分が彼の自筆履歴書にないのは、卒業していない学校を記す必要はないと本人が判断したからであろう。李人稙の場合もそうであるが、自筆履歴書には本人が不要と判断した事実は記載しないことに留意する必要がある[59]。

石鎮衡がいつ帰国したのかは不明だが、一九〇四年十一月には朝鮮で軍部主事として奉職し、その後、官職を歴任するかたわら、普成専門学校講師を務めて法律の論説を発表している。「夢潮」は、一九〇七年八月十二日から九月十七日まで、『皇城新聞』に二十四回にわたって連載された。連載の二ヶ月前に石鎮衡は辞表を出して官職を離れている。この年の六月にハーグ密使事件が起き、翌七月に高宗が退位して第三次日韓協約が締結され、つづいて八月には軍隊が解散させられて日本軍と交戦するという、めまぐるしい時期における連載であった。

「夢潮」の中心人物ハン・デフンは、日本で政治学を専攻した元留学生である。彼は甲午改革の前に帰国して[60]、祖国の開化と政治改革の運動に従事するが、何年間も獄に繋がれて辛酸を嘗めたあげく処刑される。幼なじみの朴主事は、ハンが獄中で書いた遺書を夫人に届け、その後もハンとの約束を守って家族たちを見守る。やがて夫人は伝道婦人の訪問を受けてキリスト教に傾倒していく。

「夢潮」は、ハン・デフンの残された妻と子供のさびしい日常生活を描いた地味な作品であり、終盤に伝道婦人の話が長々と続いて、夫人が信仰に傾いていくために、宗教小説と見る向きもあった[61]。だが崔元植も指摘しているように、作者自身の視線はけっして宗教に好意的ではない。宗教に傾倒した家を「不幸」だとする小説末尾の書き方から見て、作者は宗教におぼれることを自己放棄だとみなしているようにも見える。

甲午改革から露館播遷、独立協会の挫折の時代までずっと祖国のために働きながら、逆賊として幽閉されたのちに処刑されるハン・デフンの人物像は、本国政府の敵視を受けつづけてきた留学経験者たちにとって身近なものだったと想像される。韓国が日本の保護国になって以来、元留学生たちはようやく日のあたる場所に出るようになっていた。しかし、それは彼らが日本の韓国支配に必要とされたからである。「夢がこの世か、この世が夢か[62]」という虚無感あふれるフレーズの繰り返しは、自身も日本に留学して開化の夢をいだいた作者が、時代の流れが思いがけない方向に向かっていることに対してなすすべがないことへの嘆きにも聞こえる。開化のために犠牲者になった人間は二度と帰らず、その家族の生活は悲惨である。ハン・デフンは何のために死んだのかという虚無感が、作品から漂ってくる。

石鎮衡の創作は、この一作のほかには確認されていない。併合後も教壇に立っていた彼は、その後実業界に転進して活躍し、一九二〇年に官界にもどって知事を歴任したあと、一九二九年に身を引いた。彼の人となりと清廉さを愛した斉藤実総督は、生活を気づかって時おり彼の家を訪れたという。祖国の解放を江原道の農場で迎えた石鎮衡は、家族の勧めにもかかわらず「親日した身」を理由にソウルにもどらず、一九四六年に死亡した。

四　保護条約期

この時期に日本に渡った留学生は、二つの点で前の世代とは違っている。一つは、彼らが日本に反発して敵愾心をいだいたことであり、もう一つは、彼らが文学行為の核として「自己」を認識したことである。

安国善や李人稙の世代にとって迫害者は韓国政府であり、日本はむしろ自分たちを助けてくれる連帯者だった。石鎮衡も、時代の流れの前に諦念して虚無感を表わすにとどまっている。だが次の世代の留学生たちは、日本が祖国を呑み込もうとしている「敵」だと明白に認識して身構えた。新しい世代の留学生が「自己」にこだわったことには、日本の思潮がかかわっている。日露戦争のころから、日本の若者のあいだには自我尊重の個人主義の動きが急激に拡散していた。哲学や懐疑主義が広まって一九〇三年には藤村操が華厳の滝で厭世自殺をし、戦後には虚無的な自然主義が流行する。韓国からきた文学的な気質の若者はこうした風潮に敏感に反応したのである。(63)

一九〇四年の皇室特留学生を最後に官費留学生の大量派遣は終わり、この時期には私費留学生が主流となる。人数も激増して併合の直前には九百人に近づいている。(64)その背後には、強まる日本支配のなかで留学経験者が優遇され、いまや日本留学が昔の科挙の代替物となったという現実があった。日本に来た留学生たちは、日露戦争の勝利で一等国の仲間入りをしたと自負してアジアを見下すようになった日本人との不愉快な接触を通じて、帝国主義の時代における自国の運命を痛感せざるを得なかった。本節では、祖国が日本に併合されようとしている極限的な状況をこの地で過ごすこととなった三人の文学者、崔南善《チェナムソン》、李光洙《イグァンス》、洪命憙《ホンミョンヒ》の留学体験を考察する。

一九〇四年二月に日露戦争が始まると、局外中立を表明する韓国政府に日本は日韓議定書を強要し、つづいて八月に第一次日韓協定を締結させる。日本への留学生派遣が決まったのはその間の七月で、提案者は、三月に大使として日本に行ってきた李址容《イジヨン》だった[66]。費用は皇室が負担したので彼らは皇室特派留学生と呼ばれる。多くの候補者のなかから「大官の子弟」五十名が選抜されて、十月に旅立った。なお日露戦争に従軍したあと故郷に錦を飾ったあの朴栄喆が、このときの引率者である[67]。

受け入れ先は東京府立第一中学校で、留学生たちはそこで基礎教育を受けてから専門教育の学校に進むことになっていた。甲午改革期のころ慶應義塾と結んでいた委託契約では教育期間は一年だったが、その後十年間で日本の教育制度が整備されて専門学校の教育程度も上がったためか、基礎教育期間は二年以上になっている。

留学生たちは一中の実学的な教育方針や規律の厳しい団体生活になかなか適合できず、入学後の一年間で約三分の一が帰国して新規生と入れ替わるという状況だった。彼らが日本の生活にも慣れはじめた一九〇五年十一月、保護条約が締結されて、彼らに大きな衝撃を与えた。その衝撃もさめやらぬ十二月初め、府立一中の校長が報知新聞とのインタビューで、韓国の留学生たちは無気力で不規律で高等教育には見込みがないと評したことを知って、留学生たちの怒りが爆発した。彼らはただちに抗議の同盟休校に入る。しかし翌年一月には崔麟《チエリン》をはじめ数人の首謀者が処分されて事件は終結した[68]。それから一年後の三月、彼らは一中を卒業して、それぞれの進路へと散っていった。先述したように、このとき趙素昻《チヨソアン》も一中を卒業し、正則英語学校と予科で一年間学んでから明治大学に進学している[69]。

2　崔南善

崔南善《チェナムソン》（一八九〇〜一九五七）の家門はソウルの中人で、父は観象監から官吏となって、のちに貿易で富をなした。[70] 幼いときから新聞や雑誌が大好きな「新報雑誌狂」[71] で、十歳になる前から新聞を読んで、十一歳で新聞に投稿をし、将来は「報館業」をしたいという希望を持つようになったという。[72] 一九〇四年、彼は皇室特派留学生の一人として日本に来た。京城学堂[73] で日本語を学び、日本の『大阪朝日新聞』『万朝報』『太陽』や中国の漢字新聞も読んでいた彼はさっそく書店に行き、そこで刊行物のあまりの豊富さに目をみはった。「その前でうなだれ、ため息をつき、つづいて拳を握りしめ、握りしめながら、〈いつかは機会があるはずだ〉という望みをいだいて自分を慰めた」と回想している。留学生のなかで最年少だったにもかかわらず、日本語ができるために寄宿舎の寮長を任された崔南善は、ストレスに耐え切れなかったらしく、このときは来てわずか一ヶ月半後に「親の病気」という理由で帰国してしまった。[74]

一九〇六年九月、今度は私費で日本に留学し、早稲田大学専門部歴史地理科に入学したものの、翌一九〇七年三月に起きた擬国会事件に抗議して退学した。[75] この間に留学生団体大韓留学生会の機関誌『大韓留学生会報』の編集を引き受けて、擬国会事件の起きた月に創刊号を出したが、このあと彼が日本を離れたために、[76] 会報は三号で終刊している。一九〇九年に崔南善は次のように書いている。

「私が初めて日本に行ったのは日露戦争の初めころで、日本の新文明がまさに過渡期に入ろうとしている時だった。それから五・六年のあいだに、戦勝や地位の上昇などさまざまなことが起こり、奮激した人心は事件や事物と衝突しながら、急転直下の勢いで向上進歩の実績をあげた。目に見えるもの、耳に聞こえるものが恐ろしく神経を刺激して、どうしても観察者の心もちでそれらの事象に接することができずに神経が過敏になり、それとともに〈国に帰ろう、国に帰ろう〉という声が耳から離れなくなった」。カルチャーショック、隣国の隆盛と自国の独立の危機、青春期の自我の覚醒、自己の才能への自尊と卑下、こうしたことすべてに翻弄されて疲れた青年崔南善が、その時ひたすら念じたのは、「自己を発展させる（傍点筆者）」ことだったという(77)。こうした精神的危機の果てに、彼は「十年来の宿病たる新聞雑誌に対する狂気」にたどり着き、一九〇八年十一月に新文館から月刊総合啓蒙雑誌『少年』を刊行する。

最初のうちは、詩も論説も紀行文もほとんどを彼一人で執筆していたが、一九〇九年の年末から二ヶ月ほど日本に滞在しているとき、以前からの知己だった洪命憙に李光洙を紹介され、この二人に『少年』誌への執筆を依頼した。こうして一九一〇年『少年』二月号から、假人《カイン》（洪命憙の号）の翻（重）訳と孤舟《コジュ》（李光洙の号）の小説・論説が掲載されて〈韓末三天才〉の時代が出現する。『少年』は日韓併合のあと通巻二十号で廃刊となったが、言論活動が厳しく取り締まられた武断統治の時代にも、崔南善は精力的に出版活動を継続していく。

3　李光洙

李光洙《イグァンス》（一八九二～一九五〇）は、まさに「時代の申し子」だった。李人稙も石鎮衡も貧しかったが、李光洙の貧しさは群を抜いている。平安北道の農村で、祖父も父も働かない没落した家の長男として生まれ、十一歳のときに父母がコレラで急逝したあとは親戚の家を転々とする半放浪児となっていた。このままなら田舎で埋もれたはずの彼の運命を変えたのは、東学との出会いと日露戦争の勃発である。日露戦争が始まった年、開化路線を取っていた東学三代教祖孫秉熙《ソンビョンヒ》の指令により李容九は進歩会を組織し、東学の人びとは開化の証に断髪して黒衣を着た。このころ東学教徒にひろわれて伝令のような仕事をしていた李光洙は、この動きのなかで上京する。年末に進歩会は一進会と合同して合同一進会となり、[78]翌年、彼は一進会の留学生として東京にやってきた。一九〇五年の日露戦争も終わりに近い夏で、李人稙が上野広小路に朝鮮料亭を開いていたころである。李光洙は十三歳だった。

彼がまず通ったのは東海義塾という学校だが、[79]『皇城新聞』の広告によると住所は芝公園第一四号地で、日本の学校に入ろうとする韓国人向けの日本語学校だった。[80]来日して三ヶ月後に保護条約が締結され、このときは「日本にだまされた」と言って仲間と泣いたという。[81]翌年の春、神田三崎町の大成中学に入学し、のちに明治学院で同級生になる文一平《ムンイルピョン》や文学の先輩となる洪命憙《ホンミョンヒ》と同じ本郷元町の下宿に住んだ。[82]一学期を優秀な成績で終了するが、[83]七月には天道教と一進会の内紛から学費がとまってしまい、やむをえず帰国して、親戚や知りあいの家を転々としながら仲間からの連絡を待つことになった。このとき一進会の留学生のうち三十名は、帰国せずに日本で勉学を続けようとして困窮したあげく、翌年一月、うち二十一名が断指して抗議の血書を留学生監督部に提出するという事件をひき起こす。[84]これが本国で大きく報道されて世人の同情を呼び、ついに皇室から学資が出ることになって、李光洙は官費留学生としてまた日本に来ることができたのだった。

ふたたび日本に来た李光洙は、本郷区丸山福山町二二番地の田中方に下宿し、白山学舎という学校で受験勉強をして編入試験にそなえた。[85]丸山福山町は崖下の道にそった細長い町である。崖の上は東京大学の教師が多く住んで学者町と呼ばれた西片町だが、崖の下には貧しい人びとが住んでいた。貧しさに追われて引越しを繰り返した樋口一葉が、李光洙が来る九年前に肺病で亡くなったのは丸山福山町四番地で、その家は、李光洙が明治学院を卒業した年に崖崩れで消滅している。白山学舎がどこにあったか不明だが、近くに白山神社があってこの付近は白山と呼ばれていたから、おそらく下宿の近くにあったのだろう。地方から上京した学生が学ぶ私塾の一つだと思われる。

このころは多くの地方学生が東京で学ぶために、こうした私塾で勉強して自分の学力に合った学校の入学試験や学年の編入試験を受けた。中学校の編入試験の競争率は、入学試験に比してきわめて高かった。[86] 李光洙は一年前に大成中学の一学期の課程を終えていたが、このたび受けた官費は三年の期限つきだったので、五年制の中学を卒業するためには飛び級をしなくてはならない。彼は一年生後半から三年生一学期までの課程を一挙に飛び越えて、明治学院普通部の三年生二学期に編入した。ほぼ二年分を飛び越えたわけで、彼の優秀さがうかがわれる。こうして李光洙は、九月の秋学期から一九一〇年三月に卒業するまでの二年半を芝白金の校舎で学ぶことになった。明治学院の学籍簿に現住所として記載されている丸山福山町は、通学には遠くて不便であるから、編入後は学校の寄宿舎に引っ越したようである。

　李光洙が文学と出会ったのは明治学院で学んだこの時代である。現在確認されているところでは、彼の活字化された最初の文章は、一九〇八年、中学四年生の五月に『太極学報』二一号に掲載された「国과《と》漢文의《の》過渡時代」である。だが真に文学的といえる著作は、卒業も真近《まぢか》になった一九〇九年十二月に『白金学報』に掲載された日本語小説「愛か」に始まる。ここには愛情飢渇に苦しむ「自己」の姿が文学的に形象化されている。異国の孤独な生活の中で自我の目覚めを経験した李光洙は、創作によって「自己」を救い、「自己」を中心とした世界観を持つようになった。彼は、義務や道理によって国を愛するのではなく、「韓土よ、韓土よ、汝はそもそも何者たるや。汝を想い懐かしめば思慕恋々とし、汝を傷み哀しめば熱涙とめどなし[87]」というような情的な愛国によってこそ人は国のために血を流すことができるのだと述べて、〈自己の発展〉の希求がそのまま〈民族の発展〉につながるという浪漫的な愛国主義を打ち出している。[88] 中学時代の李光洙の著作活動については、拙著『李光洙・「無情」の研究[89]』で詳しく述べたので、ここではくり返さない。ただ、この本で抜け落ちていた重要な論説が一つあるので提示しておきたい。

　併合直前の一九一〇年七月下旬に『皇城新聞』に三回にわたって掲載された論説「今日我韓用文에대하여《について》[90]」において、李光洙は、朝鮮文の漢字とハングル表記について述べている。現在の新聞雑誌が用いている文章

は国漢文とは名ばかりで、その実は純漢文にハングルで送り仮名をつけたものにすぎないと非難し、自分としてはすべての表記を一挙に純ハングル文にすべきであり、またそれは可能だと思っているが、新思想が流入している現在、このような改革は混乱をもたらす怖れがあるので、今は過渡的な措置として、ハングルで表記できない「固有名詞、漢文に由来する名詞と形容詞と動詞など」最小限を漢文で書いて、そのほかはすべてハングルで書こうと主張している。

五年後に二度目の東京留学をすることになった李光洙は、留学の直前に、当時としては例外的なほどハングルの比率が高い論説「共和国의《の》滅亡」を『学之光』五号に投稿している。これは一つの試みではなかったかと思われる。その二年後の一九一七年正月に『毎日申報』で長編『無情』の連載がはじまるが、連載開始の二日前まで国漢混用文と予告されていた表記は、実際に始まってみると純ハングル文であった。李光洙が『皇城新聞』の論説で主張した表記に関する問題意識を知ることは、『無情』の表記について、作者がどういう意図を持っていたかを推測する助けとなると思われる。(91)

4　洪命熹(92)

洪命熹《ホンミョンヒ》（一八八八～一九六八）は忠清北道槐山で、老論の名門両班の長男として生まれた。(93)朝鮮の近代文学者で彼のような名門出身者は他に例がない。本貫は豊山で祖父の洪祐吉《ホンウギル》は大司成、大司憲、兵曹と刑曹の参判を歴任し、父の洪範植《ホンボムシク》も洪命熹が生まれた年に科挙に及第している。同じ党派の名門驪興閔氏から十二歳のとき妻を迎え、上京してソウルの北村に住みながら新式の中橋義塾で学んだ。名門両班の子弟が新式の学校で学ぶことはこの時期では異例だが、ちょうど塾監が祖父の知り合いであったうえに、「時勢に対する眼識のある」(94)父が祖父を説得してくれたおかげだったという。皇室特派留学生に応募しようとしたが家族の反対で断念し、卒業後、槐山にもどって漢籍を読んでいたところ、近くに養蚕指導に来ている日本人夫婦がいることを知って個人教師に雇った。彼らが帰国するときについて遊びに行き、そのまま留学しようとひそかに考えていたところ、意外にも父親の方から留学を勧めた。このころ官吏をしていた父親は、時代の変化を受け入れて、息子が日本で新知識を学ぶことを望んだのだろう。だが彼は日本の支配は絶対に認めなかった。併合直後、彼は息子に「死んでも親日はするな」という遺書を残して殉死している。

洪命憙が日本に来たのは一九〇六年の前半で、十八歳の彼にはすでに三歳の息子（洪起文《ホンギムン》）がいた。玄界灘を越えようとするころから同行の日本人夫婦の態度が豹変して、民族的自尊心を傷つけられたという。東京では先述したように、文一平や李光洙がいる本郷元町の下宿に入り、下宿の主人の勧めもあって、李光洙がいた大成中学に目標を定めた。このころの留学生は大学で法律や政治をやろうという者が多かったが、洪命憙は「速成」を望まず、「新学問を基礎からやるために」中学校へ行くことにしたという。(95) 大成中学校の校主が経営していた東洋商業学校予科に通うかたわら、数学講習所と英語講習所にも通って受験勉強をし、翌年の春に大成中学三年生の編入試験に合格した。先述したように、前年に学費が中断して大成中学を退学していた李光洙は、この年の秋、明治学院中学三年生に編入する。

三年の冬休みに偶然読んだ徳富蘆花や正宗白鳥の本をきっかけにして文学を好むようになった洪命憙は、ほかに文学を読む留学生がいないこともあって、李光洙と近づいた。小遣いに不自由しない洪命憙は、気の向くままに買いあさった本を李光洙に読ませ、この時期の彼らは同じ読書体験をしながら深くつきあった。(96) 洪命憙は、このころ大韓興学会の機関誌『大韓興学報』に論説や漢詩、崔南善の『少年』に翻（重）訳を発表している。自然科学が好きだったというだけあって、彼の著作には露骨な自己表現は見られないが、李光洙の情的な愛国主義との共通性を感じさせる詩の訳が一つある。一九一〇年八月の『少年』に発表した、ポーランドの詩人ネモエフスキーの愛国詩である。自分の頭に白髪を見つけて愕然とした中年の詩人が、愛する祖国の大地を前にして、このためなら自分の体は老いても幸福だと感じる内容である。

洪命憙は、朝鮮人であるがゆえに受けた不快な体験をいくつか書き残している。文学青年だった彼は夜中に本を読んでは昼間に眠り、授業は欠席するという生活ぶりだったが、それにかかわらず成績はつねに一番か二番だった。そのために周囲の妬みを買い、英語の教師は、朝鮮人学生に負けるのは日本男児の恥だと学生たちをけしかけ、地理の教師は「末は韓国の総理大臣だな」と嫌味を言った。それで周りの学生たちが彼に「総理」というあだ名をつけるなど、嫌な思いをしたことを「自叙伝」で語っている。魯迅が仙台医学専門学校で中国人であるための蔑視を受けたのはこの数年前のことである。[97] 日露戦争後の日本人のアジア蔑視が全国に広まっていたことをうかがわせる。

一九〇九年一〇月、ハルビンで伊藤博文が安重根に射殺される事件が起きると日本のマスコミの論調が朝鮮に対して強硬になった。李光洙は、このころ学友たちが自分を見る目まで険しくなったと回想している。[98] 祖国の危機を目前にして留学生たちが勉強に手がつかない状況だった一九一〇年二月、洪命憙は卒業試験を前にして突然帰国する。一九三〇年に書いた「自叙伝」では、自然主義作品を読みすぎて「肉的思想中毒と神経衰弱」[99]にかかったせいだとしていたが、解放後の座談会では、「とにかく勉強しようという気がくじけてしまった[100]」と語っている。「新学問を基礎からやる」つもりだった彼からその意欲を奪ったのは、祖国を植民地にしようとしている日本で学ぶことへの嫌悪と絶望であった。

殉死した父の三年葬を終えてから中国と東南アジアを放浪した洪命憙は、帰国してすぐに三・一を迎え、槐山で運動を組織して監獄生活を送る。その後、新幹会の創立と運営に尽力しながら、一九二八年に『朝鮮日報』に連載を始めた歴史小説『林巨正』は、再度の投獄や病気による中断を繰り返しながら一九四〇年まで続き、彼の名を文学史にとどめることになった。

五　おわりに

本章では、大韓帝国末期に日本留学した文学者たちの日本滞在について考察した。一八八一年の紳士遊覧団から始まる官費留学生派遣、甲午改革のさなかの一八九五年の派遣、一九〇四年に派遣された皇室特派留学生のほかに多くの私費留学生がいた保護条約期、この三つの時期を中心に考察し、第二期に来日した安国善、李人稙、石鎮衡と、第三期に来日した崔南善、李光洙、洪命憙を取り上げて考察した。これまで官費留学生として来日したとされていた安国善と李人稙は非正規のルートで官費生になったこと、そして石鎮衡もその可能性が高いことを明らかにした。この三人は、官費留学生として選抜されるのも難しいほど貧賤な家門の出身者であり、日本と結びつくことで自らの身分上昇が可能な階層に属していた。彼らにとっては、本国政府の方が迫害者であり、日本は自分たちを守ってくれる存在ですらあった。そしてまた、この時期の日本にはまだアジアを連帯の対象と見なす風潮が残っていた。

一方、日露戦争後に留学した崔南善、李光洙、洪命憙ら次の世代は、日本の韓国植民地化を目の当たりにし、日露戦争の勝利でアジア蔑視を強めた日本国民と接して日本に反発せざるを得なかった。彼らはまた近代的自我をもって文学行為をおこなった最初の世代であった。〈自己〉と〈国家〉を折り合わせるために、李光洙は、民族主義の基盤を〈自己〉であると規定する浪漫的な愛国主義を主張した。

このあとの一九一〇年代、留学生たちは明確に日本を「敵地」と認識し、新入留学生たちにも民族意識を鼓吹して、大正デモクラシーの熱気のなかで二・八独立宣言への道を整えていく。また金東仁は李光洙の啓蒙主義に反発して、より純粋な文学創作をもとめて同人誌『創造』を創刊することになる。

（1）本研究は、日本学術振興会より科学研究費補助を受けた共同研究〔二〇〇六―二〇〇八年度基盤研究（B）「植民地期朝鮮文学者の日本体験に関する総合的研究」（課題番号一八三二〇〇六〇）の成果の一部である。この共同研究の過程で収集した資料の多くは、研究協力者である早稲田大学名誉教授大村益夫先生が提供してくださったものである。この場を借りて大村先生に心から感謝の意を表する。

（2）金泳謨は、韓末官僚の留学は一八六九年から始まったと主張し（金泳謨「韓末外来文化の受容階層―韓国開化期留学生の実態―」、『韓』第一巻第七号、一九七二、開化思想と留学生）、阿部洋は一八八一年の紳士遊覧団の日本到着に先立つこと一ヶ月前に韓国政府が日本公使館に依頼して派遣した四名が最初の日本留学であるとしている。（阿部洋「解放前韓国における日本留学」、『韓』第五巻第一二号、一二三頁）

（3）李東仁は日本滞在中に米国外交官のアーネスト・サトウと知り合い、彼に朝鮮語を教えたという。サトウは李東仁との交流や彼の人となりを日記に書き残している。（萩原延寿『遠い崖―アーネスト・サトウ日記抄一四』、朝日新聞社、二〇〇一、七六―一三六頁）帰国後、李東仁は高宗の信任を得て密航の罪を許されたが、紳士遊覧団とともに再来日する直前に行方不明になった。大院君による暗殺、あるいは金弘集による謀殺という説がある。（杵淵信雄『福沢諭吉と朝鮮―時事新報社を中心に』、彩流社、一九九七／李光麟「開化僧李東仁―韓国開化運動と仏教思想」、『韓』第一巻第二号、一九七二）

（4）朴賛勝「一八九〇年代後半における官費留学生の渡日留学」、『近代交流史と相互認識Ⅰ』、慶應義塾大学出版会、二〇〇一、七一頁

（5）阿部洋「解放前韓国における日本留学」、『韓』第五巻第一二号、一二三頁

（6）上垣外憲一『日本留学と革命運動』、東京大学出版会、一九八二、一四頁

（7）朴賛勝　前掲論文、七三頁

（8）朴賛勝　前掲論文、八二―八四頁

（9）阿部洋「旧韓末の日本留学（Ⅰ）」、『韓』第三巻第五号、一九七四、六七頁

（10）朴賛勝　前掲論文、七五頁

(11) 一九二八（昭和三）年五月発行『早稲田学報』
(12) 最初の年の十月までの部分のみ兪鎮午によって現代語に訳されている。崔鍾庫解説「兪致衡日記」、『法学』二四巻四号、ソウル大学法学研究所、一九八三。兪鎮午は、一九七三年に東亜日報に連載した『片片夜話』の「十九世紀東京의留学」（三月六日）「후꾸자와（福沢）와 朴泳孝」（同七日）の中で父親の世代の留学について語っている。なお、兪鎮午が一九三八年に東亜日報に連載した短編「滄浪亭記」のなかに出てくる主人公の父親が兪致衡である。この短編は岩波文庫『朝鮮短篇小説選（下）』に大村益夫訳で収められている。「第一章　文学テキストで学ぶ歴史と文化」『韓国近代文学研究』白帝社二〇一三　参照
(13) 「兪致衡日記」陽暦七月十九日・金
(14) 同上、陽暦十月八日・火
ところで「兪致衡日記」陽暦五月二十八日に、「柴四郎という万国の開化をよく知る人」が自著『埃及史略』百冊余りを留学生たちに贈ってよこしたという記述が見える。朝鮮から留学生が来るという話を聞いて自著を贈る準備をしていたところ、本人が所用で朝鮮に行くことになり、本を慶應義塾に託して出発したそうだと記されている。柴四郎とは『佳人之奇遇』の作者東海散士で、十月の閔王后殺害事件にもかかわった人物である。
(15) 朴賛勝　前掲論文、七九頁
(16) 朴賛勝　前掲論文、九〇頁／阿部洋「旧韓末の日本留学」（Ⅰ）、『韓』第三巻第五号、一九七四、七四―七六頁
(17) 大村益夫「早稲田出身の朝鮮人文学者たち」、『語研フォーラム』一四号、早稲田大学語学教育研究所、二〇〇一、一頁
(18) 「兪致衡庫日記」大朝鮮開国五〇四年七月初五日（八月二十四日・土）、一六五頁
(19) 崔起栄「安国善（一八七九～一九二六）의 生涯와 啓蒙思想（上）」、『韓国学報』一九九一―二号、一二九頁。安国善の生年月日は、植民地時代に作られた戸籍と除籍簿にしたがって、従来一八七八年十二月五日とされてきた。しかし崔起栄はそれ以前に作成された「竹山安氏族譜」を根拠として、一八七九年十二月五日（陽暦一八八〇年一月十六日）だと主張している。本稿もそれに従う。崔起栄　前掲論文、一二七頁
(20) 朴賛勝　前掲論文、七一頁
(21) 阿部洋「韓国政府委託慶應義塾留学生に関する契約書」、『韓』一〇三、一九八六、二〇七頁
(22) 朴賛勝　前掲論文、七七頁　安国善のほかに曺秉柱、徐延岳、李夏栄の三人が一緒に静岡に来ており、この三人は七月、

安国善は八月に慶應義塾に入った。

(23)　崔起栄は、安国善が官費留学生に朝鮮で選抜されたさいに安駉寿の推薦があったと推測しているが、安明善の名前は最初の名簿に載っていないので、選抜試験を受けていないことになる。なお、安国善は併合後の一九一一年に安駉寿の養子として入籍した。崔起栄　前掲書、一二九―一三〇頁

(24)　韓国民族文化百科大事典、韓国精神文化研究院、一九九一

(25)　息子の安懐南《アンフェナム》の回顧録。崔元植「아시아의 連帯 ―『比律賓戦史 에 대하여』」からの孫引き。『韓国啓蒙主義文学史論』、소명출판、二〇〇二、一九四頁（初出『文学과歴史』一、한길사、一九八七）

(26)　朴賛勝　前掲書、七三頁／「兪致衡庫日記」の大朝鮮開国五〇四年三月十八日己丑の項には「二百余人中（中略）百二十三人を選んで」とある。

(27)　安明善は、一八九六年九月二日に東京専門学校邦語政治科に入学し、一八九九年七月一五日に得業（卒業のこと）した。早稲田の得業生名簿の原籍は「朝鮮京畿道陽智郡」で、慶應義塾の学籍簿は「朝鮮京畿道陽智郡凰村住稷壽長男」になっている。安国善は安稷寿の長男だったが、一九一一年に安駉寿の養子として入籍した。安国善の東京専門学校学籍簿は波田野著・최주한訳『日本留学生作家研究』（소명出版二〇一一）付録「日本留学生学籍資料」参照

(28)　呉聖模は慶應義塾を出たあと東京帝国大学農学部を卒業した。朴泳孝の政治資金調達に関わっていることを安国善ともう一人の友人に話したところ、その友人が二人を告発したという。崔起栄　前掲論文、一三二頁。

(29)　朴栄喆『五十年の回顧』、大阪屋号書店、一九二九、九六―一〇〇頁

(30)　一九〇〇年に日本に来た朴栄喆は前掲『五十年の回顧』のなかで「私等と同時に在学したもの」の一人として洪奭鉉の名前をあげている。九九頁

(31)　崔起栄　前掲論文、一三二頁／「韓末安国善의 基督教受容」、韓国基督教歴史研究所、一九九六　参照

(32)　崔起栄　前掲論文、一三〇―一三二頁

(33)　一九〇七（明治四十）年十月発行『早稲田学報』一五二号の消息欄に野沢（三一哲）とある。

(34)　崔起栄　前掲論文、一三四頁

(35)　一九〇七年七月の第三次日韓協定締結により司法権は日本の手に移った。

(36)　一九〇七（明治四十）年十一月発行『早稲田学報』第一五三号「早稲田大学創立二五周年記念大隈伯爵銅像建設資金

寄付人名簿」の「金三円」の項に安明善の名前が記載されており、一九〇八（明治四十一）年九月発行『早稲田学報』第一六三号「校友動静欄」には「安国善氏（三二政）は韓国度支部書記官に任せらるる」とある。

(37) 一九〇七年十一月三〇日、帝室財産整理局事務官に任命された。崔起栄 前掲書、一三八頁

(38) 金栄敏「李人稙과 安国善文学比較研究」、『東方学志』第七〇輯、一九九一、二六一頁（金栄敏『韓国近代小説史』、솔、一九九七、一九四―一九五頁）／구장률「新小説出現의 史的背景」『東方学志』第一三五輯、二五八頁（『近代啓蒙期文学의 再認識』、소명出版、二〇〇七、一七八頁）／함태영「李人稙의 現実認識과 그 矛盾」、『近代啓蒙期文学의 再認識』、소명出版、二〇〇七

(39) 一八九五年の官費留学生であった安国善や兪致衡たちは、開化派政権が慶應義塾と結んだ委託契約に従って、留学当初に慶應義塾で一年間の基礎教育を受けてから専門コースに進んだ。しかしこの委託契約は一八九七年に官費支給が中断したときに破棄され、二年後に派遣が再開されたあとは、留学生の監督は慶應義塾ではなく駐日公使館が責任を持つことになって、この時期の留学生たちに対する基礎教育の方針は立っていなかった。だが一九〇四年の皇室特派留学生のときには、府立第一中学校が基礎教育を担当したことからも、留学生が専門教育を受ける前段階としての基礎教育は必要だと認識されていたことがわかる。

(40) 日本には「稙」の活字がないせいか、『都新聞』以外は「李人稙」ではなく「李仁植」あるいは「李人植」と書き、「りじんしょく」というルビをふっている。

(41) 「此の李人植といふ男は、趙重応と共に東京に亡命した人であった。（中略）趙重応とは無二の親友であったが、同時に李完用の信任を受けていた。」（小松緑『朝鮮併合の裏面』、中外新論社、一九二〇、一二四頁）同じ内容が、この十六年後の『明治外交秘話』でも繰り返されている。「この男は、十五年以前に趙重応と共に日本に亡命し、（後略）」（千倉書房、一九三六、四四一頁）。

(42) 全光鏞は『新小説研究』（새문社、一九九〇）で小松の回想と『毎日申報』の逝去記事を並べて引用して、「さらに考慮すべき問題である」と指摘し、金栄敏は李人稙が低い家門と経歴の貧しさにも関わらず官費生に選ばれたことに疑いを呈していた。구장률は李人稙が露館播遷のとき亡命し、その後現地で官費留学生になったと的確に推測し、함태영は、李人稙が東京政治学校に在籍していたころ小松緑は外遊中であったから、李人稙が小松の講義を聞いたのは一九〇〇年以前であると推測していた。（註38の論文参照）

(43)　朴賛勝は、前掲論文の註（62）（一二六頁）で、この公文書（「学部来去文」）と皇城新聞の記事に言及している。新聞は確認したが公文書は未見。
(44)　崔鍾庫『韓国의 法律家』서울大学校出版部、二〇〇七、四一頁
(45)　구장률「新小説出現의 史的背景」、二五八―二五九頁
(46)　「寡婦の夢」（上）（下）は一九〇二年一月二十八日と二十九日に『都新聞』に掲載された。末尾に「麗水補」とあり、同社記者の遅塚麗水が手を加えたことがわかる。なお、구장률は前掲論文の脚註（77）において、地名や両親の死亡時期などから推して「寡婦の夢」が李人稙の個人史と関わっている可能性を指摘している。
(47)　朴賛勝　前掲論文、九〇頁
(48)　朴栄喆　前掲書、一二〇頁
(49)　池川英勝「日韓同志会について」、『朝鮮学報』第一三五輯、一九九〇、一一九頁
(50)　この料亭は同居の女性に経営させたと思われる。彼には故郷に家族があったが、日本軍通訳になったという話に憤激した村人が家に火を放ち、家族は離散したという話が伝わっている。（구장률「新小説出現의歴史的背景」註（17）、二五四頁）『都新聞』一九〇五年五月二八日紙面に、芝愛宕町二丁目一番地に朝鮮料亭「漢城楼」を開店したという記事があり、同一九〇五年七月八日紙面には、下谷区上野広小路二一番地朝鮮料亭「韓山楼」開店の広告が出ている。なお前者の地番を『DVD-ROM版江戸明治東京重ね地図』（エーピーピーカンパニー、二〇〇四）で検索したところ、板垣退助の屋敷の敷地内であった。板垣は東京政治学校の顧問をしていた。同校には在学生と講師、役員、商議員、賛助員を構成員とする「政治学会」があって月例会を開催していたので（註（52）の成瀬論文（上）八三頁）、その関係で知り合ったのかもしれない。李人稙には政治的な人脈が多かったことが想像される。
(51)　구장률　前掲論文、二六七―二六八頁
(52)　李人稙の日本時代については田尻浩幸『李人稙研究』（国学資料院、二〇〇六）、구장률前掲論文、함태영前掲論文などがある。東京政治学校については成瀬公策の論文「松本君平の立憲思想形成と東京政治学校（上）・（下）」（『静岡県近代史研究』二七・二八、静岡県近代史研究会、二〇〇一・二〇〇二）があり、それによれば以下のような資料がある。
・東京政治学校が創立された一八九八年に数ヶ月だけこの学校に籍をおいた山川均が、当時の学校や講師の様子を自伝に描いている。山川菊枝・向坂逸郎編著『山川均自伝』岩波書店、一九六一、一六八―一七二頁

・李人稙が在籍中の一九〇二年には山口孤剣も在籍しており、東京政治学校青年雄弁会という公開演説会で盛んに雄弁をふるっていたという。論文（下）五四—五五頁／田中英夫『孤剣雑録』七～九私家版、一九九四（未見）

・『東京政治学校講義録』（一九〇二年七月発行）が国会図書館にある。いつの講義録かは不明であるが、小松緑の講義録が入っているので一九〇〇年以前の講義録だと思われる。（함태영「李人稙의 現実認識과 그矛盾」参照）［内容細目］軍政学（神藤才一）法理学（永井惟直）列国政治制度（小松緑）英国新聞事業（織田純一郎）国際公法（小松緑）貨幣学（小手川豊次郎）社会学（山口鍟太）戦時国際公法（神藤才一）政治学研究論（島田三郎）新聞学—附・欧米新聞事業（松本君平）経済学（松本君平）雄弁学（松本君平）独占及ツラスト（石川源三郎）国家学史（浮田和民述 糸沢憲人編）国際私法（竹村真次）民法汎論（永井惟直）国家学（浮田和民）

(53)「槃阿　石鎭衡에 대하여」、『仁荷語文研究』第三号、一九九七（この論文は『韓国啓蒙主義文学史論』、소명出版、二〇〇二 にも収められている）

(54) 崔鍾庫『韓国의 法律家』서울大学校出版部、二〇〇七、八七頁

(55) 学力の問題だけでなく、一中にもどらなければ学費が出ないことになったのも大きな理由であった。（武井一『皇室特派留学生』、白帝社、二〇〇五、一〇二—一〇三頁）なお、趙素昻（当時の名前は趙鏞殷）が日本滞在中につけていた日記『東遊略抄』を武井一氏が研究協力者として翻訳し、科研の成果として二〇〇九年三月に冊子として刊行した。

(56) 法政大学の学籍簿を調査すればこの疑問は解消される可能性があるが、現在のところ個人情報の問題があってできないでいる。

(57) 朴賛勝　前掲論文、八八頁

(58) 阿部洋「旧韓末の日本留学」（Ⅰ）、『韓』第三巻第五号、一九七四、七八頁／朴賛勝　前掲論文、九一頁。前述した朴栄喆は一九〇三年、李人稙は一九〇二年と〇三年の名簿に名前が載っている。暁星学校はパリのカトリック修道会マリア会により一八八八年に創立された。一八九九年に旧制暁星中学校が開校し、フランス語教育を行なった。石鎭衡にはフランス文学の素養もあったのかもしれない。

(59) 李人稙の自筆履歴書について、구장률も同じ指摘をしている。「新小説出現의 歴史的背景」二五八頁／『近代啓蒙期文学의 再認識』一七八頁

(60) 連載第五回に、「夫婦になって十四年間」とあることから推定すると一八九三年に帰国したことになる。崔元植の指摘に

よる。前掲論文二一七頁
(61) 韓元永『韓国開化期新聞連載小説研究』、一志社、一九九〇、一一三頁
(62)「세상이 꿈인지 꿈이 세상인지」連載第一回と三回の冒頭に出てくる。
(63) 양문규は「わが国の小説史においてもこの時期（一九〇〇年代後半―引用者）になって素朴な形態ではあるがいわゆる〈内面というものを見出すにいたるが、これはこれ以前の新小説などの叙事様式においてはけっして見られない新しい性格のものである」と述べている。「一九一〇年代小説의 近代性再論」、『韓国文学의 近代와 近代性』、소명出版、二〇〇六
(64)「日本留学生史」、『学之光』六号、一九一五、一二頁
(65) 皇室特派留学生については以下の著作を参考にした。
武井一『皇室特派留学生』、白帝社、二〇〇五
阿部洋「旧韓末の日本留学」（Ⅱ）、『韓』第三巻第六号、一九七四
阿部洋「旧韓末の日本留学」（Ⅲ）、『韓』第三巻第一二号、一九七四
(66) 日本に亡命中の朴泳孝などの考えに影響された可能性もある。武井一も前掲書でそう推測している。（九頁）
(67) 朴栄喆　前掲書、一四七頁
(68) 武井一　前掲書、七五頁
(69) 趙素昻は留学中に洪命憙や李光洙と交わり、李光洙が書いた詩「獄中豪傑」（『大韓興学報』九号）に賛をつけている。
(70) 崔南善全集一五巻年譜
(71) 崔南善「少年時言」、『少年』第三年第六巻、一九〇九年六月、一二頁　以下、本文中の引用文は筆者の訳による。
(72) 同上、「報館業」は「報紙」すなわち「新報雑誌」にたずさわる職業を意味する。
(73) 京城学堂は大日本教育会が設立した日本語教育の学校。保護条約締結後、統監府に移管された。稲葉継雄『旧韓末「日語学校」の研究』、九州大学出版会、一九九七、一〇一頁
(74) 阿部洋「旧韓末の日本留学」（Ⅱ）、一〇四頁
(75)『太極学報』に崔南善が「早稲田専門学校」に入学したという記事があり（『太極学報』第二号、一九〇六年九月、六〇頁）、『大韓留学生会報』には擬国会事件の時に早稲田大学を退学したという記事が載っている（『大韓留学生会報』第二号、一九〇七年四月、九五頁）。また明治四十年の早稲田大学学籍簿には崔南善の名前が記されて二年在籍中となっている。とこ

ろで一九九〇年に早稲田大学教務部が出した「高等師範部歴史地理科　明治四十年九月に入学」という調査結果報告書が残されているが、これは誤りであろう。高等師範科がおかれたのは明治四十年四月で、このときすでに崔南善は退学している。（『早稲田大学八十年史』一九六二年）

(76) 崔南善「少年時言」には病のため帰国したとある。一四頁

(77) 崔南善「少年時言」、一六頁

(78) 康成銀「二〇世紀初頭における天道教上層部の活動とその性格」、『朝鮮史研究会論文集第二四集』、一九八七、一六〇頁／李光洙『나의 고백』『李光洙全集第一三巻』三中堂、一九六二、一八二―三頁

(79) 이광수「나의 四十半生記」、『新人文学』一九三五年八月

(80) 一九〇五年八月二二日付『皇城新聞』。この記事を発見してくれた武井一氏にこの場を借りて感謝の意を表する。

(81) 李光洙『나의 고백』『李光洙全集第一三巻』三中堂、一九六二、一八四頁

(82) 「春園文壇生活二十年을 機会로 한『文壇回顧』座談會」、『三千里』、一九三四年十一月

(83) 『太極学報』第二号、一九〇六年九月、六〇頁

(84) 康成銀　前掲論文、一六七頁／『大韓留学生会学報』創刊号、一九〇七年三月

(85) 明治学院普通部の学籍簿による。波田野節子著・최주한訳『日本留学生作家研究』소명出版、二〇一一年、六二一頁

(86) 本書一五一、一七〇頁

(87) 「今日我韓青年과情育」（通称「情育論」）、『大韓興学報』第十号

(88) 波田野節子「李光洙の自我」、『〈無情〉の研究―韓国啓蒙文学の光と影』、白帝社、二〇〇八、九九頁

(89) 前掲書

(90) 一九一〇年七月二十四日、二十六日、二十七日『皇城新聞』

(91) この問題については金栄敏『韓国近代小説史』（솔、一九九七）四五〇―四五一頁を参照

(92) 洪命憙については以下の拙稿がある。

・「洪命憙の東京時代」、『新潟大学言語文化研究』第六号、二〇〇〇

・「洪命憙が東京で通った二つの学校」、『一九九九―二〇〇二基盤研究（B）朝鮮近代文学者と日本　代表者：大村益夫　科研成果論文集』、二〇〇二、本書所収

・「獄中の豪傑たち」、『〈無情〉の研究―韓国啓蒙文学の光と影』、白帝社、二〇〇八
(93)　洪命憙の経歴については姜玲珠『碧初洪命憙研究』(創作과 批評社、一九九九)と洪命憙の「自叙伝」(『三千里』創刊号、一九二九年六月／第二号、一九二九年九月)を参考にした。
(94)「自叙伝」、『三千里』創刊号、一二頁
(95)「洪命憙・薛貞植　対談記」姜玲珠『碧初洪命憙과 林巨正의 研究資料』、사계절、一九九九、二一三頁
(96)　波田野節子『李光洙〈無情〉の研究』、一三六―一三七頁
(97)　具体的には一九〇五年のことである。「藤野先生」、『魯迅選集第二集』、岩波書店、一九八五、二四八頁
(98)「나의 告白」『李光洙全集』第一三巻、三中堂、一九六二、一九二頁
(99)「自叙伝」、『三千里』第二号、一八頁
(100)「洪命憙・薛貞植　対談記」、二一六頁

Ⅱ　李光洙の日本留学

第一章　李光洙の第二次留学時代　―『無情』の再読（上）―

一　はじめに

李光洙《イグァンス》の小説にはよく類似したモチーフが登場する。これは、李光洙が自己の体験を小説にもりこむ「体験型」作家であったことを示唆している。[1] この傾向は『無情』を初めとする初期の作品群にとりわけはっきりと現れている。これに注目した筆者は、李光洙が『無情』を書いたころに体験したできごとが『無情』にどのようにあらわれ、その後の彼の小説にどう影響したかを解明したいと考えた。そこで、本章でまず李光洙が『無情』を書いた第二次留学時代の体験を考察し、次章で体験と創作との関連を検討したい。本章では大学の学籍簿、留学生たちを監視していた内務省警保局の記録、留学生雑誌『学之光』、朝鮮で刊行されていた雑誌『青春』と新聞『毎日申報』、この時期の日本の新聞などを総合的に検討して、できるだけ詳細かつ具体的に李光洙の留学時代を考察する。[2]

李光洙が初めて日本に来たのは一九〇五（明治三十八）年の夏で、第二次日韓協約が結ばれる数ヶ月前のことだった。一九一〇（明治四十）年三月に明治学院普通部を卒業した李光洙は、故郷定州にある五山学校の教師となり、日韓併合をはさんで三年半をそこで送ったあと、大陸放浪の旅にでた。上海とウラジオストックをへて、一九一四年二月から八月までチタに滞在して同胞新聞に記事を書くなどしていたが、[3] 八月にロシアが第一次世界大戦に参戦すると五山にもどった。このとき、彼はふたたび東京に留学することを心に決めていた(4)。以下、李光洙が再度東京に来た一九一五年から上海に亡命する一九一九年初めまでの行動を時間の順序にそって見ていく。

二　一九一五（大正四）年　―五年ぶりの東京―

李光洙が東京に着いたのが一九一五年のいつだったかは不明である(5)。十八歳で東京を離れた彼はいまや妻子ある二十三歳の青年になっていた(6)。この五年間のあいだに日本では多くの変化があった。まず、明治天皇が亡くなって年号が大正にかわっていた。この年十一月には大正天皇の即位大礼の儀（即位式と大嘗祭）がとり行なわれ、民間でも奉祝門を作るなど祝賀行事が盛んに行なわれた。連日のように写真入りで報道される盛大な行事の記事を読みながら、李光洙は時代の変化を実感したことだろう。

このころ日本経済は好調期に入っていた。日露戦争からずっと慢性的な不景気に苦しんできた日本経済は前年に勃発した大戦のおかげで不景気を脱し、この年の夏から好景気に突入したのである。株式が暴騰し、年末の株式市場は空前の活況を呈する。政治面では、大正初めの憲政擁護運動と大正政変をへて民衆の政治意識が高まり、吉野作造や茅原崋山が「民本主義」を提唱するなど(7)、いわゆる大正デモクラシーの時代がはじまっていた。

文学界では白樺派の作家たちが若者の心をとらえていた。自己を生かすことがそのまま人類の意志の実現だとして個人のなかにひそむ可能性＝天才を伸ばすよう主張する白樺派の主張は、李光洙にも大きな影響をあたえる。また、平塚らいてうを中心に『青鞜』に集った女性たちは、マスコミの攻撃に対して自ら「新しい女」を名乗って反撃し、世間の耳目を集めていた。平塚は奥村浩と堂々と「共同生活」をはじめ、一九一六年には大杉栄と神近市子の日陰茶屋事件が起きる。また島村抱月がひきいる芸術座では松井須磨子が「復活」のカチューシャを演じて人気を集めていた。このような女性の新しい生き方に李光洙が関心を示したことは、『無情』の主人公李亨植《イヒョンシク》に日本の「女の博士」に言及させていることにもあらわれている。「女の博士」のモデル原口鶴子は、平塚らいてうと日本女子大英文学部の同級生であり、日本女性として初めてアメリカで博士号を得た人物である。彼女は夫の協力をえて母になったあとも研究をつづけ、新しい夫婦のあり方として社会の注目を集めた(8)。

このように東京では多くの変化が起きていたが、なによりも李光洙が痛感したのは祖国の国権喪失による変化だったと思われる。前は外国留学だったのが今では内地留学であり、彼は朝鮮総督府の留学生監督に監督される立場だった。保護条約締結後におかれていた学部の留学生監督部は併合にともなって朝鮮総督府の所属となり、監督の一人は日本人憲兵大尉であった(9)。以前は留学生たちがここに集まって刊行していた『大韓興学報』は廃刊となり、大韓興学会も解散させられた。その後、留学生たちは朝鮮留学生学友会を組織して活動拠点を神田小川町の東京朝鮮基督教青年会館にうつし(10)、機関誌『学之光』(11)を刊行していた。朝鮮総督府の留学制限方針のために、留学生の数は併合前から見ると半減していたが、それだけに彼らの使命感は強く、新入生歓迎会、忘年会、新年会のほか、頻繁に演説会を開いて民族意識をさかんに鼓吹していた。この年の十月には李光洙も恒例の新入生歓迎会に出て歓迎されたことであろう(12)。

併合前は、文学に関心をもつ留学生は李光洙と洪命憙《ホンミョンヒ》と崔南善《チェナムソン》の三人くらいだったが、この時期になると草創期の若い文学者たちが多く東京に来ている。一九一〇年に崔承九《チェスング》（慶應大学予科）、一九一二年に田栄沢《チョンヨンテク》（青山学院）と廉想渉《ヨムサンソプ》（翌年、麻布中学に入学）、一九一三年に羅蕙錫《ナヘソク》（女子美術学校）と朱耀翰《チュヨハン》（明治学院普通学部）、一九一四年には金輿済《キムヨジェ》と玄相允《ヒョサンユン》（ともに早稲田大学高等予科）(13)、そして金東仁《キムドンイン》はこの年に東京学院中学に入学して、翌年明治学院に移っている(14)。李光洙は一九一五年に東京に来てまもなく羅蕙錫と兄の羅景錫《ナギョンソク》と知り合い、それが彼の創作モチーフに影響を与えることになるが(15)、これについては次章でくわしく取り扱う。

留学生たちの気質も併合前とは変わってきていた。『学之光』のある記事は、併合前に日本に来ていた留学生を「下手な大工」「藪医者」、いまの留学生を「能力ある大工」「名医」にたとえ、以前とちがっていまは熱心に勉強する実力主義の風潮が強いと書いている(16)。実際、この時期になると以前のような外国人としての特別扱いではなく、日本人に負けない成績をとって互角の競争で特待生に選ばれる留学生が出るようになった。李光洙も一九一七年に特待生になっている。

李光洙は九月三十日に早稲田大学高等予科の文科二期（当時の予科は三期制）に編入学したことが学籍簿で確認される。保証人欄には留学生監督の徐基殷《ソギウン》の名前が記載されている。このころ監督部には留学生のための寄宿舎があり(17)、李光洙も『無情』を書いている一九一七年一月半ばにはこの寄宿舎にいたことが短編「彷徨」の末尾に記された執筆日と執筆場所によって推定される。しかし学籍簿には「牛込本村町一五番地　島田方」と「四谷区片町一八番地　高木方」の二つの居住地が記載されているので、入学時には寄宿舎でなく下宿に入ったことがわかる。最初の下宿は、麹町中六番町の監督部から外濠を越えて左にしばらく歩いたところにあり、陸軍士官学校の近くで外濠に面した角地だった。つぎの下宿はそこからもう少し西の陸軍幼年学校横手の崖下で、現在は外苑通りの曙橋の下になっている。『学之光』八号（一九一六年三月発行）の奥付には「編輯兼発行人」李光洙の住所としてここが記載されている(18)。いつ下宿を移ったのかは不明だが、冬休みに下宿代を節約するために寄宿舎に入り、新学期が始まるとまた新しい下宿に入ったとも考えられる。東京に来た李光洙は、これらの下宿に住みながら旺盛な活動を行なうことになる。

三　一九一六（大正五）年前半―監視のなかの活動―

李光洙はまず申翼熈《シンイクヒ》や秦学文《チンハクムン》らと計り、現代朝鮮の諸問題を研究するために朝鮮学会を立ち上げた⑲。一九一六年一月二十九日に開かれた第一回例会では、李光洙が農村問題について発表しているが⑳、このときに発表した内容が、『学之光』第八号（一九一六年三月四日発行・押収）に掲載された李光洙の論説「龍洞」㉑だったと思われる。「龍洞」の筆者名は、本文では帝釈山人、目次では白衣（흰옷）となっている。しかし「龍洞」とは李光洙が五山学校時代に校主の李昇薫に頼まれて生活改良運動を行なった村の名前であり、文末に記された執筆日付（一月二十四日）が例会の五日前であることからも、そのように推測される。李光洙がこの翌年十一月から二ヶ月間『毎日申報』に連載した論説「農村啓発」は、この論説を発展させたものである㉒。

このころ李光洙たち朝鮮人留学生はつねに監視されていた。一九一七年に内務省警保局保安課が作成した資料によれば、一九一六年末に日本にいた朝鮮人五、六二四名のうち四八五名が留学生で、うち三九一名が東京に在住していた。一九一七年末に警保局が「排日思想」の持ち主として認定した二三七名のほとんどが学生であり、李光洙は要監視度が高い「甲号」八十三名の一人として指定されている㉓。

もちろん刊行物もきびしい検閲をうけた。留学生雑誌『学之光』は、李光洙が留学前に投稿した論説「共和国의《の》の滅亡」が載った第五号（一九一五年五月二日発行）をはじめとして、この一九一六年には第七号（一月二十一日発行）、第八号（三月五日発行）、第九号（五月二十三日発行）とたてつづけに押収されている㉔。『学之光』編集者たちは原稿募集要領で内容を「学術方面」に限定し、「激烈な言葉は一切避ける」よう呼びかけて細心の注意をはらったが、そのかいもなく会誌は連続して押収され、そのうえ原因となった箇所すら教えてもらえなかった。困り果てた彼らは極秘に対策会議を開いたが、そこで誰が何を話したかまでもが記録さ

れているほど当局の監視は徹底的だった[25]。

当時はいったん印刷された雑誌を差し押さえるという方法がとられていたので、原本が押収をのがれることもあった。現在、五号は影印本に入っており、八号も最近発見されている[26]。李光洙が編集兼発行人をつとめた八号には、彼の論説「龍洞」「生きよ（살아라）」、短編「クリスマスの夜（크리스마슷밤）」[27]、詩「幼い友へ（어린 벗에게）」[28]が掲載されているほか、「社会短評」も文体や執筆日付の書き方から見て彼の作ではないかと思われ、この時期の李光洙の活動の旺盛さをうかがわせる。七号と九号が発見されれば李光洙の作品があらたに確認される可能性は高いはずである。

ところで八号に掲載された論説「生きよ」はその一ヶ月前に李光洙が行なった演説と同じ内容だと推測される。官憲資料によれば、李光洙は一九一六年一月二十二日（朝鮮学会で農村問題について発表する一週間前である）に青年会館で開かれた学友会主催の雄弁会で、「我ハ生ルヘシ」（官憲資料の日本語訳タイトル）という演説をしている。タイトルの類似や掲載時期から見て、執筆中の「生きよ」の内容を壇上で語ったのが「我ハ生ルヘシ」ではなかったかと思われる[29]。ところで、この演説記録と論説の二つを比較してみると論調が違っていることに気づく。論説「生きよ」が、よりよい生存を求める欲望が文明と富の原動力であるという、この時期の李光洙がおこなっていた主張を一般論として述べたものであるのに対して、演説の方はより具体的で激烈である。欲望が引き起こす生存競争のなかで日本人がぞくぞくと朝鮮半島に殖民する一方で、朝鮮人は半島を背にして異郷でさまようという惨めな状態にある。だが日本は朝鮮に権力も自由も与えようとしない。これがどうして黙視に耐えようかと慨嘆しながら日本を批判している[30]。論説では検閲を意識して抑制した書き方になり、一方演説では会場の熱気に押されて胸の奥の思いを吐露したためにこの落差が生じたのだろう。

こうした落差は、媒体が同じであっても、実名で書くか匿名で書くかの違いによって生じることもある。

この年、茅原崋山の主宰する雑誌『洪水以後』[31]三月号に、李光洙が「孤舟生」の筆名で書いた「朝鮮人教育に対する要望」という投稿文が掲載されている。[32]この中で李光洙は、日本と朝鮮の教育制度の違いを具体的な数値をあげて指摘し、もし日本が言葉で言うように真に朝鮮人の「幸福」と「同化」を望んでいるのならば、いまや日本人と同じく「天皇の赤子」である朝鮮人に対して内地と同じ教育制度のもとで同程度の教育を施すべきだと、日本が主張する「同化」の論理を逆手にとって完全平等を鋭く要求をしている。だがこの投稿文には、卒業後に平等の資格を与えてくれれば「朝鮮人は真に皇恩に浴したるを衷心から感謝するであらう」とか、適当な時期が来たら「朝鮮人にも参政権を附与して完全なる日本臣民の列に加えて貰いたい」、そのための教育は日本語でおこなえばよいなど、見方によっては卑屈とも受け取られかねないような文言が並んでいる。

ところがその翌月、同じ雑誌に今度は匿名で投稿した「朝鮮人の眼に映りたる日本人の欠点」という文章で、李光洙は前号とはうってかわって激烈な日本批判をおこなった。おそらく前の投稿文を書きながら、彼の心の底には日本人の朝鮮差別への怒りが鬱勃としており、それが匿名という条件のもとで噴き出したのだろう。「日本人は朝鮮人もしくは支那人に対し傲慢極まりなきに反し、白人種特に英国人に対する態度の卑屈さはまことに笑止に堪えず」とか、「日本人はただに朝鮮人を冷遇するのみならず、進みてその職を奪い、その資財を捲き上げて餓死せしめんと努めつつあり。日本人は我々朝鮮人にとりてはあたかも寄生虫のごとし」という「全文殆ど嘲罵的字句」で埋めつくさられた文章を、当然のことながら編集部は「其の筋の注目を憚」って掲載しなかった。[33]李光洙は自分の書いた文章を人の目にふれさせるためにはそれなりのレトリックが必要なことを、よく知っていたのだろう。実名の投書文に見られるような日本の主張を逆手にとって差別の撤廃を要求するというレトリックは、その後、李光洙の公式となる。彼は解放後に次のように回想している。

たとえば、「われわれ朝鮮人の教育機関を作ってくれ」と言いたい場合は、言論人や公職者は「同じ天皇の赤子ではないか、なぜ教育に差別があるのだ」と言わなければ、当時は通じなかった。官公職の朝鮮への制限や差別打破をさけぶための公式は、「みんな同じ天皇の赤子ではないか、内鮮一体ではないか、明治大帝の御心ではないか、なぜ内鮮差別をするのだ！」というものだった。（『나의《私の》告白』傍点は引用者）[34]

李光洙は「余의《の》作家的態度」（一九三二）でも、小説を書くときには「警務局が許すような材料を選んで原稿紙に書きはじめる」と書いている。[35] 許容された限度内でなければ文章行為そのものが不可能な状況のなかで、李光洙は自分の主張を合法的に読ませるためのレトリックを体得していった。証拠の文字が残らない演説、実名を出さない投稿、あるいは日本の権力が及ばない国外に出たときに彼の文章が激変し、まるで二重人格のように見えることもあることには、こうした事情を考えなくてはならない。

七月五日、彼は優良な成績で高等予科を卒業して大学部への進学を決める。[36] このように一九一六年前半期の李光洙は旺盛に研究し、著述をし、『学之光』の編集をしながら授業にも真面目に出席していたのである。

四　一九一六（大正五）年後半――『毎日申報』――

夏季休暇を妻子がいる故郷で過ごし、九月に大学進学のために東京にもどる途中、李光洙は京城日報社の社長である阿部充家（一八六二～一九三六）と接触した。[37] 阿部との出会いを、李光洙は次のように回想している。

我が初めて無仏翁に御逢ひしたのは大正五年の初秋であったと思ふ。当時私は、学校の教師を止めて、シベリアの流浪からも帰り、再び早稲田大学に学籍を置いて居た時で、夏休みを終へて東京へ帰る途中、京城に寄った時のこと、或日朝早く沈友燮君に誘はれて、翁を旭町の寓居に訪れたのであった。(「無仏翁の憶出〔1〕—私が翁を知った前後のこと」一九三九)[38]

無仏とは阿部の号である。総督府の御用新聞社である京城日報社は、日本語新聞『京城日報』と朝鮮で唯一の朝鮮語新聞『毎日申報』の二紙を発行していた[39]。発行部数はこのころ『京城日報』が三万五千部、『毎日申報』が二万部強で、四年後の一九二〇年にはそれぞれ七万部と五万部を突破している[40]。国民新聞の徳富蘇峰は併合時に寺内総督から京城日報社の経営を依頼されたが、仕事の関係で韓国に住むことができなかったので、現地常駐の社長をおいて、ときどき訪韓しながら監督していた。国民新聞で蘇峰の右腕として副社長をつとめていた阿部は、一九一三年八月に蘇峰に請われて京城新聞の社長となり[41]、一九一八年七月、蘇峰の辞任にともなって退任している。阿部は仏教に造詣が深くて生活は質素であり、日本統治に不満を持つ朝鮮の青年たちと好んで話しあったので、その人格に敬服する朝鮮人は多かったという[42]。

京城日報社には「京日編集局」と「毎申編集局」の二つの編集局がおかれており、『毎日申報』の編集局を主宰していたのは中村健太郎という朝鮮語に堪能な日本人だった[43]。中村は熊本県の朝鮮語留学生として朝鮮に渡り、日本人が発行していた『漢城新報』の朝鮮文主幹や、統監府の翻訳官として新聞検閲の仕事をしているうちに、蘇峰の知己をえて『毎日申報』を主宰することになった人物である[44]。李光洙を阿部の家に連れていった沈友燮《シムウソプ》は『毎日申報』の記者で、天風という号をもつ作家でもあり、『無情』の登場人物申友善《シンウソン》のモデルとされる[45]。彼に連れられて阿部宅を訪れた李光洙は、阿部から『毎日申報』への執筆を請われて承諾し、中村の家を訪れて具体的な話をしたのだろう。九月八日の『毎日申報』に「南溪幽屋始逢君」で始まる孤舟生の漢詩「贈三笑居士」が掲載されている。孤舟は李光洙、三笑居士は中村の号である。

総督府の御用新聞である『毎日申報』に書くことを、李光洙はどう考えていたのだろうか。先に見たように彼は日本人に対して反感をいだいていたし、この新聞に書けばある人々たちの攻撃の的になることももちろん知っていた。[46]当然、躊躇したはずである。にもかかわらず彼が『毎日申報』に書いた理由はいくつか考えられる。まず、彼はこのころ自分の文章を発表する場所をもっていなかった。崔南善の『青春』は一九一五年三月に六号を出したきり停刊のままだったし、先述のとおり『学之光』もこの時期あいついで押収されていた。[47]書いた文章が人の目に触れないことは、李光洙にとってかなりの痛手だったに違いない。李光洙は同胞を啓蒙したいと望んでおり、また同胞の地位向上を日本に要望したいとも考えていた。総督府の朝鮮語新聞『毎日申報』はその両方の目的のためにもっとも適した言論機関であった。自分の文章で人々の考え方に影響をあたえ、朝鮮の状況を改善させることができると自負していた李光洙にとって、二万部の発行部数をもつ『毎日申報』は魅力的な発表の場だったことだろう。

もちろん、そこに青年らしい虚栄心と野望があったことは否定できない。しかしながら、まさに青年が名声と富に対する欲望を持つことこそが必要なのだと、このころ書いた小説でも論説でも李光洙は叫んでいた。先述の論説「生きよ」と演説「我ハ生ルヘシ」でも、生存を求める本能的欲望が文明の原動力であることが大前提とされており、生存競争に負けた朝鮮人の弱さが嘆かれているにすぎなかった。弱いからこそ強くならねばならない、そのためには大きな欲望を持たねばならないというのがこのころの彼の主張だったのである。そもそも彼には、朝鮮に現在おきている変化は基本的には受け入れるべき必然の趨勢であるという肯定的な認識があったと思われる。平安道の貧しい孤児出身だった彼は、自らの社会上昇が、朝鮮で王朝が滅びて両班が没落するという未曾有の大変動の時代に生まれあわせたおかげであることをよく知っていた。日本人の傲慢さや差別意識に対する怒りはそれとは別の問題であった。

そしてもう一つ、彼が『毎日申報』に執筆する動機となったと思われる非常に現実的な理由がある。詳細はあとで述べるが、このころ彼は経済的に逼迫していた。東京に帰ればすぐに秋学期の学費を納めねばならなかった彼にとって『毎日申報』から入る原稿料はまさに天の恵みであったと思われる。

東京に向かう日、李光洙は阿部に挨拶をしてから汽車に乗ったようである。李光洙がこのあと『毎日申報』に発表した論説「大邱에서《にて》」(48)の冒頭は、「朝、先生とお別れしたあと、終日の雨のなかを大邱に到着いたしました」という文章で始まっている。「先生」とは阿部をさすと思われる。このころ大邱では資産家の家を強盗が襲う事件が発生し、最初は外部の犯行と思われていたところ、まもなく婿と息子が犯人と判明して大きな話題になっていた(49)。李光洙はこの事件を分析して、朝鮮の中流青年の不満を取り込むための方策を提言している。提言の直接の相手は「先生」であるが、その背後には総督府が意識されている。官界や教育界、郵便、銀行などの「高尚で複雑」な仕事は現段階では日本人にまかせ、とりあえず朝鮮人を商店事務員、工場技術者、普通教育の教員などの仕事に使うべきであるという提言は、朝鮮人が現時点において日本人より劣っていることを前提としており、見方によっては卑屈とも受けとられる。しかし、あえてこうしたレトリックを使ってでも、朝鮮人に職業的な知識を習得する機会を与えてほしい、実力養成のために学ぶ機会を与えて欲しいと、李光洙は切実に願っていたのだろう。

東京にもどった李光洙は、九月十日に早稲田大学大学部文学科哲学科への入学手続きをとった。このとき学籍簿に記載された居所「市外戸塚町一五六　浅井方」は、大学からグラウンドの脇を通って高田馬場駅へ向かう途中である(50)。この下宿で、彼は『毎日申報』に発表する論説を書きはじめた。まず九月二十二日から二日間「大邱にて」が掲載され、つづいて二十七日から現代の東京を紹介する「東京雑信」の連載がはじまった。一ヶ月半の連載が終わると、翌十一月十日から今度は文学評論「文学이란《とは》何인가《か》」がはじまり、その終了二日前から「婚姻論」の連載が、そして、それが終了する四日前の十一月二十六日からは「教育家諸氏へ」と

「農村啓発」二つの論説の連載がはじまる。「農村啓発」は翌年の二月十八日まで二ヶ月近く連載がつづき、「教育家諸氏에게《へ》」の方は十二月十三日に終わるが、翌日から「朝鮮家庭의《の》改革」、それが終わるとただちに「早婚의《の》悪習」がはじまっている。この時期の『毎日申報』にはつねに李光洙の論説が二つか三つ掲載されていたことになる。以前に書きためていたものもあったかもしれないが、すさまじい執筆量である。

十一月三日には朝鮮学会で「民族性에《に》関한《する》研究」の発表をし、その三日後に論説「為先獣가되고然後에人이되라（まず獣となり然る後に人となれ）」を書きおえて『学之光』一一号に発表している[51]。この二つは、李光洙がこの時期すでに民族性に着目して優勝劣敗の論理と結びつけて考えていたことをうかがわせる。このように大量の論説を執筆するかたわら、彼が大学の勉強も怠らなかったことは、翌年の学年末試験でみごとに特待生になっていることでもわかる。

こうした仕事量の膨大さが彼の体力を消耗させたであろうことは容易に推測される。ようやく冬休みが近づいたころ、今度は新年小説を書くようにという『毎日申報』の電報が飛びこんできた。李光洙は休むまもなく、「冬休み中に不眠不休で約七十回分を書いて送[52]」ることになる。

五　一九一七（大正六）年前半――『無情』と結核――

のちに、この時期をふりかえって李光洙はこう書いている。

『無情』を書いていたときのことは今も忘れられません。それは多分、私がひどく苦労したときのことだったからだと思います。

業料を納めることができずに学校に行けないことが頻繁にありました。（「나의《私の》 최초의《最初の》 저서」）(53)

そのころ私は空腹のために気を失うことが何回もありましたし、教科書を買えないのはさておき、授業料を納めることができずに学校に行けないことが頻繁にありました。

李光洙は金性洙《キムソンス》から経済援助を受けて留学し、中央学校の学監安在鴻《アンジェホン》の名義で毎月二十円を受け取っていたという。(54) しかし、これは彼が十年前に明治学院に留学していたときの官費給付と同じ額であり、(55) いまやきわめて不十分な額であった。大戦の影響で好景気に突入した日本ではインフレーションが起こり、物価の高騰が人々の生活を直撃していた。米価の値上がりに耐えかねた人々が全国で米騒動を起こすのは、この翌年の一九一八年のことである。毎月一定の仕送りで暮らす学生たちは物価高に苦しんだ。明治の終わりに月十円くらいだった下宿料がこのころは五割ほど値上がりしている。(56) 九月、一月、五月に三分割して納めねばならなかった年間五十円ほどの大学授業料もこの時期に上がりはじめる。(57) 李光洙はこのあと六月の学年末試験で特待生となって学費を免除されるが、その前は学費を納めるのに苦慮したことだろう。(58) ちなみに『無情』の李亨植が一九一六年の夏に京城学校から受け取っていた月給さえ三十五円である。亨植の下宿料は八円であまり高くないが、彼が東京の本屋に払い込むプラトン全集の代金は五円もしている。(59) 当時の日本では雑誌が十銭から五十銭くらい、単行本は一円から二円だったから、(60) 二十円の仕送りでは教科書代と授業料に困ったのは当然である。先に指摘したように、李光洙が『毎日申報』に執筆した最大の理由は、東京で勉強を続けるには月二十円の仕送りでは無理だったからだと思われる。(61) 新聞社からの原稿料は『無情』の連載が始まるころは月五円、連載が終わるころは十円、そして『開拓者』の連載が始まるころは二十円になっていたと、のちに李光洙は回想している。(62)

一九一七年一月一日から『無情』の連載がはじまり、六月十四日まで百二十六回つづいた。筆者は以前書いた論文のなかで、李光洙が冬休み中に不眠不休で書いた「約七十回分」とは、四月初めの掲載になる七二節あたりまでの三か月分だと推定した。このあたりで作品の流れがとぎれているからだ[63]。「このような長編を短期間で書きあげることができたのは、孤児として生きてきた筆舌に尽くしがたい自伝的な事実をほとんどそのままの形で作品に流し込んだからだ」[64]という金允植の指摘のとおり、『無情』の少なくとも前半は、彼の内部から流れ出すがごとく一気呵成に書かれたのである。

それにしても、いくら無理な仕事で衰弱していたとはいえ、二十代の若者が空腹のために何度も失神したという回想の内容は尋常ではない。李光洙の身体がこのころどれほど衰弱していたかをうかがわせる。この時代に栄養不良で過労の苦学生が一番恐れなくてはならない病気、それは結核であった。彼が一生苦しむことになるこの病気にかかったのは、『無情』を執筆中のこのころだったと推測される[65]。李光洙は肺結核を発病したときのことを次のように回想している。

病気の始まりは大正六（一九一七）年度、東京からです。（一九二九年「春園病床訪問記」）[66]

私が肺病にかかったのは、いまから十五年前のことです。最初は風邪のように身体がつらくて咳がしきりに出るので、医師の診察を受けたところ、意外にも私がもっとも恐れていた肺病という宣告をうけたのです。（一九三二年「肺病死生十五年」）[67]

秋口から続いた仕事で無理を重ねた李光洙は、『無情』を書くころに発病したのだろう。『無情』の連載が始まると同時に、あれほど活発だった論説の発表が止まっている。「農村啓発」の連載は二月まで続いているが、これは前年中に執筆して送ったのではないだろうか。冬休みの終わった一月なかばに「少年の悲哀」「尹光浩」「彷徨」三つの短編を書いているが[68]、それまでに比べて格段のペースダウンである。「彷徨」の末尾には

（一九一七、一一、一七、東京麹町にて）と執筆の日付と場所が記されており、作品の主人公が留学生宿舎で病に臥していることから、李光洙がこのころ麹町の留学生監督部寄宿舎に移っていたことが推測される。風邪で大部屋に寝ている「彷徨」の主人公は、仲間が登校したあと深刻な虚脱感に襲われて「僧になりたい」と考える。この「僧になりたい」という同じ言葉を、『無情』の七三節と七四節で、亨植もつぶやいている。おそらく作者の心理が同時に二つの作品に反映したのであろう。このときの李光洙の精神状態が、この時代に「死に至る病」であった肺結核の発病とかかわりがあることを強く示唆している。これについては第三章で詳察する。

　のちに李光洙と結婚することになる許《ホ》英肅《ヨンスク》は、知り合ったときに彼はすでに肺病にかかっていたと回想している。彼女は李光洙との出会いについて幾通りかの回想をしているが、そのなかでもっとも信頼できるのは、周囲の人物や状況まで明確に覚えている次の発言である。

　あのとき張徳秀《チャンドクス》氏、崔斗善《チェドゥソン》氏、玄相允氏、そういう方たちと何かの会議があって、私も参加して初めてあの人に会いました。会が終わって雑談をしているとき、あの人が私に、肺病には何の薬がよいだろうかと聞くんです。（「春園病床訪問記」）[69]

　張徳秀、崔斗善、玄相允はみな早稲田出身者である。崔南善の弟である崔斗善は一九一七年七月まで哲学科、玄相允は一九一八年七月まで史学科に在学しており、張徳秀は政経学部を一九一六年七月に卒業したが一九一七年二月九日の朝鮮学会公開講演会で玄相允とともに講演した時までは東京にいたことがわかっている[70]。許英肅が李光洙と知り合ったのは、おそらく一九一六年末から翌年にかけてだったと推測される。このあと許英肅は薬を届けるなどして彼の面倒を見るようになり、それもあってか李光洙の健康は順調に回復する。まもなく著作活動も再開し[71]、四月二十九日に開かれた学友会主催の新入生歓迎会・卒業生祝賀会では祝賀の辞を述べている[72]。

六月十四日に『無情』の連載が終わった。この時期の行動を時間順に整理すると、李光洙は五月ころには『無情』を完成させ、すぐに中編小説「幼い友へ（어린 벗에게）」の執筆に入って、夏休みに朝鮮にもどるときには執筆を終えていたのではないかと考えられる[73]。学年末試験を終えて東京を発った彼は、朝鮮に向かう汽車と船のなかで紀行文「東京에서《から》京城까지《まで》」を書き、「幼い友へ（어린 벗에게）（1・2信）」といっしょに『青春』九号（七月二十六日発行）に発表した。紀行文のはずむような文体は、このとき李光洙が未来に対していだいたであろう希望と信頼をあますところなく映しだしている。そして、そこにあふれる明るさは、『無情』の最終章の「ああ、我らが地は日ましに美しくなっていく」[74]と詠いあげられた明るさと通底する。許英粛のおかげで彼の身体は健康をとりもどしていた[75]。特待生になった彼はもう学費に悩まなくてもよかったし、『無情』が好評を博して原稿料も入るようになった。そして彼はいま、新聞社から民情視察の紀行文を書くよう依頼され、特派員として旅に出るところであった[76]。併合六年目を迎えた朝鮮各地の「経済、産業、教育、交通の発達、人情風俗の変化」を宣伝するのが新聞社の目的だったが[77]、それはまさに『無情』の最終章に描かれた朝鮮の姿――亨植たちが釜山から旅立ったあとすべての面で長足の進歩をとげ、商工業が発達し、大都市には石炭の煙が流れてハンマーの音が鳴り響く、新しい朝鮮の姿のはずであった。それを視察するために李光洙は「五道踏破」の旅に出たのである。

六　一九一七（大正六）年後半―輝かしい日々―

「五道踏破旅行記」の連載は『毎日申報』で六月二十九日から、『京城日報』で六月三十日からはじまった。[78]同じ作家が日本語と韓国語で連載するという画期的な形式である。七月十二日に李光洙が木浦で赤痢を発病して入院したあとは、李光洙が書いた日本語原稿を沈友燮が朝鮮語に訳して『毎日申報』に載せたという。[79]五道というのは全羅南道、全羅北道、慶尚南道、慶尚北道、江原道をさしている。[80]最初の計画では金剛山まで行く予定だったが、交通の便の悪さや途中の入院騒ぎもあって金剛山はカットされ、踏破は慶州で終わった。李光洙が回ったコースは次のとおりである。

鳥致院―公州―利仁―扶余―郡山―全州―裡里―羅州―木浦（赤痢発病、入院）―多島海―三千浦―晋州―統営―東莱温泉―金井―海雲台―釜山―馬山―大邱―慶州

六月二十六日に汽車で京城を出た李光洙は、乗り合わせていた島村抱月・松井須磨子一行にインタビューをして、さっそく第一便を書き送った。その後は行く先々で新聞社の支局員に迎えられ、地方の官公署のトップと面談してその地方の民情を紹介し、また名跡や風光明媚な場所では詩趣たっぷりの写生文を書いた。木浦では先述したように赤痢にかかって六日間入院している。

八月四日に釜山に着いた李光洙は、ここで徳富蘇峰と初めて会っている。朝鮮に来る蘇峰を釜山まで迎えに出た阿部充家が蘇峰に李光洙を紹介し、一行はステーションホテルでいっしょに朝飯を食べた。[81]蘇峰と阿部と李光洙の交流はこのあとずっと続くことになる。この旅行をすることによって李光洙は文名をおおいに

高め、各地の事情に詳しくなり、なによりも著名人や総督府で高い地位にある人々の知己を得た。彼は社会的なステータスを一挙に上昇させたのである。八月十八日付の慶州からの便りで「五道踏破旅行記」は終了し[82]、李光洙はいったん京城にもどってから、九月十五日に東京に向かった[83]。

この年、九月十一日の予定だった早稲田大学の始業式は、いわゆる「早稲田騒動」のために中止されていた。夏休み前から始まっていた学長後任問題が学生たちを巻き込みはじめ、騒ぎを恐れた学校側が始業式を取りやめたのである。学校の態度に憤激した学生たちが学校の建物に乱入して、十三日には新聞が「早大無政府」「革新団大学全部を占領」という見出しをつける事態になった[84]。このころロシアでは二月にロマノフ朝を倒した革命が進行中であり、こんな用語が頻繁に新聞を飾っていたことも若者たちの心理に影響したのだろう。つづいて十月一日には記録的な台風が東京を直撃した。死者負傷者が数知れず、そのあとは食料品が暴騰するという騒ぎになった。東京にもどった李光洙が新たな連載小説『開拓者』の執筆に取りかかったのは、このように騒然とした雰囲気のなかでのことだった。周囲の高揚した雰囲気は作品にも影響を与えている。『開拓者』は十一月十日から翌年の三月十五日まで連載された。

十月十七日に李光洙は、羅蕙錫と許英粛が編集部員をつとめる朝鮮女子親睦会の機関紙『女子界』の編集賛助になっている[85]。その十日後の十月二十七日、彼は青年会教育部が主催した連続三回講演会の第二回目の講師をつとめた。講師の陣容は第一回目（九月二十九日）が哲学博士元田作之進、第二回目が李光洙と早稲田騒動のために大学を辞任したばかりの大山郁夫[86]、第三回目（十一月十日）が神学博士井深梶之助である。李光洙は、明治学院在学時代の恩師井深と母校早稲田の恩師だった大山とならんで講師をつとめるという栄誉を得て、壇上で「五道踏破旅行談」を語った。

翌十一月十七日土曜日の午後二時、早稲田大学本部応接室に学科科長と日本人留学生監督が臨席し朝鮮留学生たちが参列するなか、夏季試験で優秀な成績を取った崔斗善、李光洙、玄相允、金輿済の四人が、大学理事から総督府の賞金を手渡された[87]。総督府からの賞金とはいえ、日本の学生と競って実力で得た成績である。さぞ晴れがましかったことだろう。この日の夜には青年会館で学友会主催の演説会があり、弁士たちはおおいに気炎をあげた[88]。この日はまた青年会の機関紙『基督青年』が創刊された日でもある。翌十二月二十七日、学友会主催の忘年会が南明倶楽部（不明）で開かれ、参加者は三百五十名に達した[89]。当然、李光洙も出席したことだろう。こうして『無情』と肺結核で幕を開けた李光洙の一九一七年は、輝かしい日々のなかで暮れていった。

七　一九一八（大正七）年―北京への「愛情逃避」―

年があけて一月に李光洙は基督教青年会の定期総会で青年会副会長になり、二月末には青年会機関紙『基督青年』の編集部員になっている。「朝鮮人概況」には、青年会が李光洙に月二十円の手当てを支給して紙面充実を依頼したと記録されており[90]、これが事実ならこの時期の『基督青年』には李光洙の手による文章が入っている可能性が高い。だが現存が確認されている第五号（一九一八年三月号）から第十三号（一九一九年一月号）には[91]、第五号に李宝鏡の名前で発表された詩「生まれた日（난 날）」がある以外は[92]、李光洙の文章は特定できていない[93]。今後の課題としたい。

李光洙は二月末に喀血をし、許英肅の世話で彼女の恩師の診察を受け、熱海で静養したあといったん帰国したものの[94]、崔南善に会って三月十七日にまた東京にもどっている[95]。この三月に羅蕙錫が東京女子美術学校を卒業した[96]。許英肅も東京女子医学専門学校の卒業を七月にひかえていたが、李光洙にはまだ学業が一年残っている。彼は許英肅にあと一年日本に留まってくれるよう懇願したが拒否された[97]。

病気や帰国によるブランクにもかかわらず、李光洙は六月の学年末試験では優秀な成績をとって「優等で進級」をきめている。[98] 七月二十五日に許英粛が東京女子医専を卒業した。ひと月後、帰国する許英粛を見送って李光洙は東海道線を沼津まで行き、八月二十四日朝に彼女を送りだしたあと、近くの海水浴場の旅館で夏休みの終わりまで療養した。[99] この時期に李光洙が許英粛に出した手紙が全集に収められているので、二人が北京に駆け落ちするにいたるおおよその経過を推察することができる。[100] 許英粛の母親はすでに二人の仲を知って反対していた。彼が既婚者で羅蕙錫や他の女性との艶聞もあり、門閥のない貧しい青年であったことを考えれば、むしろ当然であろう。[101] 李光洙は定州にいる妻白恵順《ペクヘスン》とのあいだに人を立てて離婚の話し合いをし、三年間の生活費を支払うという条件で承諾を得るが、[102] 許英粛の母親の反対は変わらなかった。九月半ばに許英粛から結婚は三年後にしようという提案があったことが、いよいよ李光洙を不安にさせた。[103] 堪えられなくなった彼が許英粛に中国行きを提案したのが発端となったようだ。京城で総督府の医師試験が始まった十月二日の手紙には、金と旅行券を〇〇氏に頼んだと書いてあるのを見ると李光洙も旅行準備はしていたようだが、[104] 文面全体に中国行きへの躊躇が感じられる。[105] あるいは言い出した彼の方が許英粛の実行力に引きずられたのかもしれない。[106] 十月十六日、医師試験で許英粛の合格が発表された直後、彼らは北京に「愛情逃避」[107] した。

十一月十一日に第一次世界大戦が終結したことを知った李光洙はただちに北京を発って京城に行き、中央学校にいる玄相允と独立運動のことを相談してから日本にもどった。玄相允が崔麟《チェリン》と親しいことを知っていたので、彼を通して崔麟と孫秉熙《ソンビョンヒ》そして天道教を動かそうと考えたのだという。だが日本にもどってから大学の期末試験を受けているところを見ると、この時点で彼は亡命することになるとは思っていなかったようだ。[108] 十二月二十九日に明治会館（不明）で学友会の忘年会が開かれ、席上学生たちは独立問題に関する議論に熱をあげた。[109] 李光洙も参加していたと思われる。こうした学生たちの動きのなかで李光洙がどれほど重要な位置にあったのかは明らかでない。李光洙は、植民地時代の文章では「朝鮮青年独立団宣言書」の起草は「与えられた任務」だったと控えめに書いており[110]、解放後の『我が告白』では、冬休みに崔八鏞《チェパルヨン》や宋継白《ソンケベク》らに宣言の相談をもちかけたときはすでに宣言書は書いてあったと、自分がイニシアティブを取ったような書き方をしている。ただ日本の警察は李光洙を中心人物とみなしていた。大正九年作成の「朝鮮人概況第三」には「在留学生中排日ノ急先鋒ニシテ且主脳者李光洙（甲号）黄相元（甲号）鄭魯湜（甲号）他数名」と、李光洙を二・八宣言の首謀者の筆頭にあげている[111]。一月末、彼は自分が起草・英訳した独立宣言書をもって上海に亡命した[112]。一月に大学授業料を納めていなかった彼は二月十八日付で早稲田大学から除籍され[113]、こうして李光洙の第二次留学時代は終わったのである。

八　結びにかえて──「朝鮮青年独立団宣言書」──

筆者は一九九〇年に書いた論文で李光洙の第二次留学時代の啓蒙論説を分析したとき、彼が北京に行く前に書いた「新生活論」までを検討対象として「朝鮮青年独立団宣言書」を除外した。その理由は、宣言書の内容が「その直前の著作の立場からかけ離れていて、一連の精神活動の所産とみなすのが難しい」と考えたからである[114]。「大邱にて」に見られる日本にすり寄るかのような書き方と「日本に対する永遠の血戦」を叫ぶ宣言書の激しい論調とのギャップにとまどった筆者は、李光洙の内部には帝国主義を肯定する「東京の世界」と健全な民族主義者としての「五山の世界」があり、宣言書は後者の突発的な噴出であって、それ以前の立場と一貫性を欠いていると考えた[115]。

だがその後、李光洙が東京に来る前にロシアで書いた記事や、亡命後に上海で書いた記事など、以前は見ることができなかった資料に接し、また東京で李光洙を監視していた官憲資料に記録された李光洙の別の姿を知ったことで、前の意見を修正しなくてはならないと考えるようになった。

この宣言書に、李光洙はそれまでの彼の経験と主張をすべて盛りこんでいる。宣言書前半部に書かれた、日本が「詐欺」と「暴力」によって朝鮮から国権を奪ってきた過程は、李光洙が幼少のころから実際に見聞きしたことである。一九〇五年十一月、日本に来てまもない少年李光洙は友人たちといっしょに公使館に駆けつけ、「日本は我々を騙した」[116]と言って泣いた。そして、そのあとも次々と実権をもぎ取られていく祖国の姿を見ながら陰鬱な中学時代を過ごさねばならなかった。卒業した年に五山で併合をむかえて帝国主義と力の論理を痛感し、大陸放浪の旅では中国とシベリアをさまよう同胞たちの惨めな姿に心を痛めた。武断統治で彼がもっとも憤慨したのは、日本が朝鮮人に教育をあたえず、愚民のままにとどめようとしていることだった。宣言文のなかの、日本が朝鮮人に「日本に比して劣等な教育を施した」[117]という非難は、彼が『洪水以後』への投稿文「朝鮮人教育に対する要望」で行なった指摘であるし、「官民機関で日本人ばかりを使用して朝鮮人に職を与えず、国家生活の知能と経験を得る機会を与えようとしなかった」というくだりは、「大邱にて」で屈辱的なレトリックを使ってまで提言をせねばならなかった事由である。そして日本が「もともと人口過剰な朝鮮に無制限に移民を送りこんで朝鮮人を海外に流離せしめた」という非難は、まさに演説「我ハ生ルヘシ」において李光洙が激しく糾弾したものだった。宣言の最後にある決議の「日本に対し永遠の決戦を宣す」という激しさは、匿名の投稿文にあらわれていた激しさと同じく、ふだんは抑えざるをえなかった日本への憤りが噴出したためであろう。この宣言書はまさに、李光洙の第二次留学時代までの行動と主張をそのまま投影した総決算だったと見なすことができる。

本章では、一九一五年から一九一九年までの李光洙の体験をできるだけ詳細に考察した。その結果、筆者が以前行なった「朝鮮青年独立団宣言書」に関する評価を修正することになった。次章では、本章で調べたことを土台にして、この時代に李光洙が体験したことが『無情』をはじめとする彼の創作にどのようにあらわれているか、そして李光洙のその後の作品にどのような影響をあたえることになったのかを考察したい。

＊本研究は二〇〇六年から三年間日本学術振興財団の助成を受けて行なった科学研究費基盤研究（B）「植民地期朝鮮文学者の日本体験に関する総合的研究」（課題番号一八三二〇〇六）の成果の一部である。

（1）　李光洙小説と体験とのかかわりを論じた主要な論文には下記がある。金允植『李光洙와 그의 時代』、한길사、一九八六／三枝壽勝「『無情』における類型的要素について」、『朝鮮学報』第一一七輯、一九八五／小野尚美「李光洙『無情』の自伝的要素について」、『朝鮮学報』第一二七輯、一九八八／波田野節子「『無情』の研究」（上）（中）（下）、『朝鮮学報』第一四八輯、一九九三、一五二輯、一九九四、一五七輯、一九九五（『李光洙・『無情』の研究—韓国啓蒙文学の光と影』白帝社、二〇〇八所収）

（2）　李光洙の東京での行動と周囲の動きを年表にしたものを、本章末尾に掲載する。

（3）　ロシアにおける李光洙の活動および記事については、崔起栄の論文「一九一四年李光洙의 러시아滞留과 文筆活動」、『植民地時期民族知性과 文化運動』、도서출판한울、二〇〇三 参照。『勧業新聞』は在露朝鮮人の団体勧業会の機関紙で、李光洙は一九一四年三月一日から三日まで「독립준비하시오（独立を準備せよ）」（一〇〇号—一〇三号）を외배の筆名で連載した。『大韓人正教報』はチタで李鋼が発行していた大韓人国民会シベリア地方総会の機関紙で、李光洙は一九一四年六月一日の十一号に「재외 동포의 현상을 론하야 동포교육의 긴급함을（在外同胞の現状を論じて同胞教育の緊急であることを）」「지사의 감회（志士の感懐）」のほかに詩三編を載せている。すべて崔起栄の前掲書に収められている。崔起栄によれば、李光洙がロシアを離れたのは、ドイツのロシアへの宣戦布告によってロシアが日本と同盟を結んで領土内における朝鮮人の政治活動を禁止し、『勧業新聞』と『大韓人正教報』を廃刊したためだったという。（一五三—五四頁）

（4）　「再び東京に行って学業を継続する決心をして（中略）五山にもどった」（以下、朝鮮語文の翻訳は筆者による）「文壇生活三十年의回顧」、『朝光』、一九三六年五月号、一〇二頁 ＝「多難한 半生의 途程」（ただしこのタイトルは『朝光』四月号掲載の第一回のみ）『李光洙全集』14、三中堂、一九六三、三九七頁。以下、この『李光洙全集』を『全集』と略記する。／「学

業を継続する志を抱いて本国に向かった」「나의 告白」、『全集』13、二一七頁
（5）三中堂が一九六三年に発行した『全集』20の年譜では五月に来日とされていたが、一九七九年に又新社が発行した『李光洙全集』十巻本の別巻年譜（別巻には奥付がないので刊行年不明）では九月に変わっている。編集の実務者である노양환氏に手紙で質問したところ、修正の過程は記憶にないとのことだった。
（6）李光洙は白恵順と結婚しており、一九一五年八月四日に第一子震根が生まれている。「年譜」、『全集』20
（7）吉野作造が「憲政の本義を説いてその有終の美を済すの途を論ず」を『中央公論』に発表したのは一九一六年一月のことである。最初に「民本主義」という用語をもちいたのは茅原華山だが、吉野との使い方とは少し違っている。
（8）李光洙の早稲田入学二日前である一九一五年九月二十八日の『朝日新聞』に「原口鶴子女史」の死亡記事が載っている。原口鶴子（一八八六～一九一五）は日本女子大を卒業後、単身渡米してコロンビア大学大学院で心理学を学び博士号を得た。現地で原口竹次郎（早稲田文科講師）と知りあい、博士号を得た当日に結婚。帰国して二児をもうけたあとも研究をつづけたが、結核のために二十九歳で夭折した。李光洙はこの女性を「여자박사」として『無情』の中にもりこんだ。八三節で亨植と善馨の婚約が成立して米国留学の話になったとき、「女の博士もいるのかね」と尋ねる金長老に対して、亨植が「日本の女性でも米国で博士になった人が一人いましたが、昨年（原文「연전에」）亡くなりました」と答えているのがそれである。亨植と善馨が大学でともに学ぶ姿を、李光洙は、研究者夫婦だった原口夫妻の姿と重ね合わせていたのだろう。
（9）朝鮮人の監督は、併合から一九一四年までは李晩奎がそのまま務め、その後は徐基殷が務めたが、彼は以前の監督たちと違って人望がなかったという。金範洙『近代渡日朝鮮留学生史』、東京学芸大学博士論文、二〇〇六、七―九頁。監督の役目の一つは留学生たちの保証人になることだった。この時期の留学生の学籍簿を見るとその多くに保証人として監督の名前が載っている。
（10）一九一四年十一月に神田区西小川町二丁目五番地に竣工、関東大震災で焼失。現在の在日本ＹＭＣＡ会館とは別の場所である。
（11）裵姈美「「併合」直前・後における在日朝鮮人留学生を取り巻く状況―朝鮮総督府の留学生取り締まりと『収用』政策」、『在日朝鮮人研究』第三六号、二〇〇六、五―二三頁／波田野節子「朝鮮文学者たちの日本留学―一九一〇年代までを中心に」、『植民地文化研究』第八号、二〇〇九、二四頁
（12）一九一六年一月二十一日発行の『学之光』第七号が現存しないために、残念ながら消息欄で確認することができない。

(13) 金興済は五山学校で李光洙の生徒であり、玄相允も定州出身で李光洙と以前からの知り合いだった。金允植『李光洙의 그의時代』솔出版社、一九九九、五二七頁

(14) 文学者たちの日本滞在記録については、波田野節子『日本留学生作家研究』소명出版、二〇一一、付録「日本留学生学籍資料」参照

(15) 波田野節子「『無情』を書いたころの李光洙」『県立新潟女子短期大学紀要』四五号、二〇〇八　参照

(16) 安廓「今日留学生은 何如오」『学之光』第四号 一九一五年二月／無記名「日本留学史」、『学之光』第六号、一九一五年七月

(17) 武井一『趙素昴と東京留学――『東遊略抄』を中心として』、波田野研究室発行、二〇〇九、三八九頁。寄宿舎は一九一二年に竣工した。

(18) 「『学之光』第八号原文」解題권보드래『民族文化史研究』通巻三九号、二〇〇九、三六〇頁

(19) 『学之光』八号の消息欄に朝鮮学会の設立は一九一六年一月二十九日とあるが、これは第一回例会 の日である。「朝鮮人概況一」には一九一五年十二月末日に設立されたとある。内務省は一九一六年六月に初めて「朝鮮人概況」を作成し、一九一七年五月にこれを訂正増補して「朝鮮人概況第一」、つづいて一九一八年五月に「朝鮮人概況第二」、一九二〇年六月に「朝鮮人概況第三」を出した。「朝鮮人概況」「朝鮮人概況第二」「朝鮮人概況第三」は『在日朝鮮人関係資料集成第一巻』（三一書房、一九七五）、「朝鮮人概況第一」は『特高・警察関係資料集成第32巻』（不二出版、二〇〇四）を参照した。

なお『無情』のなかで李亨植が仲間と立ち上げた「京城教育会」（七〇節）は、この「朝鮮学会」をモデルにしているのではないかと思われる。

(20) 『学之光』十号の消息欄に、一月に設立された朝鮮学会ではすでに三度の発表があり、李光洙と盧翼根が農村問題、張徳秀が植民に関して発表したとある。文面の順序から第一回例会は李光洙の農村問題に関する発表と見てよいと思う。

(21) 『民族文学史研究』通巻三九号、三六七―三七六頁。目次ではタイトルに（農村問題에関한実例）という副題がついて、著者が「흰옷」となっているが、本文のタイトルは「龍洞」のみで、著者は「帝釈山人」になっている。帝釈山人という筆名については、『三国遺事』にある神話に登場する桓因の別名から取ったという金栄敏の説（「이광수 초지 문학의 변모 과정」『현대문학의 연구』第三四号、二〇〇八、一二八―一二九頁、『이광수 문학의 재인식』소명출판、二〇〇九、五二一―五三頁）のほか、五山学校が帝釈山の麓にあったことから取ったという崔珠澣の説（「이광수와 식민지 문명회론」『서강인문논총』第二七号、

二〇一〇、三七六頁、註15）がある。

（22）김효진／김영민は論文「啓蒙運動主体의変化와〝青年〟의構想」（『사이』第七号、二〇〇九）で「龍洞」と「農村啓発」と『無情』の連関性を考察している。

ところで、李光洙が農業問題を研究課題としたことには、このころ『朝日新聞』に連載された農業評論家横田英夫（一八八九～一九二六）の論説「日本農村論」（十月十六日～十一月二十五日）がきっかけとなっているのではないかと筆者は推測している。横田の「日本農村論」は日本における農業政策の歴史を尊皇愛国の立場から説き起こし、緻密な論理と統計を駆使しながら現代の農村で自作農が減り小作農が増えていることに警鐘を鳴らしたものである。一方、李光洙の「龍洞」は農村改良の報告の形式をとっているもののフィクションの要素が濃く、この二つは内容も傾向もまったく異なっている。だが横田という人物の生き方は李光洙の『흙（土）』（『東亜日報』一九三二～一九三三連載）の主人公許崇を喚起させる。新進気鋭の評論家だった横田は一九一七年に突然「正しい生活を営む唯一の道として農に帰る」と宣言して福島県で一農民となり、その後、岐阜県で農業組合の指導者として農民のために働いて三十七歳で早世した。横田の生き方が『흙』の主人公を喚起するだけでなく、彼の思想も李光洙の後期の思想と通ずるところがある。横田の手法は社会主義的な農民運動とはかけ離れたもので、尊皇愛国を遵守して小作農の現実的な生活意識に沿いつつ日常の生活苦を軽減しようというものだった。李光洙はこの若い知識人の人生を知っており、それが許崇という主人公造型に何らかの影響をあたえた可能性を提示しておきたい。なお『흙』については木下尚江の『火の柱』との共通点が指摘されており、また李光洙自身は蔡洙般という人物がモデルだと書いている。「『흙』을 쓰고 나서」、『三千里』一九三三年九月号。横田に関する研究としては「横田英夫試論」（綱沢満昭『農の思想と日本近代』風媒社 二〇〇四）がある。

（23）「朝鮮人概況第一」このあと経済好況のために日本在住朝鮮人の数は激増し、大正六年十二月には一四、五〇二名、うち学生五八九名（「朝鮮人概況第二」、『在日朝鮮人関係資料集成第一巻』、六二頁）、大正九年六月現在三一、七二〇名、うち学生八二八人（『朝鮮人概況第三』、前掲書、八二頁）になっている。

（24）「朝鮮人概況第一」『特高・警察関係資料集成第32巻』五七頁／「編輯所에서」『学之光』第一〇号　五九頁

（25）『学之光』第九号が押収されたあと、編輯兼発行人の邊鳳現のほか張徳秀、金栄洙、盧俊泳が某所に集まって交わした会話が記録されている。誰が報告したのか不明だが、非常に具体的である。「朝鮮人概況第一」、六〇頁

（26）五号は太学社の影印本に収録されている。八号は布袋敏博が米国ワシントンの議会図書館に所蔵されているのを発見

したが、これには奥付がついてなかった。布袋敏博「『学之光』小考」、『大谷森繁博士古稀記念朝鮮文学論叢』、白帝社、二〇〇二。その後、韓国内で八号の完全本が発見されて二〇〇九年四月に『民族文化研究』に全掲載された。註18と21参照

(27)「크리스마스밤」の筆者は「거울」となっているが、李光洙の文章であることは明らかである。金栄敏「이광수의 새 자료『크리스마스밤』연구」、『現代小説研究』第三六号、二〇〇七／波田野節子「『無情』を書いたころの李光洙」、『県立新潟女子短期大学紀要』第四五号、二〇〇八 参照

(28) この詩のタイトルは一九一七年の『青春』第九号から第十一号に連載された短編小説と同じである。波田野「『無情』を書いたころの李光洙」参照

(29) 執筆日付と雑誌発行日とのタイムラグから見て、このころは雑誌発行日の一ヶ月以上前に原稿を編集部に出していたと思われる。

(30) 参考までに全文を掲載する。ただしカタカナをひらがなにして句読点を加え、旧字体を新字体に改め、一部ひらがなにするなどして、読みやすくしてある。「大正五年一月二十二日在東京朝鮮基督教青年会館内に開催したる学友会の主催にかかる雄弁会の席上において、李光洙（早稲田大学生）が「我ハ生ルヘシ」との題下になしたる演説中、左の言句あり。——何者といえども生きんとするには必ずや他の競争者と戦わざるべからず。戦争は残酷なれども生きんが為には必要なるのみならず当然なり。その方法と手段とは毫も問うところにあらず。遠慮なく、躊躇することなく実行すべきなり。しかるに我祖国民の現状は如何。果して生きたる国民と認むることを得るや否や。吾人はまさに生きざるべからされども、その前途には妨碍の横わるものあり。祖国内地の殖民すなわち是なり。由来殖民又は移民なるものは、その土地広濶にして之に加うるに人口の希薄なる地域に対してのみ行わるべきものなり。しかるに祖国の如きはその疆域わずかに三千里、わが同胞の居住のみにて既に之を広しとせず。いまや祖国に移住する日本人の数はまことに少なからずして、いきおい祖国民は追われて支那その他の方面に移住せざるべからざるの実況なり。もしそれ今日の状態をもって推移せば、幾十年ならずして我が民族の全滅すべきは明白なり。しかして吾人の生きるということはまことに深遠なる意味あり。之を分類せば物質的に個人として生きること、団体的に生きること、国家的に生きること、世界的に生きること、宇宙的に生きることを意味するものなり。いまや祖国民の多くは物質的に個人として生きることを考うるも、団体的に生きることを考うるものは極めて稀なり。此の時にあたりて日本国民は陸続と我が疆土に移住し、頻りに我が民族を圧迫してあらゆる利益を壟断せんとしつつあるにも拘らず、我が民族はただ涙を呑んで住み馴れし故郷をあとに遠く山海をへだてし異郷に彷徨せるの状態は惨の惨たるものにあら

ずや。しかもかの官憲は毫《ごう》も之に顧念するところなく、依然なんらの自由と権力とを付与することなく、以て政策宜しきを得たるものとなせり。吾人たる者、あに黙視するに忍びんや云々」「朝鮮人概況第一」、『特高・警察関係資料集成第32巻』、五九頁

(31) 『第三帝国』を出していた「民本主義者」茅原華山が石原友治と分裂したあと出した雑誌。一九一六年一月に創刊し、同年六月まで通巻十四号を出した。一九八四年に不二出版から復刻版が出ている。

(32) 『洪水以後』の性格と李光洙の投稿「朝鮮人教育に対する要望」については崔珠澣の論文「제국의 근대와 식민지, 그리고 이광수 ― 제2차 유학시절 이광수의 사상적 궤적을 중심으로」がある。『語文研究』第一四〇号 二〇〇八

(33) だが匿名であったにもかかわらず官憲はこの文章を李光洙のものと特定して報告し、おかげで彼の投稿は「嘲罵的字句」とともに記録されて後代に伝わることになった。参考までに全文を掲載しておく。ただしカタカナをひらがなにして句読点を加え、旧字体を新字体に改め一部ひらがなに直すなどして読みやすくしてある。「学友会機関雑誌『学之光』の編集人李光洙（甲号早稲田大学生）は、雑誌『洪水以後』第八号（大正五年三月二十一日発行）に「朝鮮人教育に対する要求」と題する記事を投稿し、ついで同年四月匿名にて「朝鮮人の眼に映りたる日本人の欠点」と題し同雑誌に寄稿したりしも、同社員は其の筋の注目を憚り、之を掲載せざりしが、其の内容は全文殆ど嘲罵的字句より成り、彼等がつねに懐抱せる所謂排日思想を羅列したるものにして、「日本人は朝鮮人に対し精神的威圧を加うるの資格なく、いたずらに武力もしくは腕力に訴えて圧倒せんとす。是れ大国民たらざるの証左なり」、「日本人は朝鮮人もしくは支那人に対し傲慢極まりなきに反し、白人種特に英国人に対する態度の卑屈さはまことに笑止に堪えず」、「日本の政党争いは一貫せる主義に基づける主張にあらずして、一時の感情的発作に過ぎず」、「米国人または支那人、朝鮮人が日本を仇敵視して排斥する所以のものは畢竟日本人は島国根性を有し、大国民たるの資格なきに因る」などの言句を連綴し「もし日本人にして、在米同胞が支那人朝鮮人同様に、白人よりあらゆる侮辱と虐待とをうけつつあるの事実に想達せば、近親なる朝鮮人及支那人を軽侮圧倒するの不可を悟らむ。由来西洋人は宗教、文明、金銭等を以て朝鮮人を救済しおれるも、日本人はただに朝鮮人を冷遇するのみならず、進みてその職を奪い、その資財を捲き上げて、餓死せしめんと努めつつあり。日本人は我々朝鮮人にとりてはあたかも寄生虫の如し」と結論せり。」「朝鮮人概況第一」、『特高・警察関係資料集成第32巻』、五七頁

(34) 春秋社 一九四八／『全集』13、二八一頁

(35) 『東光』一九三一年四月／『全集』16、一九三頁

（36）大村益夫「日本留学時代の李光洙」、『朝鮮文学―紹介と研究』季刊第五号、一九七一、四五頁。大村は、哲学さえきちんと履修しておれば学年で一位か二位の成績であると書いている。
（37）『毎日申報』と李光洙の関係については金栄敏と咸苔英の二つの論文が注目される。金栄敏は、李光洙は『毎日申報』に執筆して体制順応的な啓蒙を行なうようになったと主張し、そうなる前の最後の作品として『学之光』第八号の「크리마슷밤」と「용동」に注目している。（「이광수초지 문학의 변모 과정」註（28）書所収）また咸苔英は、総督府が『毎日申報』を通して知識青年層の支持を獲得するために、若者たちの圧倒的な人気を得ていた李光洙を利用したとしている。（「一九一〇年代『毎日申報』小説研究」延世大学大学院国語国文学科博士論文　二〇〇八）
（38）『京城日報』朝刊、一九三九年三月十一日／大村益夫・布袋敏博『近代朝鮮文学日本語作品集（一九三九～一九四五）評論随筆篇3』、一七頁
（39）『京城日報』は一九〇六年九月に伊藤博文によって創刊された。当時統監だった伊藤は日本人が出していた『漢城新報』と『大東日報』を買収して自ら『京城日報』という名称を選び、別に英字新聞『セウルプレス』も発刊してそれぞれに社長をおいた。日韓併合のとき、『大韓毎日申報』を買収して『毎日申報』と改称し、最初は別会計だったが、一九一三年十月に京城日報社を合資会社にする際に合同させた。社屋は最初大和町一丁目にあったが一九一四年十一月に大漢門外警護院跡に移り、翌年焼失して再建築、一九一六年十一月一日に落成した。大正九年九月一日発行「京城日報社誌」、『社史で見る日本経済史 植民地編 第二巻』、ゆまに書房、二〇〇一
（40）前掲「京城日報社誌」所収「新聞売上高統計表」
（41）「無仏翁の憶出」の冒頭で李光洙は阿部が日韓併合後初代の京城日報社長だったと書いているが、これは間違いである。阿部は、一九一三年に病気退職してのち死亡した吉野太左衛門の代わりに社長になった。前掲「京城日報社誌」四、九頁
（42）中村健太郎『朝鮮生活五十年』、青潮社、一九六九、五四、七二頁／山崎眞雄「不平不満の噴火口」『古稀之無仏翁』阿部無仏翁古稀祝賀会発行、一九三一。この本には李光洙も文を寄せている。李光洙は彼の人柄に惹かれ、阿部が亡くなるまで東京に行けば挨拶にいく間柄だった。／のちに李光洙は阿部充家のことを「稀に見る人格者でありました」、「先生が私に求めるものもなく、私から先生にお願いすることもなく、実に淡々たる交わりでありました」と書いている。「我が交遊録」、『モダン日本』一一―九、一九四〇年八月／前掲『近代朝鮮文学日本語作品集』所収）
（43）中村健太郎「毎日申報主宰」、『朝鮮生活五十年』、五七頁／「京城日報社誌」によれば、一九二〇年現在、中村は京城日

報社理事兼秘書課長で、そのほかに毎申編集局の顧問をしていた。毎申編集局の局員は十八名で中村以外は全員朝鮮人であった。

(44) 中村健太郎『朝鮮生活五十年』中村は熊本県の朝鮮語留学生として一八九九年に朝鮮に来た。李光洙も『無情』の連載を断行したのは編集局長格の中村健太郎だったと回想している。「文壇生活三十年의回顧」、『朝光』、一九三六年六月号／「多難한 半生의 途程」、『全集』14、四〇一頁

(45) 「『革命家의 아내』와 某家庭」『全集』16、二七六頁

(46) 『그의 自叙伝』(『朝鮮日報』一九三六〜一九三七年連載)の「북경」の章は、『毎日申報』に寄稿するようになった時期の心理を描いたものと思われる。この小説の主人公は北京で生活に窮してM新聞に投稿して認められ、続いて同紙に『真情』という小説を連載するが、T(申丹齊をさすと思われる)には詰問され、同胞の若者たちからは襲撃を受ける。『全集』9、三八六―四二九頁

(47) 李光洙が阿部と会っているころ、東京では『学之光』第十号(九月四日発行)が四号ぶりに無事刊行されている。編集兼発行人は邊鳳現で、李光洙の文章は掲載されていない。

(48) 一九一六年九月二十二日、二十三日掲載／『全集』18、二〇六―二〇九頁

(49) 事件は九月四日に発生した。『毎日申報』一九一六年九月六日、七日、八日、十日、十二日に記事が載っている。

(50) この住所は、現在の高田馬場一丁目にある映画館、早稲田松竹の裏である。「東京雑信 四、学生界の体育」に「余の宿所は早稲田大学の運動場に近く」とあるが、実際はそれほど近くではない。運動場の脇を通って通学していたのではないか。

(51) この号は押収され、影印本もなかったが、布袋敏博が米国ワシントンの議会図書館に所蔵されているのを八号といっしょに発見した。布袋敏博「『学之光』小考」、『大谷森繁博士古稀記念朝鮮文学論叢』、白帝社、二〇〇二。論説「為先獣가되고然後에人이되라」は『全集』20に収録されている。

(52) 「文壇生活三十年의回顧」、『朝光』、一九三六年五月号／「多難한 半生의 途程」、『全集』14、三九九頁

(53) 一九三二年二月『三千里』／『全集』16、二六八頁

(54) 「『無情』等 全作品을 語하다」、一九三七年一月『三千里』／『全集』16、三〇〇頁

(55) 「나의四十半世記」『新人文学』一九三五年八月号、一八頁

(56) 波田野節子「洪命憙が東京で通った二つの学校」、科研成果報告書『朝鮮近代文学者と日本』、二〇〇二、5．学生生活の費用、

一三頁、本書Ⅲに所収／週刊朝日編『値段の風俗史 下』、朝日文庫、一九八九、下宿料金、四七七頁
(57) 早稲田大学（文科）の授業料は、明治四十五年に五十円、大正八年に五十五円だったが、大正九年に七十五円、大正十一年に百十円と、このころから急激に値上がりをはじめている。前掲『値段の風俗史 下』四四七頁／『早稲田大学規則便覧』五六頁（大正四年改正）
(58) 大正五年八月『早稲田学報』の特待生の欄に李光洙の名前はない。そもそも大学進学時に新入学生に対 して特待制度があったのかどうか不明である。大正六年八月の『早稲田学報』と七月の『学之光』十三号の消息欄には李光洙が特待生になったことが記されている。
(59) 波田野節子訳『無情』二四節、平凡社、二〇〇五、八八頁
(60) 当時の新聞広告による。なお李光洙が投稿した雑誌『洪水以後』は増刊号が二十五銭、普通は十銭強であった。
(61) 註46でも指摘したように、『그의 自叙伝』の「북경」の章は、この時期の李光洙の心理を描いたものと思われるが、主人公がM新聞に投稿し続いて同紙に『真情』という小説を連載した理由は経済的な逼迫であった。
(62) 李光洙にとって原稿料の額は非常に印象だったようだ。一九三二年の「나의 最初의 著書」では、最初は五円だった『無情』の原稿料が連載が終わるころには十円だったと回想し（『三千里』一九三二年二月／『全集』16　二六八頁）、一九三六年の「文壇生活三十年의回顧」では、「東京雑信」は毎月五円、『無情』『開拓者』は毎月十円と回想（『朝光』一九三六年五月号／『全集』14三九八頁）、そして翌年の「『無情』等全作品을 語하다」でも『無情』のときは月五円だったのに『開拓者』のときは四倍に暴騰して一躍二十円になったと語っている（『三千里』一九三七年一月／『全集』16　三〇〇頁）。
(63) 波田野節子『『無情』の研究』、三〇八―三一〇頁 参照
(64) 『이광수와 그의 시대』솔出版社、一九九九、六〇四頁
(65) 金允植は『이광수와 그의 시대』で「彼の最初の発病は一九一七年四月ころで、二度目が一九一八年四月ころである」（前掲書 六三四頁）と書いているが根拠は明らかにしていない。
(66) 『文芸公論』創刊号、一九二九年五月、六二頁／『全集』未収。一九一七年度は学校年度ではなく単に一九一七年をさすと思われる。
(67) 『三千里』、一九三二年二月／『全集』14、三五〇頁
(68) 「少年의悲哀」は一九一七年一月十日朝、「尹光浩」は一月十一日、「彷徨」は一月十七日という執筆日付が末尾に記され

ている。

(69) 前掲『文芸公論』創刊号、六二頁

(70) 『学之光』第十二号消息欄。帰国した張徳秀はそのあと上海に行って新韓青年党に加わった。李光洙は二・八宣言書の英訳をもって上海に着いたとき、日本に向かう彼とすれちがっている。

(71) 李光洙は二月下旬から活動を再開したと思われる。『学之光』第十二号（四月十九日発行）には、二月二十二日の誕生日に書いた「二十五年을回顧하야愛妹에게」のほか、論説「天才야！天才야！」と「婚姻에對한管見」を発表しており、二年ぶりに再刊された『青春』七号（五月十六日発行）には随筆「거울과 마조 안자」と詩「어린아이」を発表している。

(72) 「朝鮮人概況第二」六四頁／『学之光』第十三号消息欄

(73) 一九一二年の学年末試験は六月四日から六月十四日までだった。（山本一蔵日記『早稲田大学百年史第二巻』早稲田大学発行一九八一、六六九頁）。五年後の一九一七年も、学事暦はさほど変わっていないと思われる。学年末試験を終えた李光洙は六月十八日夜に『学之光』の原稿「卒業生諸君에게 들이는懇告」を書きおえたのち朝鮮に向かっている。七月二十六日発行の『青春』九号に掲載される「어린벗에게（第一・二信）」は一ヶ月前に崔南善の手に渡っていなくてはならないが、これは李光洙がソウルに着いたころということになる。このあと李光洙は五道踏破旅行に出て八月十八日まで旅行を続けている。この旅はハードで途中入院もしているので紀行文以外の執筆は難しかったはずである。それゆえ九月二十六日発行の『青春』十号の「어린벗에게（第三信）」の原稿は東京で書かれて第一信と一緒に崔南善の手に渡ったと考えるのが自然である。最終回の「어린벗에게（第四信）」が掲載された『青春』十一号は十一月十六日の発行なので、李光洙が東京にもどってから書いた可能性は排除できないが、この時期に彼はもう『開拓者』に取りかかっている。筆者としては、李光洙は「어린 벗에게」を『無情』の執筆を終えてから朝鮮にもどるまでの間に全編を執筆したと考えている。これについては第三章で論じる。

(74) 波田野節子訳『無情』、平凡社、四四七頁

(75) 李光洙が五道踏破旅行に出ることになったとき、許英粛は旅行が可能かどうかを恩師に頼んで診てもらい、大丈夫という結果を得て送り出した。ところが彼が木浦で赤痢にかかって入院したと聞き、肺結核が再発したと勘違いして行かせてしまったことを後悔したという。そのために愛がさらに深まったと、彼女は回想している。「春園病床訪問記」、『文芸公論』、一九二四年四月／「나의 自叙伝 一代의 文豪春園의 愛人」、『女性』、一九三九年二月、二六―二七頁

(76) 「夏休みを利用して始政五年民情視察の朝鮮行脚をして呉れないかと云ふことを、当時毎日申報の監事であった中村

健太郎氏から、書簡で、東京に居る私に云って来られた」「無仏翁の憶出〔1〕―私が翁を知った前後のこと」『京城日報』一九三九年三月十一日／『近代朝鮮文学日本語作品集一九三九〜一九四五評論・随筆篇3』、一八頁

(77)『毎日申報』一九一七年六月十六日一面

(78)『京城日報』では、この一日の遅れを取りもどすためか、『毎日申報』に掲載された最初の二回分を一回にまとめて六月三十日に掲載しているが、この回は日本語と朝鮮語とで内容にも微妙な違いが見えていて注目される。なお李光洙は全州あたりから日本語でも書き始めたと回想しているが、旅程と日付から見て公州からの記憶違いではないかと思われる。前掲「無仏翁の憶出〔1〕」／李光洙『半島江山』序文、註79参照

(79)とはいえ、日本人（おそらく中村健太郎）によるネイティブチェックは受けていたと思われる。『五道踏破旅行記』に日本語版と朝鮮語版があることを最初に指摘したのは布袋敏博である。布袋は、沈友燮が朝鮮語に訳したものは一部だけだったと推論している。「李光洙『五道踏破旅行記』小考―朝鮮語版と日本語版の比較研究」（二〇〇三年度第五十四回朝鮮学会）／「〈五道踏破〉執筆무렵의 李光洙」（韓国現代文学会二〇〇八年第三次全国学術大会）。現在『李光洙全集』に収められている朝鮮語版「五道踏破旅行記」は、「五道踏破旅行記」と「金剛山遊記」をあわせて一九三九年に永昌書館から刊行した『半島江山紀行文集 春園李光洙傑作集第一巻』に収録されたものである。その序文で李光洙は崔貞熙が全体を見直して文体を統一したと書いている。『全集』16、三一五頁

(80)「『金剛山遊記』動機」一九二四年十月単行本『金剛山遊記』所収／『全集』19、三三九頁。この十五年後に書かれた『半島江山』序文では「忠南・全北・全南・慶南・慶北」になっているが、記憶の新しさという点から見て「『金剛山遊記』動機」の方が正確ではないかと思われる。

(81)李光洙「無仏翁の憶出〔2〕―斎藤総督と霊犀相通じた翁」、『京城日報』一九三九年三月十二日／『近代朝鮮文学日本語作品集』、一八頁

(82)慶州からの便りは九月十二日の『毎日申報』に掲載された。

(83)『毎日申報』、一九一七年九月十五日

(84)『東京朝日新聞』、一九一七年九月十三日

(85)『女子界』第二号、一九一七年三月二十二日発行、消息欄。会長 金瑪利亞、総務 羅蕙錫、編集部長 金徳成、同部員 許英肅・黄愛施徳・羅蕙錫、同賛助 田栄沢・李光洙。なお資料を提供してくれた芹川哲世氏にこの場を借りてお礼を申し上げる。

(86)『学之光』第一四号消息欄では「早大教授」とされているが、大山は大学騒動のさなかの九月に辞表を提出している。彼はこのあと大阪朝日新聞に入社した。

(87)『早稲田学報』大正六年十二月号／『学之光』第十四号 消息欄

(88) この日の雄弁会は「学生風紀問題大演説会」で、多数の聴衆を集めたと『学之光』第十四号消息欄にある。また「朝鮮人概況第二」には宋継白、李琮根、張徳俊の過激な演説内容が記録されている。『在日朝鮮人関係資料集1』七二―七三頁

(89)『学之光』第十五号、消息欄／「朝鮮人概況第二」、六六、七四頁

(90)「朝鮮人概況第二」、六九頁「大正七年二月末李光洙（甲号）二月手当二十円ヲ給シテ編輯部員ニ加ヘ一面同誌ノ内容ヲ充実セシムルコトトシタル」

(91)『基督青年』の複写を下さった東京ＹＭＣＡの田附和久氏と延世大学の金栄敏教授にこの場を借りて感謝の意を表する。なお『基督青年』に関しては以下の論考がある。小野容照「福音印刷合資会社と在日朝鮮人留学生の出版史（一九一四〜一九二二）」、『在日朝鮮人史研究』第三九号、二〇〇九年十月／이철호「一九一〇年代後半東京留学生의 文化認識과 実践―『基督青年』을 中心으로」、『韓国文学研究』第三五集、二〇〇八　下半期

(92)「난 날」は二月二十二日に二十六歳の誕生日を迎えて書いた、亡き父母を慕う詩である。全集には収録されていない。

(93)「秋湖」「句離瓶」「도뤠미生」「秋峯」などの筆名の詩や記事があるが、これはそれぞれ田栄沢、朱耀翰、洪蘭坡、김영만とみなされる。金允植「文人筆名一覧表」、『韓国現代文学年表』附録Ⅰ、文学思想社、一九八八。김영만については前掲이철호論文の註33による。

(94) 前掲「春園病床訪問記」での許英粛の回想。許英粛はこのとき、喀血は五道踏破旅行の二年後で、喀血のあと李光洙は学校をやめて朝鮮にもどったと回想している。

(95)『青春』第十三号（一九一八年四月十六日発行）掲載の「病友생각」で崔南善は、李光洙は熱海に転地療養をしたあと診療上の必要から暫時朝鮮に来て三月十七日にもどったと書いている。李光洙自身は「文壇生活三十年의回顧」で「こうしているうちに健康がますます衰え、卒業の一年前にいったん朝鮮に帰ってきたが、静養する余裕もなくふたたび東京に行って学業を継続し（後略）」と書いている。『朝光』、一九三六年五月号／『全集』14、四〇一―四〇二頁

(96) 羅蕙錫は四月十四日に神田錦町の松本楼で開かれた学友会主催の卒業生祝賀会に出席したあとに帰国したのではないかと思われる。

(97)　一九一八年七月二十三日付手紙、『全集』18、四四五頁
(98)　『学之光』十七号消息欄。「優等で進級」とあるが特待生ではない。特待生の学費免除が卒業までの特典かどうかは不明。
(99)　手紙の内容からして、静岡県沼津市大諏訪か小諏訪だと思われる。
(100)　『全集』18所収「사랑하는 許英肅에게 東京에서」
(101)　一九一八年九月十二日付（推定）許英肅の母親へ送った三度目の手紙。『全集』18、四六三—四六五頁
(102)　一九一八年九月三日付手紙『全集』18、四五二頁
(103)　一九一八年九月十三日（推定）付手紙『全集』18、四五六—四五八頁
(104)　〇〇氏が誰かは不明だが、李光洙にこのころ入金のあてがあるとすれば『毎日申報』の原稿料くらいしか考えられない。この時期には論説「新生活論」が連載されているので阿部充家か中村健太郎の可能性が高い。私信で名前を隠す必要はないので、全集を編纂するさいに日本人名をはばかって〇〇に直したのではないかと思われる。
(105)　一九一八年十月二日付手紙『全集』18、四六一—四六二頁
(106)　朴啓周の評伝『春園李光洙』（三中堂、一九六二）は創作の要素が濃く、どこまで信憑性があるのか疑わしい。たとえば許英肅は北京の山本病院の医師をしている牛込女専の同期生「永井花子」を頼っていったというが、許英肅の同期生にこの名前は見あたらなかった。とはいえ朴啓周は許英肅から直接に話を聞いて書いたようであり（「許英肅はその時のことを述懐しながらおもわず苦笑した」二二九頁など）、二人が瀋陽まで逃げたところで追ってきた親戚につかまって一度は京城にもどり、再度駆け落ちをしたという細部には迫真性がある。おそらく実行力のある許英肅がこうした行動では主導権をとったのだろう。
(107)　『全集』年譜での用語。
(108)　北京から東京での動きまでについては李光洙自身の回想「나의 告白」の「己未年과 나」以外に参考になる資料は見つからなかった。『全集』13、二二八—二二九頁
(109)　「朝鮮人概況第三」九八頁
(110)　「上海의 二年間」『三千里』一九三二年一月
(111)　「朝鮮人概況第三」八六頁
(112)　「朝鮮人概況」に「大正八年一月三十日北京ニ赴クト称シテ東京ヲ出発シタリ」（八六頁）とある。「上海의 二年間」（『全集』14、三四六頁）では宣言文の英訳をした日が二月一日（ネイティブチェックについては言及なし）で上海到着の日が二月五日に、

また「나의 告白」では上海到着は一月末に、『全集』年譜は二月五日になっている。ところで宣言文英訳のネイティブチェックをしてくれたのは明治学院時代の恩師ランディス先生だったが（「나의 告白」、『全集』13、二二九頁）、明治学院の名物教師だったアメリカ人宣教師ヘンリー・モア・ランディスは、この二年後の一九二一年九月に急逝している。（『明治学院同窓会誌』「ランディス先生特集」一九二一年十二月／「明治学院人間百年史」『白金学報』第八十九号 一九七三年十二月）

(113) 二〇〇八年八月十八日早稲田大学教務部長発行の調査結果報告書に「大正八年二月十八日 都合未納除名の記載あり」とある。調査申請に協力してくださった李光洙の次女李廷華氏に、この場を借りてお礼を申し上げる。

(114) 「李光洙の民族主義思想と進化論」、『朝鮮学報』第一三六輯、一〇七頁／『李光洙・『無情』の研究』、白帝社、二〇〇八、四九頁

(115) 金允植は宣言文の起草主体は李光洙個人ではなく当時の東京留学生が共有していた世界観であったと見（『이광수와 그의 시대』、六八三頁）、鄭明煥は李光洙の二・八から上海臨政参加にいたる行動そのものを民族の一員としての突発行動と見ている（「李光洙의 啓蒙思想」、『李光洙研究（下）』、二六四頁）。

(116) 「나의 告白」、『全集』、13、一八八頁

(117) 「朝鮮青年独立団宣言書」は金源模『영마루의 그름』にある李光洙直筆の宣言の複写を参照した。『영마루의 그름』、단국대학교출판부、二〇〇九、六七―七〇頁

李光洙の第二次留学時代年表

	李光洙の行動 留学生関連 周囲の状況	雑誌刊行状況と李光洙の著作
一九一三 大正2	1月「新しい女」論議おきる 2月　大正政変 2・11 日本結核予防協会成立 4・15 羅蕙錫、東京私立女子美術学校に入学 9・12 中里介山「大菩薩峠」連載（『都新聞』） 秋　留学生分会が会同して学友会に(1) **11月　大陸放浪の旅に出る**	
一九一四 大正3	3・26 芸術座「復活」初演 3・31 肺結核療養所設置に関する法律公布 4・8 許英淑、東京女子医科専門学校に入学 4・16 第2次大隈重信内閣成立 6月 留学生監督李晩奎が帰国（後任、徐基殷） 7月 羅景錫、蔵前高等工業学校を卒業し大阪で民族運動(2) 7・28 第一次世界大戦勃発 8月 ロシア・日本参戦 **8月　大陸放浪を終えて朝鮮にもどる** 10月 大杉栄、荒畑寒村『平民新聞』創刊	4・2『学之光』創刊（欠） 『学之光』第2号（欠） 10・1『青春』創刊

	一九一五 大正4
10・25 学友会臨時総会　第3期予算通過(3) 11・12 早稲田・明大同窓会連合討論会(4) 11・14 青年会主催で学術講演会(5) 11・21 学友会主催で呉基善牧師歓迎会(6) 11・25 湖南茶話会主催で湖南茶話会・浿西親睦会・三漢倶楽部と連合雄弁会(7) 11・28 朝鮮基督教青年会会館新築落成式(8) 12・25 在日本基督教会主催の聖誕祝賀会を大松倶楽部で挙行(9) 12・26 学友会忘年会を神田区神保町の大松倶楽部で開催(10) 12月 東京駅開業式 平塚らいてうが奥村博と共同生活を始める	1・9 青年会館で学友会智育部主催の雄弁会(11) 1・18 対華21ケ条要求 世界大戦による好景気始まる 1月　羅蕙錫が父と衝突し驪州で教師生活を始める 2月 ベルギーの惨状に同情が集まる (2・27『学之光』4号に崔承九の「ベルギーの勇士」) 2・8 青年会館で学友会智育部主催の演説会(12) 2・14 学友会第7回定期総会を九段演芸館で開催し任員改選(13) 3・25 第12回総選挙、大隈の同志会が大勝 3・26 青年会館で早稲田明治同窓会主催の連合雄弁会(14) 3・27～4・1 湯河原で青年会主催の春令会(15) 4・3 朝鮮女子留学生親睦会が設立される(16) 4・8(9) 青年会館で学友会智育部主催の卒業生大演説会(17)
11・1『青春』第2号 12・1『青春』第3号「上海에서(第一信)」「새아이」「同情」「中学校訪問記」 12・3『学之光』第3号	1・1『青春』第4号「上海에서(第二信)」「讀書를 勸함」「님 나신 날」 2月　『青春』第5号(欠) 2・28『学之光』第4号 3・1『青春』第6号「金鏡」「海参威에」「침묵의 미」「한그믐」「내소원」　**このあと停刊** 5・2『学之光』第5号(押収)(18)「공화국

年	事項	作品
	5・2 学友会第2回卒業生祝賀会(19) 5・9 中国、対華21ケ条要求受諾 **8・4 長男震根誕生** 9月 陳独秀、『青年雑誌』(新青年)創刊 9月 羅景錫が帰国(20) 9・28 原口鶴子女史死亡 **9・30 早稲田大学高等予科文学科に編入学(21)** 10・1 大杉・荒畑『近代思想』創刊 10・16〜11・25 横田英夫「日本農村論」連載(『朝日新聞』) 11・10 大正天皇の即位大礼 10・4 羅蕙錫、女子美に復学手続き 12月 大戦景気 株式空前の暴騰 『蘇峰文選』刊行 12・10 羅蕙錫の父死亡 **12月末、有志と朝鮮学会を設立(22)**	의멸망」 7・23『学之光』第6号(消息欄・奥付なし)
一九一六 大正5	1月『洪水以後』『婦人公論』創刊 吉野作造「憲政の本義を説いて其の有終の美を済すの途を論ず」 **1・10 詩「어린벗에게」執筆(『学之光』第8号に掲載)** **1・22 学友会主催の雄弁会(青年会館)で「我ハ生ルヘシ」という題で演説(23)** 1・23 学友会総会で地方分会を解消して学友会へ統合(24) **1・24「龍洞」を執筆(『学之光』第8号に掲載)** **1・29 朝鮮学会で農村問題に関して発表(25)**	1・21『学之光』第7号(押収・欠)

1・31アンダーウッド牧師の歓迎会(26) 2・12サッカー大会(27) 2・13学友会総会で分会打破のための規則を討議し任員選挙(28) **3・21投稿文「朝鮮人教育に対する要求」が『洪水以後』第8号に掲載される**(29) **4月同誌に「朝鮮人の眼に映りたる日本人の欠点」を投稿するも不掲載**(30) 4月 羅蕙錫、女子美選科普通科3年生に進級 4・3 青年会館で各大学生同窓会連合雄弁会(31) 4・15青年会館で学友会主催の新来学生歓迎会(32) 4・28青年会館で学友会主催の各学校卒業生雄弁大会(33) 5・29タゴール来日 6・12神田駿河台西洋料理店寶亭で明治大学卒業生会(34) **7・5早稲田大学高等予科文学科を卒業** 8・16白南七、帰郷して朝鮮での感想を述べる(35) 8・21 青年会館で金貞植送別会(36) 9・1 工場法施行 **帰省から東京に戻る途中、京城で阿部充家と会う**(37) **9月11日早稲田大学大学部文学科哲学科に入学** 9月羅蕙錫、西洋画高等師範科2年生に転科 9・11 河上肇「貧乏物語」『大阪朝日』 9・27学友会決算総会 役員改選(38) 10・5大隈内閣総辞職	3・5『学之光』第8号(押収)「어린 벗에게」「크리스마슷밤」「龍洞」「살아라」崔承九死亡記事 5・23『学之光』第9号(押収・欠) 9・4『学之光』第10号 9・22〜23『毎日申報』「大邱에서」 9・27『毎日申報』「東京雑信」連載開始

	10・8 新任期予算総会(39) 10・10 青年会館で米国宣教師ジョルケンセン送別会(40) 10・25(26) 青年会館で学友会主催の新入生歓迎会(41) 10・28 李汝漢牧師の歓迎会(42) **11・3 朝鮮学会月例会で「民族性研究に関する報告」**(43) **11・6 「為先獣　가되고然後에人　이되라」を執筆(『学之光』第11号に掲載)** 11・9 日陰茶屋事件 11・11 青年会館でアンダーウッド追悼会(44) 11・13 青年会館で各学校連合同窓会雄弁会(45) 12・1 青年会館でウェルチ博士歓迎会(46) 12・9 夏目漱石没 12月 倉田百三「出家とその弟子」 12・27 神保町南明倶楽部で学友会忘年会(47) この年、アインシュタイン相対性原理発表	11・9「東京雑信」連載終了 11・10～23『毎日申報』「文学이란何오」 11・21～30『毎日申報』「婚姻論」 11・26『毎日申報』「教育家諸氏에게」連載開始 11・26『毎日申報』「農村啓発」連載開始 12・13「教育家諸氏에게」連載終了 12・14～22『毎日申報』「朝鮮家庭의改革」 12・23～26『毎日申報』「早婚의悪習」
一九一七 大正6	**1・10朝「少年의悲哀」執筆(『青春』第8号に掲載)** **1・11「尹光浩」執筆(『青春』第13号に掲載)** **1・17「彷徨」執筆(『青春』第12号に掲載)**(48) 2・1 ドイツが無制限潜水艦戦を宣言 2月『主婦の友』創刊 2・3 青年会主催で吉野作造講演会(49) 2・4 学友会決算総会を開き人員改選(50) 2・9 朝鮮学会公開講演会(張徳秀・玄相允講演)(51) 2・17 青年会館で各大学生連合雄弁会(52) 2・20 学友会予算総会(53)	1・1『毎日申報』「無情」連載開始 1月『学之光』11号「為先 獣가 되고 然後에 人이 되라」「閨恨」 2・18「農村啓発」連載終了

2・20夜「天才야! 天才야!」執筆（『学之光』第12号に掲載）

2・22「二十五年을回顧하야 愛妹에게」執筆（『学之光』第12号に掲載）

2・27青年会館で大学生連合雄弁会会 (54)

　青年会主催で宗教講演会 (55)

3・10青年会館でマッキウン（尹山温）歓迎会 (56)

3・15二月革命、ロマノフ朝倒れる

3・27各同窓会連合雄弁会 (57)

3・30〜4・4箱根堂ケ島で青年会の春令会 (58)

4月羅蕙錫女子美高等師範科3年生に進級

4・2学友会雄弁会 (59)

　4・6アメリカ、対独宣戦

4・8早稲田中学運動場で学友会主催の春季陸上大運動会 (60)

　4・20第13回総選挙、政友会大勝

4・28青年会主催の新来学生歓迎会 (61)

4・29学友会主催の新来学生歓迎会と卒業生祝賀会で祝賀の辞を述べる (62)

5・5青年会主催の卒業生預賀会 (63)

6月、特待生として2年生に進級する (64)

6・18夜「卒業生諸君에게 들이는 懇告」執筆（『学之光』第13号に掲載）

五道踏査旅行に出る (65)

　6・23青年会館で朝鮮学会例会 (66)

6・26鳥致院車中―公州―27利仁―扶余―30白馬江上―7・2郡山

4・19『学之光』第12号「二十五年을回顧하야愛妹에게」「婚姻에 對한 管見」「天才야! 天才야!」

5・16**再刊**『青春』第7号「거울과 마조 안자」「어린아이」

6・14『無情』連載終了

6・16『青春』第8号「少年의悲哀」「양고자」「窮한선비」

6・29『毎日申報』「五道踏破旅行」連載

—全州—6裡里—羅州—12木浦で赤痢発病、入院—23多島海—24三千浦—26晋州—29統営—30東莱温泉—31金井—8・1海雲台—4釜山（このとき徳富蘇峰と初めて会う）—6馬山—10大邱—16慶州—18（67）

8—12月 早稲田大学、学長後任問題で紛争

9・15 日本にもどる（68）

9月「南遊雑感」を執筆（『青春』14号に掲載）（69）

9・30 学友会第8期決算総会で編集部員になる（70）

10・14学友会第9期予算総会（71）

10・16「復活의曙光」を執筆（『青春』12号に掲載）（72）

10・17 女子親睦会臨時総会で『女子界』編集部賛助になる（羅蕙錫と許英淑が編集部員）（73）

10・20青年会で学友会主催の新渡学生歓迎会

10・27 青年会の学友会教育部主催講演会で「五道踏破旅行談」を語る（74）

10・30朝鮮学会例会　田栄沢「朝鮮基督教の過去及現状」（75）

10・31 戸山原で青年会主催の在東京朝鮮学生秋季運動会（76）

11・2 石井・ランシング協定調印

11・5青年会親接部主催で渡米途中の金裕淳牧師送迎会（77）

開始

7・12『女子界』創刊

7・19『学之光』第13号「卒業生諸君에게 들이는懇告」

7・26『青春』第9号「어린벗에게（第1信・第2信）」「耶蘇教의朝鮮에준恩恵」「東京에서京城까지」

9・12「五道踏破旅行」連載終了

9・26『青春』第10号「어린벗에게（第3信）」

	11・8　ロシア十月革命でソビエト政権 11・13　**夜「極熊行」執筆（『学之光』第14号に掲載）** 11・14　**「우리의理想」執筆（『学之光』第14号に掲載）** 11・16　青年会親接部主催で新来の林鍾純牧師歓迎会(78) 11・17　**早稲田大学夏季試験で特待・優等の成績で卒業・進級した学生たちが朝鮮総督府から賞金を授与される**(79) 11・17　青年会館で学友会主催の演説会(80) 11・17　在東京基督教青年会の機関紙『基督青年』創刊(81) 11・23　青年会館で早稲田同窓会主宰の各同窓会連合雄弁大会(82) 11・30　朝鮮学会例会　徐椿「教育ノ意義」(83) 12・22　朝鮮学会月例会　玄相允「朝鮮人ヨリ観察シタル欧州戦乱」(84) 12・27　南明倶楽部で学友会主催の忘年会(85) 12・29　青年会館で東京・京都学友連合雄弁会(86)	11・10『毎日申報』「開拓者」連載開始 11・16『青春』第11号「어린벗에게（第4信）」「今日朝鮮耶蘇教会의欠点」 12・20『学之光』第14号「우리의理想」「極熊行」
一九一八 大正7	1・8　ウィルソン大統領が14ケ条宣言発表 1・12　**青年会第12回定期総会で副会長になる**(87) 1・19　青年会教育部主催講演会(88) 1・27　朝鮮学会例会(89) 2月　平塚らいてうら、母性保護論争 2・9　青年会教育部主催講演会(90) 2・10　**学友会定期総会で編集部員になる**(91) 2・16　マクドナルド牧師歓迎会 2・17　学友会第10期予算総会(92)	

2月末『基督青年』の編集部員になる(93)
熱海に転地療養、3月初めに京城に滞在し3・17に東京へもどる(94)
3・9 羅蕙錫、許英淑、金馬利亜ほか24名が飯田町の朝鮮連合耶蘇協会で会合し、『女子界』2号発行について協議(95)
3月　羅蕙錫、卒業
3・23青年会館で学友会編集部主催の卒業生雄弁会(96)
3・28〜4・3青年会で午前聖書研究会と午後講演会(97)
4・3大久保練兵場で学友会主催の春期陸上大運動会(98)
4・13青年会館で各大学同窓会連合懸賞雄弁会(99)
4・14神田区錦町松本楼で学友会主催の卒業生祝賀会(100)
4・16青年会館で学友会主催の新渡学友歓迎会(101)
4月　羅蕙錫、帰国
5・4　青年会館で青年会主催の卒業生祝賀会(103)
5・15 魯迅「狂人日記」発表
6・16（15）編集部主催の卒業生懇談会(104)
6月 鈴木三重吉『赤い鳥』創刊
7月　優等の成績で進級(105)
7月　武者小路実篤『新しき村』創刊
7・25許英淑、卒業(106)
8・2 日本政府、シベリア出兵を宣言
8・3 富山で米騒動、全国に広がる
8月　諏訪（沼津市）で許英淑の帰国を見送る(107)

3・15『開拓者』連載終了
3・16『青春』第12号「彷徨」「懸賞小説考選餘言」
3・22『女子界』第2号
3・25『学之光』第15号
4・16『青春』第13号「尹光浩」(102)
『学之光』第16号（押収・欠）「意志論的進化論」
6・16『青春』14号「南遊雑感」
8・15『学之光』第17号「宿命論的人生観에서自力論的人生観에」
9月『女子界』「小児를어찌接待할까」「어머니의무릎」

	9月　白順恵が離婚に合意する(108) 10・16　許英淑が総督府の医師試験に合格する 9・29　原敬政友会内閣成立 **10月　許英肅と北京へ愛の逃避行** 11・5　島村抱月病死 11・11　第1次世界大戦終結 11・14　武者小路「新しき村」を建設 **11月　朝鮮へ** **12月　日本へ** 12月　東京帝国大学で新人会結成される 12・23　吉野作造ら、黎明会結成	9・16『毎日申報』「新生活論」連載開始 9・26『青春』第15号 10・19「新生活論」連載終了
一九一九	1・5　松井須磨子自殺 1・18　パリ講和会議開催 **2月5日　2・8独立宣言を起草して上海に亡命** **2月18日　学費未納で除籍**	1月『学之光』第18号 2・1『創造』創刊
一九二〇	6月　羅蕙錫が金雨英と結婚 **2月　許英淑が上海へ来る** **4月　帰国** **5月　許英肅と結婚**	1・26『学之光』第19号 3月『女子界』第4号 5月『創造』第6号「미쁨」 7月『創造』第7号「H君에게」 7月『開闢』「中枢階級와社会」

本表作成にさいしては、『全集』年譜、『学之光』のほか、官憲側資料として大正六年五月三十日調べ・警保局保安課「朝鮮人概況第一」（註では概況1と略記する。荻野富士夫編『特高警察関係資料集成　第32巻』、不二出版、二〇〇四　所収）と大正七年五月三十一日調べ・警保局保安課「朝鮮人概況第二」（註では概況2と略記する。朴慶植編『在日朝鮮人関係資料集成　第1巻』、三一書房、一九七五　所収）および大正九年六月三十日調べ・警保局保安課「朝鮮人概況第三」（註では概況3と略記する。同上）を参考にした。

（1）『学之光』第三号「学友会創立略史」に、壬子秋に親睦会、同志会、倶楽部などの分立時代が復興し、癸丑（一九一三年）秋に至って七団体（略）が会同して和気藹々裏に留学生総団体が組織されたのが学友会の新紀元だとあるのでここに入れたが、『学之光』五号の「日本留学生史」一五頁には壬子年とあり、概況一の五五頁にも大正元年十月二十七日とあるので、一九一二年創立の可能性もある。

（2）이상경『인간으로 살고 싶다』한길사、二〇〇〇、四八頁／羅英均著・小川昌代訳『日帝時代、わが家は』、みすず書房、二〇〇三、二五頁／概況一　五〇頁　羅景錫は鄭泰信が一九一四年一月に大阪で組織した在阪朝鮮人親睦会を、一九一五年一月から引き継いで主宰した。推測だが、東京で一人で暮らすことになる羅蕙錫を彼は崔承九に託したのではないか。なお『学之光』第四号（一九一五年二月発行）に掲載された羅景錫の随筆「低級의生存慾」にはひと月以上前から京城で病院通いをしたあと収穫に立ち会ったことが語られているので、一九一四年秋には韓国にいたことになる。

（3）『学之光』三号　消息欄

（4）同上

（5）同上

（6）同上

（7）同上

（8）同上　青年会館の住所は神田区西小川町2丁目5番地

（9）『学之光』四号　消息欄

(10) 同上
(11) 同上
(12) 同上
(13) 同上
(14) 同上
(15) 同上
(16) 『学之光』五号　消息欄　金淑卿、金貞和、金弼禮、崔淑子の発起で、金貞植宅で開催。名称は女子親睦会、会長に金弼禮が選ばれた。
(17) 『学之光』五号／概況一　五九頁　こちらは四月九日になっている。出席者約百二十名。明治大学学生宋鎭禹の演説の一節収録
(18) 概況一五七頁「大正三年（月日不詳）ノ創刊ニ係ル月刊雑誌『学之光』ハ学友會（本章第二（二）参照）ノ機関雑誌トシテ発行セラレツツアリ同誌ハ創刊以来断続常ナク大正六年四月二十二日迄ニ号ヲ累ヌルコト十二号其ノ間発売頒布禁止処分ニ付セラレタルモノ第五号（大正四年五月二日発行）、第七号（大正五年一月二十一日発行）、第八号（大正五年三月五日）、第九号（大正五年五月二十三日発行）、第十号（大正五年九月四日発行）ノ五部ナリシカ斯クテハ経費ノ関係上自然発行を継続スル能ハサルニ到ラムコトヲ慮リ発行人玄相允（甲号早稲田大学生）ハ寄稿原文中治安ニ妨害アルカ如キ不穏ノ字句ハ努メテ之ヲ改竄掲載スルコトトナシタルノ結果最近発行ノモノハ内容稍〻穏健ニ趨キタルノ跡ナキニアラサレトモ仍適〻国権回復等の意味アル文章ノ混淆セルヲ認ムヘシ」とあり、発禁になった号と刊行日が明示されている。
(19) 概況一　五九頁
(20) 概況一　五六頁　羅景錫が九月中旬に急遽帰国したあと在阪朝鮮人親睦会は自然消滅したと記されている。
(21) 本文註5参照。一九七五年又新社全集年譜には、七月に金炳魯（明大法科）・田栄沢（青山学院）・申錫雨（早大政経科）らと交友し、八月の第一子誕生をはさんで九月に渡日、早大高等予科に編入学（三十日）とある。
(22) 概況一　五五頁　／概況一　四九頁　朝鮮学会の設立は、『学之光』の消息欄には一九一六年一月二十九日とあるが（註19参照）、概況一と概況二では一九一五年末とされており、『朝鮮半島近現代史年表』（原書房　一九九六）では一九一五年十一月十日となっている。

(23)『学之光』第八号　消息欄／概況一　五九頁　李光洙の演説内容が収められている。
(24)『学之光』第八号　消息欄
(25)『学之光』第八号の消息欄に「一月二十九日、留学生中の有志十名余りが朝鮮学会を設立。その主旨は産業教育宗教社会制度等、朝鮮で現在緊急切実な諸問題を研究することである」とある。また、『学之光』第十号の消息欄には「遠いところに来ている人間の共通の弊点は故郷の事情に暗いことである。これに対して思うところがあり、留学生中の有志が朝鮮学会を（今年一月に）設立した。その目的は新学問の光で朝鮮事情を研究することである。すでに三回開催して、李光洙・盧翼根両君は農村問題に関して、張徳秀君は植民に関して研究を発表した」とある。
(26)『学之光』第八号　消息欄
(27)同上
(28)同上　申翼熙が会長、鄭魯湜が総務に選ばれた。
(29)概況一　五七頁
(30)概況一　五七頁
(31)概況一　五九頁
(32)概況一　六〇頁　金明植の演説の一節が収録されている。「吾人の為には敵国に等しき此の地に在りて、しかも彼敵人より万事の指導を受くる身はその感慨もまたいっそう無量なるものなくんばあらず。（後略）」
(33)概況一　六〇頁　張徳秀の演説「青年よ、吾人の恥辱は何か」の一節が収録されている。
(34)同上　出席者が「将来朝鮮同胞の為死を期して活動すること」「任官せざること」を誓約。談話の一部収録。
(35)同上
(36)概況一　六一頁　張徳秀の送辞、金貞植の答辞。
(37)「無仏翁の憶出（二）」『京城日報』一九三九年三月十一日
(38)『学之光』第十一号　消息欄
(39)同上
(40)概況一　六一頁　『学之光』第十一号の消息欄には「十月十二日に帰国」とあるだけで、歓迎会の日付はない。白南薫の演説の一部が収録されている。

(41) 『学之光』第十一号　消息欄では十月二十五日、概況一では十月二十六日（日）になっている。六一頁
(42) 同上／概況一　六二頁
(43) 同上
(44) 同上／概況一　六二頁　白南薫司会、張徳秀演説の一部を収録。
(45) 同上
(46) 概況一　六三頁　『学之光』第十一号には十一月下旬来着とのみ記載。
(47) 同上
(48) 文末に（一九一七・一・十七東京麹町에서）とある。「麹町」は留学生監督所の寄宿舎と推定される
(49) 『学之光』第十二号　消息欄　講演題目「朝鮮青年と基督教」
(50) 同上
(51) 同上
(52) 概況一　六三頁
(53) 『学之光』第十二号　消息欄
(54) 概況一　六三頁
(55) 『学之光』第十二号　消息欄　明治学院総理井深梶之助が講演した。
(56) 概況一　六三頁／『学之光』十二号　消息欄
(57) 『学之光』第十三号　消息欄
(58) 『学之光』十三号　消息欄　内村鑑三、吉野作造、小松武治、李如漢の講演　参加者二十九名。
(59) 同上
(60) 同上
(61) 概況一　六四頁／『学之光』十三号　消息欄
(62) 『学之光』十三号　消息欄
(63) 同上
(64) 同上「早稲田大学文科哲学科に在学する李光洙君は特待で進級」とある。ほかに玄相允、金興斉、宋繼白が優等で進級。

(65)『学之光』第十三号掲載の「卒業生諸君에게 들이는 懇告」の末尾に（一九一七年六月十八夜）と記されており、「쓰고안 줄 時間이 엽서々 이만하고 그립니다」という記述から出発の直前に書いたものと推測される。なお「五道踏破旅行」の第1信は六月二十六日午後に鳥致院で書かれて二十九日の『毎日申報』に掲載されている。
(66)『学之光』十三号　消息欄。申翼凞が「朝鮮古来の外国について」講演した。
(67)『毎日申報』一九一七・六・二十九～九・十二
(68)『毎日申報』一九一七・九・十五
(69) 文末に丁巳九月とある。
(70)『学之光』第十四号　消息欄　編集部長は崔八鏞。
(71) 同上
(72) 文末に（10・16、東京서）とあり、一九一七年と推定される。
(73)『女子界』第二号　消息欄
(74)『学之光』第十四号　消息欄　九月二十九日に哲学博士元田作之進、十月二十七日に早大教授大山郁夫と李光洙、十一月十日に神学博士井深梶之助が講演した。
(75)『学之光』第十四号　消息欄に「朝鮮基督教に対する講演があった」とある。／概況二　七〇頁（朴慶植『在日朝鮮人関係資料集成第一巻』三一書房、一九七五）では講演内容も紹介されている。
(76)『学之光』第十四号　消息欄／概況二　六六頁
(77)『学之光』第十四号　消息欄／概況二　七二頁　金永燮と金裕淳の演説内容収録。
(78) 同上
(79) 同上／大正六年十二月十日『早稲田学報』崔図善、李光洙、玄相允、金輿済に朝鮮総督府が褒賞を出し、早稲田大学が伝達式を行なった。
(80) 同上／概況二　七二頁　何人かの演説内容収録。
(81) 概況二　六九頁
(82)『学之光』第十四号　消息欄／概況二　七二頁　内容収録。
(83) 概況二　七三頁　内容収録。

(84)『学之光』第十五号　消息欄／概況二　六七頁　七三頁　内容収録。
(85)同上／概況二　六六頁　七四頁
(86)同上／概況二　七四頁　何人かの演説内容収録。
(87)概況二　六十五頁　会長　フィッシャー　幹事　白南薫。
(88)『学之光』第十五号　消息欄
(89)概況二　六七頁　役員改選
(90)『学之光』第十五号
(91)概況二　六六頁／『学之光』十五号　消息欄　編集部長は崔八鏞。
(92)『学之光』第十五号　消息欄
(93)概況二　六九頁「大正七年二月末李光洙（甲号）二月手当二十円ヲ給シテ編輯部員ニ加ヘ一面同誌ノ内容ヲ充実セシムルコトトシタル」とある。
(94)崔南善「病友생각」『青春』第十三号　一九一八・四　一五〇頁　朝鮮に来る前、熱海に転地療養していたとある。
(95)概況二　六八頁
(96)『学之光』第十七号／概況二　七五頁　金永燮の演説要旨収録。
(97)同上　午前は林鍾純、内村鑑三その他による聖書研究、午後は各大学教授等名士による講演。
(98)『学之光』第十七号　消息欄／概況二　六六頁
(99)同上　一等は早大生崔八鏞／概況二　七五頁　崔八鏞と尹昌錫の演説内容収録。
(100)同上／概況二　七五頁
(101)『青春』第十七号の編集餘言によれば押収は六月一日。
(102)『学之光』第十七号　消息欄／概況二　七五頁　白南奎の歓迎辞収録。
(103)同上／概況二　七六頁　金度演と玄相允の答辞収録。
(104)同上／概況二　七六頁　概況では十五日になっており、実業視察に来た朴珥圭と金綴洙の談話を収録してある。
(105)同上
(106)一九一八年書簡『全集』18　四四五頁

(107)　このとき許英淑は沼津市諏訪の富士山が見える海辺の旅館で療養する予定の李光洙と八月二十四日朝に別れて朝鮮に向かった。同上　四四八頁

(108)　同上　四五二頁

第二章　体験と創作のあいだ　―『無情』の再読（下）―

一　はじめに

筆者は一九九〇年代に、李光洙《イグァンス》の長編『無情』（一九一七）に関するいくつかの論文を書いた。(1)そこでは李光洙の出生から『無情』を書くにいたる道筋をたどり、『無情』と同時期に発表された啓蒙論文を検討したのち、小説『無情』を分析した。そして『無情』の主人公である李亨植《イヒョンシク》には作者自身、亨植が棄てる朴英采《パクヨンチェ》には作者が棄てようとしている妻が投影されていると推論した。(2)だが論文を書きおえたあと、筆者にはいくつかの疑問が残っていた。最大の疑問は亨植と金善馨《キムソニョン》の愛情形態に関するものだった。善馨と亨植との婚約は金長老が決めたことであり、善馨にとってそれは服すべき至上命令だった。そのため亨植は、善馨が自分を本当に愛しているかどうかを疑って煩悶する。なぜ李光洙は彼らにふつうの恋愛をさせなかったのだろう。また小説の後半部では、善馨の我の強さや嫉妬の醜さが強調され、英采の方がむしろ魅力的に描かれているにもかかわらず、善馨の優位がゆるがないことも不思議だった。亨植にとって、なぜ善馨はあれほどまでに絶対的な存在なのか。そもそも『無情』の冒頭における英采と亨植のすれちがいが象徴するように、作者は善馨の勝利を最初から予定しているが、これは何を意味しているのか。これらの疑問は、作品分析だけでは解けないように思われた。

もう一つの疑問は、英采と列車内で出会って自殺を思いとどまらせた東京留学生金炳郁《キムビョンウク》に関するものである。論文を書いたあとで羅蕙錫《ナヘソク》の小説「瓊姫《キョンヒ》」（一九一八）を読んだ筆者は驚いた。[3] 家事を理性的かつ芸術的に楽しみながら行なう主人公瓊姫の人間像が、金炳郁にそっくりだったからだ。炳郁も瓊姫も東京留学生であり、父に結婚を強要されることも共通している。なぜこのような相似が生じたのか、いったい李光洙と羅蕙錫とのあいだにどんな関係があったのか、知りたいと思ったが、当時は資料がなかった。[4]

二〇〇六年度から三年間、筆者は日本学術振興会から科学研究費の助成を受けて「植民地期朝鮮文学者たちの日本体験に関する総合的研究」を行なった。植民地時代に日本留学した作家たちを調査しながら、李光洙の第二次留学時代の足どりを集中的に調べたところ、この時期における彼の体験と創作との関連様相がおぼろげながら浮かび上がってきた。体験に関しては前章の「李光洙の第二次留学時代―『無情』の再読（上）―」で述べたので、本章ではその内容を踏まえて、かねてからの疑問の解明作業をこころみたい。李光洙が東京で体験したできごとが、『無情』をはじめとするこの時期の李光洙の創作にどのような形で反映しているか、そして、その後に書く小説にどのような影響を与えることになったかを考察するのが本章の目的である。

二　第二次留学期に書かれた小説と羅蕙錫

李光洙が東京に来た一九一五年の夏から、上海に亡命する一九一九年二月までに発表された小説で、現在確認されているものは以下のとおりである。

タイトル[5]	掲載誌／紙	掲載時期（執筆日付）
（1）「크리스마슷밤」	『学之光』八号	一九一六年三月五日
（2）『無情』	『毎日申報』	一九一七年一月一日～六月二十三日
（3）「少年의 悲哀」＊	『青春』八号	一九一七年六月十六日（一九一七・一・一〇朝）
（4）「彷徨」＊	『青春』十二号	一九一八年三月十六日（一九一七・一・一七 東京麹町에서）
（5）「尹光浩」＊	『青春』十三号	一九一八年四月十六日（一九一七・一・一一夜）
（6）「어린 벗에게一・二信」	『青春』九号	一九一七年七月二十六日
「어린 벗에게三信」	『青春』十号	一九一七年九月二十六日
「어린 벗에게四信」	『青春』十一号	一九一七年十一月二十六日
（7）『開拓者』	『毎日申報』	一九一七年十一月十日～一九一八年三月十五日

1　「少年の悲哀」「尹光浩」「彷徨」

これらのうち（1）（2）（6）（7）は執筆されるとすぐに新聞か雑誌に発表されているが、＊印をつけた（3）（4）（5）の三編は発表が執筆の時期とかなりずれている。作品の末尾に記された執筆日付によれば、この三編は『無情』の連載が始まったばかりの一九一七年一月十日から一週間のあいだにあいついで書かれたものである。前章において筆者は、李光洙は、冬休みに不眠不休で『無情』の約七十回分を書いたころに結核を発病したと推論した。[6] 死を意識した李光洙が過去と現在の自分の姿を見つめながら一気に書いたのが、冬休みが終わったころ書かれたこの三つの短編だったと考えられる。

（3）「少年の悲哀」は、白痴との結婚が決まった従妹を救おうとして果たせなかった少年が、いまは一児の父になっているという話である。作中の従妹には、三十年後に書かれる自伝的長編『私』に登場する故郷の初恋の人シルタンの面影があり(7)、東京から二年ぶりに帰省した主人公が三歳になったわが子と対面して、少年の日が過ぎ去ったことを痛感する場面には、李光洙が前年の夏に帰省したときの体験が反映されていると思われる。また、東京の大学に留学している尹光浩が同性に失恋して自殺する（5）「尹光浩」は、中学時代の日本語小説「愛か」のプロットを額縁小説にして発展させたもので、以上の二編は作者自身の過去を映し出したものである。一方（4）「彷徨」に描かれているのは作者の現在である。麹町の寄宿舎で病に臥しながら虚無感におそわれている留学生は、死にいたる病に倒れた作者自身の姿であろう。これについては本章の後半でくわしく考察する。

注目されるのは、特殊な状況で一挙に書かれたと思われるこれら三編をのぞくと、残る四つの作品すべてに、羅蕙錫を思わせる人物が登場していることである。そこでは、主要人物として兄と妹が登場する〈兄と妹〉モチーフ、妻ある男性が未婚女性を恋する〈既婚者の恋〉モチーフ、男性が既婚であることを理由に未婚女性の兄が二人をひきさく〈兄の反対〉モチーフ、そして、そもそもの出会いは兄が妹を主人公に紹介したり、あるいは保護を頼んだことであるという〈兄の紹介／委託〉モチーフが共通してあらわれる。そこで次に、この四つの作品を検討する。

2　『無情』

先述したように、（2）『無情』に登場する東京留学生の金炳郁は羅蕙錫の「瓊姫《キョンヒ》」の主人公ときわめてよく似ている。「瓊姫」は『無情』が連載された翌年に東京の女子留学生雑誌『女子界』二号に発表された。おそらく李光洙は同じ時期に留学していた羅蕙錫をモデルにして金炳郁という人物を造形し、一方で羅蕙錫は自分自身をモデルとして「瓊姫」を書いたために、このような相似が生じたのだと考えられる。炳郁は音楽、瓊姫は美術を学んでおり、羅蕙錫は私立女子美術学校の画学生である。瓊姫には「兄」がおり、炳郁には金炳国、羅蕙錫には羅景錫がいる。瓊姫も炳郁も父親から結婚を強制されて悩み、羅蕙錫は父の結婚強制に反発して学校を一時退学して生活費を稼ぐという経験をしている。瓊姫に恋人はいないが、炳郁には留学生である恋人がおり(8)、羅蕙錫は慶應大学に留学した詩人崔承九との恋愛が有名である。なによりも共通する点は、瓊姫と炳郁が家事を芸術と結びつけて生き生きと行なう姿である。瓊姫は竈の火のはぜる音に微妙な美感を感じ、納戸の整理にも東京で学んだことを楽しみながら応用する。一方、炳郁は家に花を植えることが生活のなかに美を求める行為であることを自覚している。李光洙と羅蕙錫のあいだにあった芸術と生活に関する共通した見解が、それぞれの作品にあらわれたのだと推測される。男性的ともいえる闊達な炳郁の性格はおそらく羅蕙錫のものでもあったのだろう。なお、『無情』では〈兄と妹〉モチーフのほか、妻のある炳国が英采を思慕して苦しむという設定に〈既婚者の恋〉のモチーフが使われているが、〈兄の反対〉と〈兄の紹介／委託〉モチーフは出てこない。

3　「クリスマスの夜」「幼い友へ」

つぎに、(1)「クリスマスの夜」(9)と(6)「幼い友へ」の二編を検討する。執筆時期が一年以上はなれた作品をならべて考察するのは、この二編にはともに〈兄と妹〉〈兄の反対〉〈既婚者の恋〉モチーフが使われているほか、細部でおどろくほどの相似を示しているからである。

「クリスマスの夜」の主人公は、七年ぶりに東京に再留学した金京華《キムギョンファ》である。クリスマスの夜に「会堂」に行った京華は、ピアノの演奏者を見て驚く。前の留学時に愛した0嬢だったからだ。彼女に対する想いに堪えきれずに出した手紙が彼女の兄の目に触れて、絶交の宣告を受けたうえ、彼は留学生界でも冷遇された。絶望して鉄道自殺を企てるが失敗して帰国した彼は、その後さまざまな経験をしたのち、ふたたび東京に留学したのだった。作中で回想される京華の過去には、李光洙自身の過去が織り込まれている。(10)

一方、「幼き友へ」は、主人公の林輔衡《イムボヒョン》が「그대（あなた）」宛の四通の手紙で自分の体験を語る書簡体小説である。六年前、東京に留学した林輔衡は友人金一鴻《キムイルホン》から妹の一蓮《イルリョン》を紹介されて、彼女を恋するようになったが、既婚者であったために一鴻に反対されて絶望し、大陸放浪の旅に出た。上海で病気に倒れた彼を見知らぬ中国女性が看病して姿を消すが、残された手紙からじつは一蓮であったとわかる。このあとロシアに行くために乗った船が水雷で難破し、騒ぎのさなか彼は一蓮と再会してともに救助される。そしてシベリアに向かう寝台車のなかで、彼女から身の上話を聞くのである。

「クリスマスの夜」と「幼き友へ」の相似点は、東京が舞台である部分に集中している。二人が初めて会う場所は、前者では女学校の応接室であり、後者では寄宿舎の応接室である。0嬢も一蓮も、髪は横わけでおさげを垂らしており、二人とも「お忙しいのに」という言葉を口にする。(11)失恋のあと主人公が鉄道自殺を企図して未遂に終わることもまったく同じである。(12)これほどまでに細部が似ている小説をたった一年の間隔をおいて発表できたことには、「クリスマスの夜」が読者の手に届かなかったという事情が関わっている。この作品が載った『学之光』第八号が発刊と同時に警察に押収されたために、(13)「幼き友へ」に同じ特徴をもった女性が登場しても混乱がおきる心配はなかったのである。この『学之光』第八号に李光洙は、「クリスマスの夜」のほか、論説「龍洞（農村問題研究に関する実例）」(14)と詩「幼き友へ」を載せていた。そして読者の目に触れないで終わった詩のタイトルを、その一年後に発表した書簡小説のタイトルとして用いたのである。(15)ここには、こんな特徴をもつ女性をぜひとも小説に登場させたいという李光洙のこだわりが感じられる。そのこだわりの対象が羅蕙錫であった。金一蓮が愛した留学生が肺病で夭折した詩人だったという設定は、あきらかに、羅蕙錫の恋人でやはり肺病で夭折した詩人崔承九を念頭においたものである。

これまで「幼き友へ」は、そのタイトルが示すように幼い同胞に向けた書信の形をとった小説だと解釈されてきた。[16] だが、見たように、これはもともと詩のタイトルであって、最初から「幼き友」に向けて書かれたものではない。そもそも幼い同胞に「あなた（그대）」と呼びかけて、敬語を用いるのはおかしい。これが愛する女性に向けられた手紙であることは、後半へと読み進むにつれてはっきりしてくる。

上海からウラジオストックに向かう船中で、主人公は「あなた」への手紙に、「ここからまっすぐ北に飛んでいけば、あなたがいらっしゃる故郷のはずです」[17]と書く。そして月の光に照らされる波を見ながら、「こんななかでも脳裏から離れないのは恋人のことです。あなたと一蓮への思いは心中に雑念がなくなればなくなるほど、いよいよ鮮明で切実なものとなるのです」[18]と語りかけて、「この波に彼らの手をとって逍遥したならば」[19]と夢見る。このあと難破さわぎのなかで金一蓮と再会して一緒に救助された彼は、シベリアに向かう寝台車で一蓮からこれまでの身の上話を聞き、「あなた」への想いをはっきりと意識して次のように詠いあげる。

「なにゆえに私は生まれ、なにゆえに金一蓮は生まれ、なにゆえにあなたは生まれたのでしょう。そして私はなんのために小白山脈を走り、あなたはなんのために漢江のほとりにとどまっているのでしょうか」[20]

「あなた」がいる場所は「漢江のほとり」、すなわち京城である。書簡小説「幼い友へ」は、一蓮との数奇な運命を別の女性に手紙で語りながら、二人の女性のあいだで心をさまよわせていた男性が、ついに手紙の相手を選択するまでの過程を描いた作品と見るべきであろう。そしてそれは、この時期における作者の状況を反映していたのである。

4　『開拓者』

東京留学時代に書かれた最後の小説（7）『開拓者』でも、〈兄と妹〉は中心モチーフである。ヒロイン金性淳《キムソンスン》には東京で化学を学んだ兄金性哉《キムソンジェ》がいる。民族主義者の彼は特許をめざして自宅でひとり実験をつづけるが、数年つづいた失敗のために家産を蕩尽し、性淳を金持ちの友人に嫁がせることで危機を脱しようとする。性淳は画家の閔殷植《ミンウンシク》と愛しあっているが、彼は既婚者である。家族に結婚を強制された性淳はついに劇薬を飲んで自分の意思を貫徹し、家族と殷植に見守られながら死んでいく。ここでも〈既婚者の恋〉〈兄の反対〉というモチーフが使われており、この時期の李光洙がこれらの問題にいかに強くとらわれていたかをうかがわせる。

李光洙が東京で書いた小説には、なぜこれらのモチーフが頻出するのか。その理由は作品の外、すなわち作者がこの時期に置かれていた状況に求められる。留学生の李光洙には故郷に妻と子がいた。東京で若い女学生たちと交流しながら、彼は自分が〈既婚者〉であることをいやでも意識せざるをえなかったのだろう。だが実際にこれらのモチーフを触発したのは、羅蕙錫とその兄羅景錫との交流だったと推測される。そこで、以下ではこの時期の李光洙と羅蕙錫の行動を対照して、彼らの接点をさぐることにする。

三　李光洙と羅蕙錫の接点

女子の留学がまれだった当時、羅蕙錫を東京に留学させたのは兄の羅景錫だった。一九一〇年に日本に渡り、蔵前高等学校（現在の東京工業大学）付属工業専門部応用化学科に学んだ羅景錫は、女性にも新学問が必要だと考えて、父母を説得したのである。こうして一九一三年に羅蕙錫は東京の私立女子美術学校に入学する。西洋画選科普通科に入った彼女は二年次に休学して一年遅れ、三年生の秋に高等師範科二年に転科して、一九一八年に卒業した[21]。五年間の在籍である。羅景錫は、羅蕙錫が二年生のときに蔵前高等学校を卒業している[22]。当時の官憲資料『朝鮮人概況第二』の「在阪朝鮮人親睦会」の項に羅景錫の名前が見えることから、卒業後の彼の行動をおおよそ推定することができる[23]。大阪では一九一四年に鄭泰信という人物が中心となって朝鮮人団体の活動が始まり、一九一五年初めに鄭が姿を消したあと羅景錫が中心となったが[24]、九月に羅が帰国すると活動が先細りになったという。この資料から推測すると、羅景錫は一九一四年七月に高校を卒業してから大阪の民族団体で活動し、翌年九月に父の具合が悪くなって帰国したのだと思われる。父親はこの年十二月に亡くなっている。

羅景錫は大阪に行くとき、妹の保護を留学生仲間の崔承九に頼んだのだろう。二年生になった羅蕙錫は崔承九と愛しあうようになり、また、このころ彼が印刷人をしていた『学之光』第三号（一九一四年十二月発行）に「理想的婦人」という論説文を載せている。このあと羅蕙錫は父から学校をやめて結婚するよう迫られるが、断固として拒否し、学費を出さないと威す父に反抗して、驪州にある普通学校の教員になって学費を稼いだ。このために三学期は日本にもどれず、四月の新学期にいったん除籍されている。彼女が女子美に復学したのは、この一九一五年の秋、二学期なかばの十月四日のことだ。[25] この間に李光洙が東京に来て、九月三十日に早稲田の予科に入学している。したがって兄妹と李光洙が出会ってモチーフの源になるような出来事がおきたのは、この年の夏から秋ということになる。[26] 推測だが、九月に日本を離れることになった羅景錫は、結核にかかっていた崔承九に妹を任せることを躊躇し、東京に来たばかりの李光洙に妹を紹介して保護を頼んだのではあるまいか。「幼き友へ」に見られる〈兄の紹介〉モチーフは、このあたりに淵源があると思われる。[27] 李光洙は羅景錫から紹介された羅蕙錫に心を惹かれ、それに気づいた兄がきびしい制御をかけたといういきさつが、〈既婚者の恋〉と〈反対する兄〉のモチーフにつながったのであろう。この年末には羅蕙錫の父が亡くなり、翌年初めに恋人の崔承九も死亡する。羅蕙錫がひそかに帰国して見舞った直後の死だった。そして三月に刊行された『学之光』八号には、羅蕙錫をモデルとした短編「クリスマスの夜」と、崔承九の死亡記事が同時に載ったのである。

その後の李光洙と羅蕙錫は、友人という間柄になったのではないかと想像される。押収された「クリスマスの夜」を羅蕙錫が読むことができたかは不明だが、『無情』と「幼き友へ」は読んだはずであり、自分がモデルであることは知っていたに違いない。『開拓者』も、主人公の兄が化学者で恋人が既婚者であるという設定を見れば、イメージされているのは自分だと思ったことだろう。だが周囲の注目を受けることに慣れた彼女は、さほど気にしなかったのではなかろうか。のちに、廉想渉が必ずしも好意的でない書き方で彼女をモデルにした小説『ひまわり（해바라기）』を新聞に連載したときも、単行本を出すときには表紙のデザインをしてくれたという逸話が残っているほどであるから、[28] 闊達でさっぱりした性格だったのだろう。

『開拓者』の連載がはじまるころ、羅蕙錫は許英肅とともに『女子界』の編集部員として、賛助の李光洙といっしょに仕事をしている。[29] このころ李光洙と許英肅は相愛の仲であり、羅蕙錫はこの二年後に結婚することになる金雨英《キムウヨン》と交際中であった。だが上海に亡命したあとも、李光洙が許英淑への手紙のなかで、羅蕙錫の結婚相手にぴったりの人物がいるから意向を打診してくれと冗談まじりで書いているのを見ると、[30]彼女のことはつねに念頭にあったようである。

だがその後、李光洙の小説から羅蕙錫の面影は薄れていく。一九二五年に『朝鮮文壇』に発表した短編「愛に餓えた人びと（사랑에주렷던이들）」（未完）では〈兄と妹〉モチーフのみ使われて他のモチーフは併用されず、妹の影もすっかり薄くなっている。翌年刊行した小説集『若い夢（젊은 꿈）』には「幼き友へ」を「若い夢」と改題しておさめ、[31]序文に「幼稚なところもあるがすべて手をつけずにそのままにした。私にとってそれは命のひとかけら——若い夢のひとかけらであるから、手をつける気にならなかったからだ」と書いたが、[32]執筆時期については「一九一四年に大陸放浪からもどって五山にいたとき」だとして、おそらくは意図的にずらしている。このころ羅蕙錫は外交官金雨英の妻で二児の母であり、画家として活躍する有名人だった。李光洙は、この作品が羅蕙錫と結びつけられることを避けたかったのだろう。[33]

それから十年たって『彼の自叙伝』（一九三六）に、これらのモチーフはさらに薄められて変形された形であらわれる。[34]ところが、同じ年に発表した随筆「多難な半生の途程（多難한 半生의 途程）」のなかで彼は、「幼い友へ」の金一蓮は、上海で病に倒れたとき自分を献身的に看病してくれた中性模という男性を女性として描いたものであると書いて、[35]ヒロインと羅蕙錫とのつながりを断ち切っている。[36]なぜこんなことを書いたのだろう。数年前に不倫が原因で離婚した羅蕙錫は、[37]この二年前に離婚のいきさつを書いた「離婚告白状」[38]を雑誌に発表し、崔麟を相手に貞操蹂躙に対する慰謝料の請求裁判をおこして世間の注目を浴びていた。『彼の自叙伝』連載の前年にも、自らの不倫を素材にした戯曲を発表している。[39]李光洙はそんな彼女を自分の「若い夢のひとかけら」にしておきたくなかったのではあるまいか。[40]

四　『無情』における善馨の位置

『無情』の善馨は不思議な存在である。富と美しさと教養によって一瞬で亨植の心を奪った彼女は、後半では我欲と嫉妬にかられた醜い姿を見せる。筆者は以前の論文で、一方的に〈見られる〉存在だった善馨が亨植を〈見る〉という行為を始めたときにこの変貌が起きていることを指摘し、『無情』の作者が求めた近代的恋愛においては、恋愛の相手は必然的に「自我」と対立する「他者」でしかありえず、そうした相克の関係に対して作者が抱いた拒否感が善馨の変貌の醜さとしてあらわれた、と分析した[41]。ところが、こんな拒否感にもかかわらず、善馨は亨植にとって最後まで絶対的な存在なのである。本章では、『無情』における善馨の位置が何に由来するものかを、作品の外を視野に入れて考えてみたい。

1　「特権的な配偶者」モチーフ

筆者が善馨という存在に疑問をいだいたのは、彼女が『無情』においてあまりにも特権的な地位を与えられているためだった。『無情』では、亨植が善馨を選ぶことは最初から決められている。冒頭、亨植が安洞の金長老の家で善馨と初対面の挨拶をかわしていた午後三時に、英采は亨植がいない校洞の下宿を訪ねていた。このすれ違いが彼らの運命を決定する。一ヶ月後に車中で英采の生存を知った亨植は、二人の女性との出会いをふりかえり、あの日の自分は善馨から強烈な印象を受けてしまっていたため、英采に会ったときには彼女を「第二」と思わざるをえなかったと、出会いの順序が大きな影響をあたえたことを認めている[42]（一〇七節）。

『無情』の前半は、英采を中心にストーリーが展開しているかに見えるが、じつはそこにいない善馨こそが真の中心人物である。英采の数奇な身の上話を聞きながら亨植はつねに彼女を善馨と比較し、英采に軍配を上げているように見えるときも、実は深層の意識では善馨を選び、求めている[43]。そして五日目の夜、ついに亨植の潜在願望は成就して、彼は善馨と婚約するのである。

　婚約のあと亨植は、金長老が決めた婚約は善馨の愛を意味していないことに気づき、彼女が自分を愛しているかどうかを知りたくて悩む（九八節）。自分を愛しているかという亨植の質問に対して善馨は「はい」と答えるが、じつは質問の意味すら理解していない（九九節）。親の言葉が彼女にとっては至上命令なのである。亨植は、自分が夫妻から冷遇されたときに善馨が見せてくれた好意を同情にすぎないと見抜きながらも、彼女を失うよりはましだと考えている（一〇八節）。彼が「二人のうち一人を選ばねばならない」と真剣に考えているように見えるときも、心を占めているのは善馨ただ一人である（一一四節）[44]。亨植はこれほどまでに善馨で心がいっぱいなのに、彼女のほうは亨植の財産と学歴と容貌に不満を感じている。こんなギクシャクした関係は三浪津で少し融和されるが、根本的な解決は見ないままで終わる。

　三枝壽勝は、このような亨植と善馨の関係を、李光洙小説に頻出する〈愛不在の夫婦〉モチーフの例であるとした[45]。しかし筆者は、この二人のあいだに愛がないわけではないと考える。善馨に対する亨植の気持は切実だし、善馨の嫉妬も愛の一つの形とみなしうる。むしろ筆者は、亨植の配偶者となる善馨がもつ特権的な地位に注目したい。主人公に心を捧げる若くて魅力的な女性が傍らにいるにもかかわらず、配偶者が絶対的な位置にありつづけるという構図を、ここでは〈特権的な配偶者〉モチーフと呼ぶことにする。このモチーフは、『土』（一九三二）『愛』（一九三八）『元暁大師』（一九四二）など、李光洙の後期の長編小説にあらわれる。『土』では許崇《ホスン》と妻の尹貞善《ユンチョンソン》に兪順《ユスン》、『愛』では安賓《アンビン》と妻のオンナムに石荀玉《ソクスノック》、そして『元暁大師』では元暁と妻瑶石公主《ヨソック》に阿慈介《アサガ》の関係がこれに該当する。羅蕙錫の面影が留学時代から離れるほどに薄くなっていくのとは逆に、こちらが後になって現れるのは、いったい何を意味するのか。英采の場合と同じように善馨にも実在の人物が投影されていたとするなら、当然のことながら、それは彼の伴侶となった許英粛ということになろう。

結論から言うと、『無情』における善馨の描かれ方を理解するためには、作者と許英粛の関係、そして、李光洙がこのころ発病していた結核という要因を無視することができないと筆者は考えている。これまでの『無情』研究においては、許英粛の存在も結核との関わりも注目されてこなかった。だが当時、結核を発病することは死の宣告とも同じであった。発病の衝撃は、そのとき書いていた文章にも痕跡を残したのではないだろうか。以下では、その痕跡をたどりながら『無情』と結核と許英粛との関わりを考えてみたい。

2　『無情』と結核

十九世紀から二十世紀前半にかけて、結核は全世界で猛威をふるった。結核自体は昔からあった病気であるが、機械文明が発達して工場労働が始まると、劣悪な環境とあいまって蔓延するようになった。結核が近代病と呼ばれるゆえんである。日本でも明治に入って工場労働が始まると結核患者が激増する。李光洙が再留学したのは、日本で結核の勢いがピークを迎えようとしているときだった。一九一八年、日本における結核死亡者は十四万人を越えて最高潮に達する。[46]

抗生物質ができる以前には、結核への対抗手段は、海辺や高地への転地療法や、肉、卵、牛乳を摂取する栄養療法くらいしかなかった。日本でも鎌倉海浜院、茅ヶ崎南湖院などの海辺の療養院が有名である。一九一六年初めに肺結核で死んだ羅蕙錫の恋人崔承九は、その前年に発表した随筆「不満と要求」のなかで、鎌倉の海辺で美味しいものを食べていると書いている。[47] おそらく療養のために行ったのだろう。李光洙も一九一八年の夏には沼津の海辺に滞在している(48)。
この一九一〇年代に朝鮮からの留学生もたくさん結核に倒れたことは、『学之光』の消息欄に毎回のように見られる、病気による帰国と死亡の記事によって推測される。異国でこの病気にかかったとき、面倒を見てくれる人間がいるかどうかは生死の分かれ目であった。羅蕙錫は、十分な看病をせずに恋人の崔承九を死なせてしまったことへの後悔を、次のように述べている。

私が、昼夜、心を痛め嘆き胸を打って後悔したのは、「なぜ、自分は友人のために勉強をやめて徹夜して看護してやれなかったのか」ということだった。「自分が真心を尽くしその友人に慰安を与えることができたなら、その人は決して死ななかっただろう」ということだった(49)。

結核を発病した李光洙の脳裏には、一年前にこの病気で亡くなった崔承九が浮かんだに違いない。李光洙が中学時代に読んだ作家、高山樗牛、国木田独歩、綱島梁川はみなこの病気で亡くなっている(50)。当時、結核による死はきわめて身近であった。一九一七年一月十七日に執筆された短編「彷徨」は、李光洙自身と思われる病気の留学生を主人公として、尋常でない虚無と厭世の雰囲気をただよわせている。
麹町の寄宿舎で三日前から風邪で寝ている主人公は、自分の心臓の鼓動を聞きながら、「見ただけでも腹が立つ本か劇みたいな(51)」この世に対して未練はないと考える。彼のもとには一日三回、温かい牛乳（結核の栄養療法を思わせる）が匿名の篤志家から届けられ、また友人は心から彼の病勢を心配してくれるが、そんな厚意さえ「臨終の病人にカンフル注射を施すのと同じ(52)」で、本人の苦痛を引き伸ばすだけに思われて煩わしい。ついには民族に対する思いまでもが色あせて見える。自分は他の愛国者のように「朝鮮と婚姻」できなかった人間だ。寂しいときは朝鮮を恋人とみなそうと努力したが、「僕の朝鮮に対する愛はさほど灼熱もしなかったし、朝鮮が僕の愛に答えてくれたとも思われない」と考える。すべてが空しくなった彼は「僧になりたい」と思い、十八歳で処女寡婦になった故郷の叔母が十年間操を守ったあと金剛山に入って尼になったという話を思い出して、彼女を追って僧になる自分の姿を想像するのである。[53][54]『無情』で亨植が「僧になりたい」という言葉を口にするとき、その虚無感は「彷徨」の主人公と通底している。[55]

朝鮮の文明のために、また自分の名誉のために努力しようという気が、いっぺんに消えてしまったようだ。（中略）これまでの自分の生活がまったく無意味でつまらないものに見えて（中略）すべてが恥ずかしくてどうでもいいことのように思われる。（七四節）

僕のこれまでの人生の価値は何で意味は何なのだ。いますぐこの生活を全部投げ出して、どこか人のいない遠い場所に引きこもって隠遁したい気分だ。（同上）

ところがこの直後、ハン牧師が善馨との婚約の話を持ちこむと、亨植は自分の未来が開かれたことに心を躍らせる。絶望から希望への転回が起きたのである。

「善馨と僕が婚約」するという言葉は、聞いただけでもうれしかった。（中略）好きだった美しい人と、一生の願いだった西洋留学！　このうち一つだけでも亨植の心を惹くのに十分だというのに、まして両方である。（七六節）

このとき、作品の外にいる作者自身にも絶望から希望への転回が起きていた。「彷徨」を書いてからひと月後の二月二十二日、二十五歳の誕生日を迎えて書いた随筆「二十五年を回顧して愛妹に」のなかで、李光洙は最近おきた心境の変化を次のように書いている。

先だって僕は、自分に対してひどく失望した。（中略）いっそ社会と恩人の期待を打ち棄てて山に入って僧になるか、田舎に隠れ住んで自分の手で畑でも耕そうか（中略）と考えたこともあった。そのときの僕の心は寂寞と失望と悲しみにおしひしがれて死んでしまいそうだった。僕には何の希望もなく、勇気もなく、熱情がなく、消えた灰のように冷えきっていた。同族や人類のために努力するのだなどという理想が消えたのはもちろんのこと、一個人としてこの世に生きていこうという考えすら失せてしまった。[56]

そのとき「僕」の前に、長いこと忘れていた妹の面影がうかぶ。「私は泣いています。兄さんのために」という妹の声が聞こえ、「僕」は身体を震わせて再起を誓う。

僕はふたたび生きることを決心した。おまえのために、あの恩人たちのために、そして大切なおまえと恩人を抱いてくれているあの大地のために、僕は死なずにふたたび努力することを決めた。[57]

妹よ！　こうして僕はよみがえった。そして今日を迎えたのだ。[58]

新たな気持で誕生日を迎えた「僕」は、人生を演劇にたとえてこう書いている。

僕の生活の序幕は昨日で終わった。今日から、僕の生活は演劇の中間に入るように思われる。僕の手に握られたプログラムの重要な部分が今日から始まるという気がする。

序幕は失敗だった。僕はたくさんの観客に失望をあたえた。だがこのあとに中幕と大団円が残っているから、彼らを満足させる機会はまだ充分にある。

僕はいま楽屋で、心をこめて扮装を整えているところだ。僕の唇には希望の微笑みがある。(59)

この文章からは再起への意気込みが伝わってくる。筆者は以前の論文でこの文章を分析し、五山学校での教師生活を失敗とみなし、民族教育を放棄して再留学をしたことに対して良心の呵責を感じていた李光洙が、自らの弱みを『無情』のストーリーに織り込んで語ることによって精神的な再起を果たしたのだと解釈した。(60)しかしながら、『無情』と「彷徨」に通底する虚無感が、作者の精神的トラウマだけでなく、結核という身体的な危機から来ていたとするなら、この再起は比べようのないほど深刻な様相を滞びることになる。それは文字通り、「死への絶望」から「生への希望」への転回ということになるからだ。

3　『無情』と許英肅

「二十五年を回顧して愛妹に」で「僕」を再起させたのは、「長いこと忘れていた妹」である。李光洙には妹が二人いたが、下の妹は幼くして亡くなり、もう一人は満州の営口に嫁いでいた。(61)『無情』にも「咸鏡道に嫁した妹」(62)としてちらりと出ているこの妹について、李光洙は多くを語っておらず、手紙の話もこの随筆にしか出てこない。妹からの手紙には誕生日プレゼントとして幸運の四葉のクローバー（原文　四葉槿）が同封されており、「去年の秋、一日中がんばってこれを探しました」(63)と書かれていたことになっている。しかし、平安北道の農村で育って満州に嫁した妹がそんなことをするだろうか。これはむしろ都会の夢多き女学生のやりそうな行為である。

李光洙に四葉のクローバーを送ったのは、そのころ東京女子医専に在学中だった許英肅だったと思われる。異国で結核にかかった貧しい留学生の前に、経済的なゆとりと医学知識をもった女性が看病を申し出て、彼を絶望から希望へと再起させたのである。二十年以上のちに、ある雑誌のインタビュー記事で許英肅は次のように回想している。

ところが、会ったときの春園はひどいありさまでした。咳をするたびに、見るも恐ろしい血痰を吐き出す肺結核患者だったのですから。誰がそんな彼に近づくのを喜びますか。おまけに親しい人間もいない東京に来てそんな身体になったのですからね、世話をしてくれる人など、なおさらいませんよ。世話をする者がいなければ、彼は間違いなく、いくらもたたずに死ぬように思われました。それで私が先生に話をして、彼の面倒を見てあげたのです(64)。

つづく結核についての意見は、おそらく彼女の若いときからの信念ではなかったかと思われる。

この肺結核という病気を世間ではかならず死ぬ病気だと思っていますが、そうではありません。時期を逸せず、経済を犠牲にして医者の指示どおり規則的な治療を受けさえすれば、かならず治る病気です(65)。

「経済を犠牲にして」とは「金に糸目をつけず」ということである。だが一九一七年一月の李光洙は非常に貧しかった。このとき金性洙からの仕送りは月に二十円で、『毎日申報』の『無情』連載は月五円にすぎず、新学期で大学の授業料も納めなくてはならないというのに、「授業料を納めることができずに学校に行けない」ような状態だった。(66) 絶望するのも当然であろう。そんな彼に希望への転機が訪れた。李光洙は許英粛から助力を得られることを確信したのである。では、許英粛はなぜ李光洙の面倒を見ようと考え、実行したのだろうか。

許英粛（一八九七～一九七五）は、ソウルの裕福な家庭で四人姉妹の末娘として生まれた。三人の姉は当時の風習にしたがって深窓で育って早婚をしたが、彼女だけは新教育を受けた。(67) 九歳のときに母親を失っている。(68) 一九一四年四月に東京女子医専に入学し、(69) 李光洙と知りあったのは三年生のときで、彼より五歳年下の彼女は二十歳を越えたばかりだった。

一九二九年に李光洙は腎臓結核のために左の腎臓を切除する大手術を受けたが、このとき病床記事を書くために訪問した方応謨《パンウンモ》の前で許英粛は当時のことを回想し、李光洙の下宿に初めて薬を届けたときは、男性の下宿を訪ねるのもさることながら、李光洙が「先生として崇拝している方」だったので、なお恥ずかしかったと語っている。(70) それから十八年後の『女性』誌のインタビュー記事で、四十二歳の許英粛はずっとあけっぴろげに李光洙とのことを語っている。五道踏破旅行から帰ったあとは李光洙が薬をもらいに自分のところに通ってきたこと、家では嫁に行くように言ったが、自分が看護しなければ李光洙は数年で死んでしまうように思われ、将来きっと社会に役立つことをする人物だと信じて世話することにしたこと、彼を愛していたわけではなかったこと、二人の関係は恋人同士というより兄と妹のようで、結婚後も四、五年は「春園先生」と呼んでいたことなどを語り、その後の家庭生活も「春園の看護をするのが全生活でした」と述べている。(71)

もちろん許英粛のこのような突き放した話し方には、夫婦の馴れ初めのことを話すときにつきものの照れ隠しが作用していたはずである。しかし、それを差し引いても、この回想には当時の二人の特異な関係を想像せしめるものがある。一九一七年初めの李光洙は『毎日申報』に論説と小説を発表して輝かしい脚光を浴びていた。二十歳を越えたばかりの許英粛は、そんな彼を将来民族のために重要な働きをする人間だと思って尊敬し、彼の面倒を見ることが、医学生である自分が民族に奉仕する道だと考えたのだろう。この推測を強めるのは、李光洙が「二十五年を回顧して愛妹に」の二日前に書いた論説「天才よ！　天才よ！」の一節である。

　いま朝鮮はまさに天才を求める時です。あらゆる種類の天才を求める時です。自分の食事を抜いて天才に食べさせ、自分の着物を脱いで天才に着せ、いや、自分の肉を切り取って天才に食べさせ、自分の皮を剥いで天才に着せる時です。(72)

民族の運命は天才の肩にかかっているのに、朝鮮の人びとはむしろ彼らを押しつぶし、枯死させているという弾劾には、自らの運命に対する李光洙の嘆きと怒りがこめられている。そして「天才を守れ」と叫ぶ李光洙の主張がこのとき許英粛にも伝染したのではないかと思われるのである。

若い女性である許英粛は、おそらく李光洙に対して恋心を抱いたと想像される。しかし潔癖な彼女は妻子のある彼への感情を否定して、むしろ民族への義務という名分を押し立てて接し、それが『無情』のなかでの善馨と亨植の関係のぎこちなさとしてあらわれたのだと考えられる。善馨にとって亨植と婚約せよという父の言葉が至上命令だったように、許英粛は李光洙の世話をすることが民族に対する神聖な義務であると信じたのであろう。李光洙は、彼女の自分に対する好意が愛によるものか同情によるものかを知りたくて悩み、それが『無情』では亨植の煩悶としてあらわれたと考えられる。若い女性から経済援助を受けることに李光洙の自尊心は傷ついたであろうし、自分は不浄な感情によって彼の面倒を見ているのではないという許英粛の自尊心もあったことだろう。こうして彼らの自尊心の葛藤は、『無情』の後半部に描かれる亨植と善馨の自尊心の葛藤としてあらわれることになったのである。

五　おわりに

結婚後の家庭生活でも李光洙の健康がつねに第一の問題であったと、許英粛は先のインタビュー記事で述懐している。彼らのこうした関係が李光洙の後期の小説にあらわれる「特権的な配偶者」モチーフにつながったのではないかと思うが、本稿では示唆にとどめておく。とりあえず、長編『無情』の後半における善馨の特権的な地位が作品の外にある要因によって決定されていたことは明らかにできたと思う。ただ、前半における善馨の姿が許英粛を投影しているのかどうかは、最後まで判断がつかなかった。そこでの善馨は「富と美貌と教養」によって亨植を一瞬にして魅了し、彼の心の深層に欲望の炎を点火させる重要な人物であるにもかかわらず、描写が抽象的で力を欠いており、実在人物をモデルにしているように見えないからである。もしかしたら、この時の善馨は李光洙が東京で出会って心をときめかせた若い女性全体を象徴しており、そうやって創りだされたヒロインの内部に、あとになって許英粛がすべり込んだのかもしれない。それとも知り合ってしばらくは許英粛がどういう女性かわからずとまどったために具体性を欠く描写になったのか、あるいは、最初の長編小説に着手したばかりの二十五歳の作家李光洙の力量の問題であったのかもしれない。

いずれにせよ、『無情』の前半部を書いているときの李光洙が、生と死とのはざまにあったことは確かである。七二節の最後は、「亨植は完全に枯死してしまうのか、もう一度どこかに根を張って生きるのか、これは将来を見なくてはわからないことだ」と締めくくられている。李光洙がここまで書いて筆をおいたとき、死を予感した二十五歳の青年の心はまさに「彷徨」していたのである。

＊本研究は二〇〇六年から三年間、日本学術振興財団の助成を受けた科学研究費基盤研究（B）「植民地期朝鮮文学者の日本体験に関する総合的研究」（課題番号一八三二〇〇六〇）の研究成果の一部である。

（1）論文は以下の八編である。「李光洙の民族主義思想と進化論」、『朝鮮学報』第一三六輯　一九九〇／「李光洙の自我」、『朝鮮学報』第一三九輯　一九九一／「〈文学の価値〉について」『大谷森繁博士還暦記念朝鮮文学論叢』杉山書店　一九九二／「獄中豪傑の世界」『朝鮮学報』第一四三輯、一九九二／「『無情』の研究」（上）（中）（下）、『朝鮮学報』第一四八輯、一九九三／第一五二輯、一九九四／第一五七輯、一九九五／「上海報告」、『県立新潟女子短期大学国際教養学科北東アジア地域研究報告書』、一九九五。これらは『李光洙・『無情』の研究』（白帝社、二〇〇五）に収めてある

（2）前掲『李光洙・『無情』の研究』、二五四頁

（3）筆者が「瓊姫」をはじめて読んだのは『韓国女性小説選Ⅰ一九一〇〜一九五〇』（徐正子編、甲寅出版社一九九一）に収められた「경희」によってである。

（4）羅蕙錫の全集と評伝が刊行されたのは二〇〇〇年代に入ってからのことである。李相瓊編集校閲『나혜석 전집』（太学社、二〇〇〇）、羅蕙錫記念事業会刊行・徐正子編『原本정월 라혜석 전집』（国学資料院、二〇〇一）、評伝『인간으로 살고싶다 ―영원한 신여성 나혜석』（李相瓊著、한길사、二〇〇〇）があいついで出版された。なお、金允植は一九八六年の『李光洙와 그의 時代』（한길사）において「어린 벗에게」のモデルは羅蕙錫だと指摘していたが、当時の資料的な制約のために、李光洙と羅蕙錫は中学時代からの知り合いだろうと推測するにとどまった。（솔、一九九九、六二六―六三三頁）

（5）本文中ではタイトルを日本語訳で表記する。

（6）本書四九―五一頁

（7）실단（シルタン）については、前掲『李光洙・〈無情〉の研究』Ⅶ．『無情』を読む（下）、「三　ヨンチェの救済」を参照のこと。三三六―三四四頁

（8）『無情』九二節

（9）「크리스마슷밤」の筆者は「거울（鏡）」だが、本章で述べる「어린벗에게」との細部の相似や小説の内容から見て、李光洙の作であることは間違いない。金榮敏は「거울」は李光洙の幼名「寶鏡」から取った筆名だと推定している。「이광수의

새 자료『크리스마슷밤』연구」『이광수 문학의 재인식』소명출판、二〇〇九、二四頁／波田野節子「『無情』を書いたころの李光洙」『県立新潟女子短期大学紀要』四五号、二〇〇八　参照

(10)『李光洙・『無情』の研究』三三七頁を参照のこと。なお、金榮敏は前掲「이광수의 새 자료『크리스마슷밤』연구」と「이광수 초기 문학의 변모과정—이광수의 새 자료『크리스마슷밤』연구（2）」（『이광수 문학의 재인식』所収）において、新たに発見された『学之光』八号に掲載されている李光洙の三編の作品を分析し、『크리스마슷밤』を書いたあと李光洙は体制順応へと変貌したとしているが、筆者としては、第二章で述べたとおり、当時の李光洙のスタンスは一貫していたと考えている。

(11)「분주하신데」。「크리스마슷밤」では『学之光』第八号三八頁に一回だけだが、「어린벗에게」では『青春』第九号の一一二頁に二回、一二一頁に一回出てくる。

(12) 鉄道自殺未遂は、明治学院時代に李光洙が書いた最初の日本語小説「愛か」にも出てくる。

(13) 布袋敏博「『学之光』小考」『大谷森繁博士古希記念朝鮮文学論叢』白帝社、二〇〇二／解題권보드레「『学之光』第八号原文」『民族文学史研究』通算三九号、二〇〇九、三六七—三七六頁

(14) 作者名は本文では「長白山人」、目次では「흰옷」になっているが、これも内容から見て李光洙が書いたものである。波田野節子「『無情』を書いたころの李光洙」／金榮敏「이광수 초기 문학의 변모과정—이광수의 새 자료『크리스마슷밤』연구（2）」参照

(15)「어린벗에게」は、『無情』の執筆をおえた直後、すなわち一九一七年五月ころに書かれたと筆者は推定している。本書六八頁註73　参照

(16) 金允植は、手紙の相手として想定されているのは『青春』の読者であり、李光洙が教師の立場で幼い学生に話しかけたものだとしている。『李光洙와 그의時代』、六二六頁

(17) 原文「여긔서 바로 北으로 날아가면 그대게신 故郷일것이로소이다。」『青春』第二〇号、二六頁

(18) 二七頁。原文「이러한中에도 쎌어지지안는것은 愛人이라 그대와 一蓮의 생각은 心中에 雜念이 업서질사록에 더욱 鮮明하고 더욱 懇切하게되나이다。」同上

(19) 原文「그네의 손을 잡고 逍遙하엿스면 엇더랴」同上

(20) 原文「나는 어이하야 낫스며 金娘은 어이하야 낫스며 그대는 어이하야 낫스며 나는 무엇하러 小白山中으로 다라나고

그대는 무엇하러 漢江가에머무나잇가。」『青春』第一一号、一三七頁

(21) 羅蕙錫については徐正子氏のご協力により、以下の資料を確認することができた。この場を借りて氏に感謝の意を表する。

1、進明女学校学籍簿・卒業生名簿

2、女子美西洋画高等師範科学籍簿

3、女子美選科普通科学籍簿（윤범모『画家羅蕙錫』、현암사　二〇〇五 所収）

4、大正3年度　女子美術学校成績用紙　選科普通科第二学年（同上）

5、大正5年度　勤惰表（李相瓊『인간으로 살고싶다』、一二五頁）

6、大正6年度　成績表　西洋画科高等師範科第三学年（윤범모　前掲書所収）

女子美の書類は草書体で記入されており、非常に読みづらかった。そこで女子美術大学に連絡のうえ、これらの資料をもって、二〇〇八年七月十一日（金）に同大学相模原キャンパスを訪問し、歴史資料室室長の内藤幸恵氏と歴史資料編纂担当の遠藤九郎氏のご協力を得て、学籍簿と成績原簿を解読した。親切に対応してくださったお二人に心から感謝する。なお、これらをもとに羅蕙錫の東京時代の年表を作成したので、参考までに載せておく。

羅蕙錫の日本留学時代年表

一九一三（大正2）年	4・15　私立女子美術学校入学西洋画選科普通科に入学①
一九一四（大正3）年	4月　普通科2年生に進級 7月　兄の羅景錫が蔵前高等工業学校を卒業 崔承九と恋愛 12・3『学之光』第3号に「理想的婦人」が掲載される 一時帰国。父が結婚を強要し、日本に戻れなくなる
一九一五（大正4）年	3学期　登校できず欠席② （4月の1学期にいったん除籍になったと思われる） 9月　李光洙が東京に再留学　兄の羅景錫が朝鮮に帰国 2学期途中、10月4日に選科普通科2年生に復学③ 12月10日　父死亡 年末、崔承九が療養のために帰国
一九一六（大正5）年	1月　本校寄宿舎に転居（菊坂の校舎の隣）④ 3月『学之光』第8号に崔承九死亡記事 4月　選科普通科3年生に進級 9月（2学期）西洋画高等師範科（2年生）に転科 10月28日　転居⑤ 12月　転居⑥
一九一七（大正6）年	4月　高等師範科3年生に進級 4・19『学之光』第12号に「雑感」を発表

	7月　『学之光』第13号に「雑感―K姉に与う」を発表 夏休み帰省の途中、京都に滞在して金雨英と交際 10月17日　『女子界』編集部員になる 12月　保証人変更：埴原悦二郎⑦　居所：芝区芝公園5号
一九一八（大正7）年	3月22日　私立女子美術学校を卒業 3・22　『女子界』第2号に「瓊姫」を発表 4月　帰国

① 羅蕙錫の学籍簿には以下のように記されている。（×は判読不明）

原籍　朝鮮京畿道×××龍仁　羅景錫妹
父兄職業　官吏
住所　神田区今川小路2丁目2番地　×××＊
保証人　三好辰次
職業　医

＊この住所は同年四月に麻布中学校に編入した廉想渉の学籍簿の住所と同じである。

② 大正3年度「勤惰表」

	欠席日数	授業日数
一学期	0	79
二学期	0	82
三学期	59	59
通計		

これは2年次の勤惰表である。2学期まで欠席0だったのに、3学期は1日も出席していない。父に結婚を強要されて日本にもどれず、そのまま麗水で教員をしたときのことだと推定される。

③　大正4年度「勤惰表」（視認・筆写）

これは2度目の2年次の勤惰表である。書類では大正3年度となっていたが、同じ学生に対し同年度に二つの勤惰表があるはずがないので、大正4年度の間違いだと思われる。あるいは大正3年度分の再履修という意味なのかも知れない。

	欠席日数	授業日数
一学期		
二学期	14	63
三学期	17	57

これを見ると一学期は一日も出席していない。0という数字も記入されていないので、いったん退学処分になったのだろう。備考欄に十月四日と記載されていることから、二学期のこの日に復学したと推測される。（遠藤氏のご意見）

二学期の授業日数は通常九月から十二月までの八十日から九十日間なので、「63」日という数字は復学した十月四日から学期末までの日数と推測される。（同上）

二学期に欠席が十四日あるのは、父の死亡による帰国のせいではないか。また、三学期に欠席が十七日あるのは、父の喪に服したか、崔承九に会うため一時帰国したためだと思われる。

④　このときまで住所は三好辰次方だった。寄宿舎に移ったことで行動が自由になり、崔承久を見舞うために一時帰国することができたのではないだろうか。

⑤　転居先の住所　淀橋柏木九七九番地　中川方

⑥　転居先の住所　東大久保三五七　志村方

⑦　羅蕙錫の二人目の保証人として記載されている「埴原悦二郎」（ただし「悦」の字は非常に読みづらく、遠藤氏は「隠」と判読した。筆者が植原悦二郎の名前を知って「悦」とも読めることに気づいた次第である）は、大正デモクラシーの政治

学者で一九一七年の総選挙で衆議院議員となり、以後も戦後まで在職した「植原悦二郎」の可能性がある。黎明会や新人会とも関係があった金雨英とのかかわりだろうか。（浦川登久恵「モデル小説・廉想渉〈해바라기〉の分析」『朝鮮学報』第二百七輯、二〇〇七、一一四頁）

---

(22)『東京工業大学卒業者名簿索引』の大正三年七月卒業の項に名前がある。東京工業大学総務部印刷室、昭和十七年、五二頁

(23)「朝鮮人概況第一」荻野富士夫編『特高警察関係資料集成　第32巻』不二出版、二〇〇四、五六頁

(24)羅景錫の娘である羅英均によれば、鄭泰信は羅景錫の友人の社会主義者だったという。『日帝時代、わが家は』みすず書房、二〇〇三、二七頁

(25)この時期のことを語った随筆「나의 여교원 시대（私の女教員時代）」（『三千里』一九三五年七月　徐正子編『晶月羅蕙錫全集』李相瓊編『나혜석 전집』所収）のなかで、羅蕙錫は月給を貯めて一年後に東京に戻ったと書いている。しかし、女子美の学籍簿によれば彼女が復学したのは二学期であり、勤惰表の二学期の備考に「十月十四日」と記されている。註(21)の註③参照

(26)上掲二冊の全集年譜および李相瓊の評伝では、羅蕙錫は一九一五年一月から十一月まで休学して教員生活をしたことになっており、この夏の李光洙との接点は時間的にほとんど不可能である。しかし、一九一六年三月発行の『学之光』に載った「크리스마슷밤」のO嬢には確実に羅蕙錫の面影がある。そこで羅蕙錫の東京での行動を調査したところ、李光洙は東京に来たばかり、羅景錫は東京を去る直前、羅蕙錫は復学の前に東京に戻っていたという推測のうえで時間的な接点を見出すことができた。（註21の年譜を参照）学籍簿が読みにくい草書体で書かれていることから、年譜作成のときに誤りが生じたものと思われる。

(27)本章で〈兄の紹介／委託〉モチーフとしたのは、羅景錫が友人に妹の保護を頼んだことを反映してか、李光洙小説にも「紹介」と同時に「委託」するという形が見られるからである。「크리스마슷밤」と「어린벗에게」では「紹介」だけだが、『그의 自敍傳』では「紹介／委託」である。ただし委託者は兄ではなく夫や恋人になっている。東京にいる羅蕙錫が京都帝国大学に留学中の金雨英と婚約をし、そのあとも李光洙との交流がつづいたという体験が反映した可能性も排除できないが、ここでは「兄の紹介／委託」の変型とみなしておく。

(28)「横歩文壇回想記」『廉想渉全集12』民音社　一九八七、二三〇頁。浦川登久恵はこの回想が一部事実と違っていることを指摘している。「モデル小説・廉想渉《해바라기》の分析」『朝鮮学報』第二百七輯、二〇〇八、九五頁。中編小説「해바라기」は一九二三年七月から八月にかけて『東亜日報』に連載された。

(29)『女子界』第二号消息欄。一九一七年十月十七日の女子親睦会臨時総会で、『女子界』編集部長に金徳成、部員に羅蕙錫と黄愛施徳と許英粛、賛助に田栄澤と李光洙が選任されたことが記されている。『毎日申報』に『開拓者』の連載が始まるのは、この年の十一月十日である。

(30)『李光洙全集』18三中堂（以下『全集』と略記）、一九六三、四六七頁

(31)『젊은꿈』博文書館、一九二六　未見

(32)「『젊은 꿈』自序」『全集』19、三四〇頁

(33)「크리스마슷밤」を李光洙が体制に順応する前の最後の作品とみなす金栄敏は、この作品の核心は「祖国喪失体験」だが、李光洙がそれに対する心の整理をつけたのが一九一四年であったために、回想のなかで時期がずれてしまったのではないかと推論している。（金栄敏『이광수 문학의 재인식』소명출판、二〇〇九、四七頁　註35）しかし、十年もたっていない、それもきわめて印象の深い時期のことをそれほど簡単に忘れるとは思われない。この錯誤は意図的だったと、筆者は考えている。たとえば一九三三年の『三千里』九月号の特集「新聞小説과作者心境」に寄せた「『有情』을 새로 쓰면서（『有情』をあらたに書きながら）」のなかで、「二十二、三歳のころといえば、私が東京の早稲田大学に通いながら最初の作品である『無情』を書いたころであり、また続けて「幼き友へ」を書いたころである。あのころは人生生活への経験は不足していたと言えるかもしれないが、私の胸には若者の奔放な血がたぎっていた」と書いていることも、この推測を裏づける。

(34)①『그의 自敍傳』の主人公남궁석はM中学校に留学しているとき、Yという大学生から親戚の女性Sを紹介される。ところが夏休みで帰省しているときに衝動的に結婚してしまい、東京にもどってからSへの思慕に苦しむ。ここには〈兄の紹介〉と〈既婚者の恋〉のモチーフが使われている。（『全集』9、二九二―三〇六頁）。のちに早稲田に留学した主人公はSの愛した男性が肺病で死んだという消息を聞く。この部分には、結核で死んだ羅蕙錫の恋人のイメージが見られる。（『全集』9、四三七頁）

②ロシアのチタで第一次大戦の勃発を迎えたとき、ロシアの将校で翌日出征することになっている朝鮮人Rから、突然、妻と妹を委託され、このあと行動をともにすることになる。これは〈兄の紹介／委託〉モチーフの変形である。（『全集』9、

三四七頁）
③早稲田に留学した主人公を北海道に留学という未知の青年Yが訪ねてきて、東京に留学している恋人のCを紹介し、保護を頼む。やがてCが主人公を愛するようになったために主人公は周囲から誤解を受ける。これも〈兄の紹介／委託〉モチーフの変型である。（『全集』9、四四四―四五五頁）
（35）申性模（一八九一～一九六〇）独立運動家のちに政治家。李光洙が上海に行った一九一三年末には呉淞商船学校航海科の学生で、その後中国海軍少尉になっている。解放後の一九五〇年に国務総理代理をつとめた。
（36）「文壇生活三十年의 回顧」『朝光』一九三六年五月号／『全集』14「多難한 半生의 途程」、三九三頁
（37）羅蕙錫が離婚したのは一九三〇年十一月のことである。「離婚告白状」によれば、李光洙はこのとき仲裁を頼まれている。
（38）羅蕙錫「離婚告白状―青丘氏에게」徐正子編『晶月羅蕙錫全集』／李相瓊編『나혜석 전집』所収
（39）「巴里의 그 女子」同上
（40）一九三三年、『三千里』のインタビュー記事で、「어린벗에게」のモデルの話が出たとき、李光洙は「全部嘘ですよ、呵々」と笑い飛ばし、「金一蓮という女性が生きているということですが」という記者の言葉に対しても、「あれは自分が勝手に金一蓮だと言ってまわっているのです」と答えている。モデル問題がずっとあったのだろう。「李光洙氏와交談録」『三千里』一九三三年九月号、六〇頁
（41）波田野節子「『無情』を読む（下）」五　見るソニョン『李光洙・『無情』の研究』参照
（42）ここには、外界が意識に与える刺激の時間的順序が、意識の動向において決定的な要因になるというベルクソンの考え方が見られる。「『無情』を読む（上）」同上、一九五頁
（43）「『無情』を読む（上）」参照。亨植自身も自分の心の奥底にあった意識を、七五節で自覚している。
（44）「善馨と英采のうち一人を選ばねばならない」と考えた亨植は「長い思考の末」に結論に達するが、英采への言及は一言もなく、善馨のことしか述べられていない。「『無情』を読む（下）」六　三浪津への「中幕」三七五―三七六頁
（45）三枝壽勝「『無情』における類型的要素について」『朝鮮学報』第百十七輯、一九八五、三三頁。三枝は、〈愛不在の夫婦〉モチーフは李光洙の体験に由来するとみなし、『無情』では金炳郁の兄炳国夫婦もこのモチーフに該当するとしている。だが金炳国のモデルである羅景錫も早婚した妻をどうしても愛することができなかったという話が伝わっており、〈愛のない夫婦〉モチーフは李光洙自身の経験ではなく、羅景錫の実話から取り入れた可能性もある。羅英均著・小川昌代訳『日帝時代、わが家は』

みすず書房　二〇〇三、一三―一六頁　参照

(46)　福田眞人『結核の文化史』名古屋大学出版会　一九九五　五〇頁。死亡者数は戦争中にこれより多くなるが、十万人あたりの死亡者数はこの年、二五七人に達して日本史上最高を記録している。

(47)　『学之光』第六号、一九一五年七月

(48)　本書五六頁　参照

(49)　羅蕙錫・浦川登久恵訳「生き返った孫娘へ」(『女子界』三号、一九一八)『科研報告書　植民地期朝鮮文学者の日本体験に関する総合的研究』二〇〇九、九九頁

(50)　明治中学時代の李光洙の読書歴については、波田野節子「獄中豪傑の世界―李光洙の読書歴と日本文学」『李光洙・『無情』の研究』参照

(51)　原文「마치 보기 역정나는 書籍이나 演劇과 같다。」『青春』第十二号、一九一八年三月、七六頁／『全集』14、六三頁

(52)　原文「臨終의 病人에게 캄훌注射를 施하는 것과 같다。」『青春』第十二号、七八頁／『全集』14、六五頁

(53)　原文「나의 朝鮮에 對한 사랑은 그러케 灼熱하지도아니하고 朝鮮도 나의 사랑의 對答하는듯하지아니하엿다。」『青春』第十二号、八〇頁／『全集』14　六七頁

(54)　この叔母の話は「少年の悲哀」で白痴に嫁いだ従妹の話とつながっており、また白痴に嫁いで処女寡婦となったあと金剛山で尼になって死ぬ『나』のシルタンの話ともつながる。

(55)　ところで『無情』のストーリーから見ると、手塩にかけて育ててきた学生たちから造反された亨植がこのような気分に陥るのは自然であり、また「彷徨」に現れた虚無感も、もしかしたら原稿を送って一段落ついたときに風邪をひいてあらわれた一時的なものにすぎないと考えられないことはない。だが、結核を発病している李光洙を世話するようになり、五道踏査旅行に出る前には恩師から診断の受けさせて送り出したという、許英粛のきわめて具体的な回想から見て、李光洙がこの冬に結核を発病したことは間違いない。このころの李光洙の行動と周囲の状況を総合して見ると、彼の発病はやはり「彷徨」が書かれる前ころという推定に落ち着くことになる。

(56)　原文「접때에 나는 내게 對하야 아주 失望을하엿섯다。(中略) 차라리 社會와 恩人의期待를 다 저바리고 山에 들어가 즁이 되거나 싀골에 숨어 제 손으로 땅이나 팔까 하여도보고 (中略) 한적도 잇섯다。그 때에 내 마음은 寂寞과 失望과 슬픔에 눌려 거의 죽을뻔하엿다。내게는 아무 希望이 업고 勇氣가 업고 熱情이 업고 오직 식은재와갓히 싸늘하엿엇다。同

族을 爲하야 힘쓴다든지 人類를 爲하야 힘쓰는다든지 하는 이상이 슬어짐은 勿論이어니와 一個人으로 이 世上에서 살아 가랴는 생각까지도 없어졋섯다。」「二十五年을 回顧하여 愛妹에게」『学之光』第十二号、一九一七年四月、五一頁／『全集』14、二七九頁。文末に（一九一七・二・二二）と執筆日付がある。

(57) 原文「나는 다시 살기를 決心하엿다。 너를 爲하야、저恩人을 爲하야。그리하고 貴重한 너와 恩人을 안아주는저 땅을 爲하야 나는 다시 살고 다시 힘쓰기를 作定하엿다。」同上

(58) 原文「누이야！ 이리하야 나는 도로 살아낫다。 그래서오늘을 當하게 되었다。」『学之光』第十二号、五二頁／『全集』14、二八〇頁

(59) 原文「내 生活의 序幕은 어제까지에 끗이 난것 갓다。 오늘붓허 내 生活은 演劇의 中間에 入하는것갓다。 내 주먹에 쥐엇던 프로그람의 重要한 節次가오늘부터 展開되는 것갓다。序幕은 失敗엿엇다。 나는 여러 觀客에게 失望을 주었다。 그러나 이 압헤 中幕과 大團圓이 남앗스니 아직 그네를 滿足시킬 機會는 넉々하다。 나는 只今 樂屋에 잇서々 精誠으로 扮裝을 하는中이다。 내 입설에는 希望의 微笑가 잇다。」『学之光』第十二号、五二―五三頁／『全集』14、二八一頁

(60) 『李光洙・『無情』の研究』二七八頁、二八三頁の註(32) 参照

(61) 「李光洙氏와交談録」『三千里』一九三三年九月号、五九頁／妹の長女の手紙　尹弘老『李光洙文学과 삶』「資料7 중국에서 보낸 춘원의 血肉의 편지」国学研究院、一九九二、二五五頁

(62) 『無情』六二節「結婚した妹は家族と一緒に咸鏡道に住んでいるので、この四、五年は会ったことがなく（後略）」

(63) 『学之光』第十二号、五三頁／『全集』14、二八一頁

(64) 原文「그러나 맞나본 春園은 말이 아니였여요。 보기에도 소름이 끼치는 혈담을 기츰끝마다 칵칵 밸어내는 폐결핵 환자였으니까요。 그러니 뉘가 가까이 대하기를 좋와하겠어요。 그런데다 四顧無親한 東京에와서 그런몸이 되였으니 더더구나 돌보아 줄 사람이 뉘 있겠어요。 돌보아 주는 사람이 없으면 그이는 꼭 얼마않있어 죽을 사람같드군요。 그래 내가 先生께도 말을 하고 해서 그이를 돌보아즈렸습니다。」「나의 自敍傳」『女性』第四巻第二号、一九三九年二月号、二六頁。インタビューの中で許英肅は、李光洙が女子医専付属病院に来診に来て初めて会ったと語っているが、これは記憶違いであろう。一九二九年の『文藝公論』のインタビュー記事では、留学生の会合のあと知りあったと語っており、回想の時期や出会った状況から見てこちらの話に信憑性がある。なお、『女性』誌にこの記事が掲載されていることを教えてくださった山田佳子氏に、この場を借りて感謝の意を表する。

(65)　原文「이 폐결핵이라는 병을 세상에선 꼭 죽는 병으로 아지만 그렇지 않습니다。 시기를 잃지않고 경제를 히생해서 의사의 지시대로 규츠적 치료를 받기만 하면 반다시 났는병이지요。」同上

(66)　「나의 最初의 著書」『三千里』一九三二年二月／『李光洙全集16』、二六八頁　李光洙の当時の経済状態については、前章「五　一九一七（大正六）年前半——『無情』と結核」参照

(67)　「許英肅氏와네분兄任」『三千里』一九三二年二月号、五二—五七頁。前掲『女性』誌インタビュー記事、二六頁。前者では「漢城中学校」を出たとあり（五六頁）、後者では「進明の普通科と女高」を出たとある（二六頁）が、本人が語っている後者を取った。

(68)　前掲『女性』誌インタビュー記事で、許英肅は九歳の時に母はこの世を去ったと語っている。すると前章で言及した、李光洙との恋愛に反対した母親は、許英肅の継母ということになる。

(69)　『女医界』八六号（東京女子医学専門学校発行、一九一四年三月）掲載の「大正三年度入学者氏名」に許英肅の名前が見える。なお、許英肅の次女李廷華氏からいただいた調査のための委任状を提示して、東京女子医専の後身である東京女子医科大学の史料室に資料の調査をお願いしたところ、とても親切に対応していただいた。委任状を出してくださった李廷華氏と、対応してくださった東京女子医科大学資料室の後藤明日香氏に、この場を借りてお礼を申し上げる。大正7年（大正6年度）卒業生名簿の別科に許英肅の名前があり、卒業写真も見ることができた。

(70)　春海「春園病床訪問記」『文藝公論』創刊号、一九二九、六二頁

(71)　前掲『女性』、二七頁

(72)　原文「只今朝鮮은 正히 天才를 부를 때외다。모든 種類의 天才를 부를 때외다。제 밥을 굶어 가며 天才를 먹이고、제 헐 벗어 가며 天才를 입히고 ——아니 제 살을 깎아 天才를 먹이고 네 껍질을 벗겨 天才를 입힐 때외다。」一九一七年四月『学之光』第十号、一一頁／『李光洙全集17』、五二頁。文末に（二月廿日夜）と記されている。

第三章　『極秘新自由鍾第壱巻第三号』の李光洙関連資料

本章では最近発見された、李光洙が明治学院普通部時代に仲間たちと出した回覧雑誌『極秘新自由鍾第壱巻第三号』のなかにある李光洙関連資料を紹介して解説する。

一　はじめに

李光洙は解放後に書いた『我が告白』（一九四八）のなかで、中学時代に出した回覧雑誌について回想している。

国内では各地で義兵が立ちあがり、日本兵と戦っていた。自分も飛び出して義兵になるかとも考えた。誰に聞いたわけでもないが、何か秘密結社を作らねばならないような気がして、同じ年ごろの七、八人で「少年会」というものを組織して回覧雑誌を作った。会員は二十名くらいになった。みんな十七、八歳の少年たちだった。雑誌も謄写版で刷った。内容は悲憤慷慨の愛国詩、小説、論説、感想文などだったが、三号か四号のとき、もう日本の官憲の目に入り、我々は警視庁に呼ばれて大目玉を食らった。説諭で釈放されたが、それ以来、我々は注意人物になった。我々は自分たちの前途が日本官憲の注視の下にあることをはっきりと認識し、同時に自らの存在というものに対して一種の自負心を抱くことができた。

明治学院普通学部の韓国人留学生たちとひそかに作った回覧雑誌が押収されて注意人物となった李光洙は、自分の行動がこれからは日本官憲に監視されることを覚悟し、そのことに自負心すら抱いたのだった。その後つねに検閲を意識しながら文章行為を行うことになる李光洙の最初の経験だった。だが李光洙は、このとき押収された雑誌がその後どうなったかは考えてもみなかったことだろう。この雑誌は韓国内部警務局の手で日本語に翻訳されて、朝鮮言論界の論調や民心を調査するための資料とされ、そのまま現在まで残っていたのである。

日韓併合までの三年間、韓国内部警務局長をつとめて、その後も警察界に大きな影響を与えた松井茂（一八六六～一九四五）という人物がいる。死後、彼の蔵書と文書類は「松井博士記念文庫」としてまとめられ、長く警察大学校に保管されたのち、二〇〇一年に国立公文書館に移管された。二〇〇五年にゆまに書房では、この中から松井が局長であった時期の韓国内部警務局の文書をまとめて、『松井茂博士記念文庫旧蔵　韓国「併合」期警察資料』全八巻（松田利彦監修）として刊行した。第一巻には、韓国内外で押収した雑誌や新聞の記事を、言論界の論調や民心を調査する目的で日本語に翻訳した資料が七点収められているが、そのなかの『極秘新韓自由鍾第壱巻第三号　隆熙四年四月一日発行』が李光洙の回想に出てくる回覧雑誌である。隆熙四年は日韓併合が行なわれた一九一〇年である。雑誌の末尾に「大韓少年會発行」とあり、李光洙が「孤舟」という号で書いた紀行文も入っている。

これを知った明治学院の歴史資料館では、二〇一一年に作成した『明治学院歴史資料館資料集第八集―朝鮮半島出身留学生から見た日本と明治学院―』に『新韓自由鍾第三号』を一括収録した。資料館の原豊氏がこの『資料集』をわざわざ筆者に送って下さったおかげで、筆者も李光洙の新しい資料の存在を知ることができた。この場を借りて、氏に心から感謝を表する次第である。

二　構成

『極秘新韓自由鍾第壱巻第三号』（以下『新韓自由鍾第三号』と記す）の構成は以下の通りである。

［表紙］
［口絵］
新韓少年ノ運命　記者
現時吾人ノ責任重大ナルハ　海風
大韓民族ニ対スル隆熙四年三月廿六日　所感生
困苦　T．H．生
新韓少年ヲ読ム　邊鳳現
君は伊処《ママ》へ（原文日本文）　孤峯
汝ヲ醒サン　玉宇
野球部ヲ祝ス　ㄱㅅ。
余ノ嘆息　秋波生
旅行の雑感（原文日本文）　孤舟
少年会天地　俉々生
李氏義捐
野球連合

李寶鏡氏の送別会
会員消息　　　倨々生
編集余言

［表紙］の図柄は、水兵らしき人物がフィラデルフィアの自由の鐘を太極模様の撞木で打ち鳴らし、それを無窮花の枝が囲んでいるものである。ひびの入った鐘に「新韓　自由鍾」とタイトルが書かれており、図の下に「第壱巻第三号　隆熙四年四月一日発行」と発行日が記されている〈写真1〉。前書きにあたる「新韓少年ノ運命」や雑録「少年会天地」にのちに西洋画家になった金瓚永《キムチャニョン》の名前が出ていることから見て、絵を描いたのは彼ではないかと推測される。［口絵］には李舜臣《イスンシン》と亀甲船の絵が描かれ、論説「大韓民族ニ対スル隆熙四年三月廿六日」では断指した安重根《アンジュングン》の肖像が挿絵として使われている〈写真2・3〉。押収の対象となる雑誌であることは、韓国語を知らなくても一目瞭然である。この論説は安重根の処刑当日に書かれたもので、激高

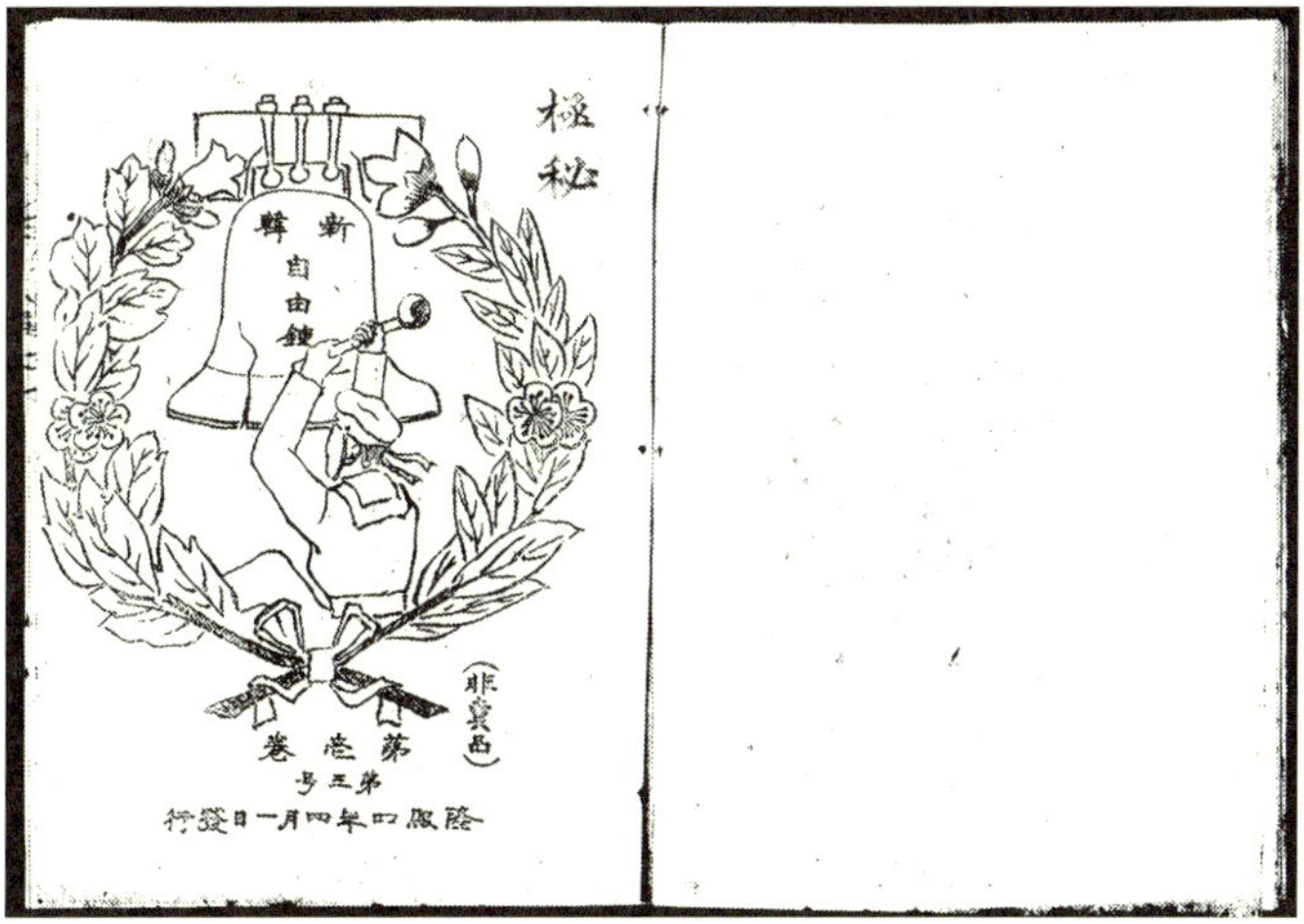

〈写真1〉表紙

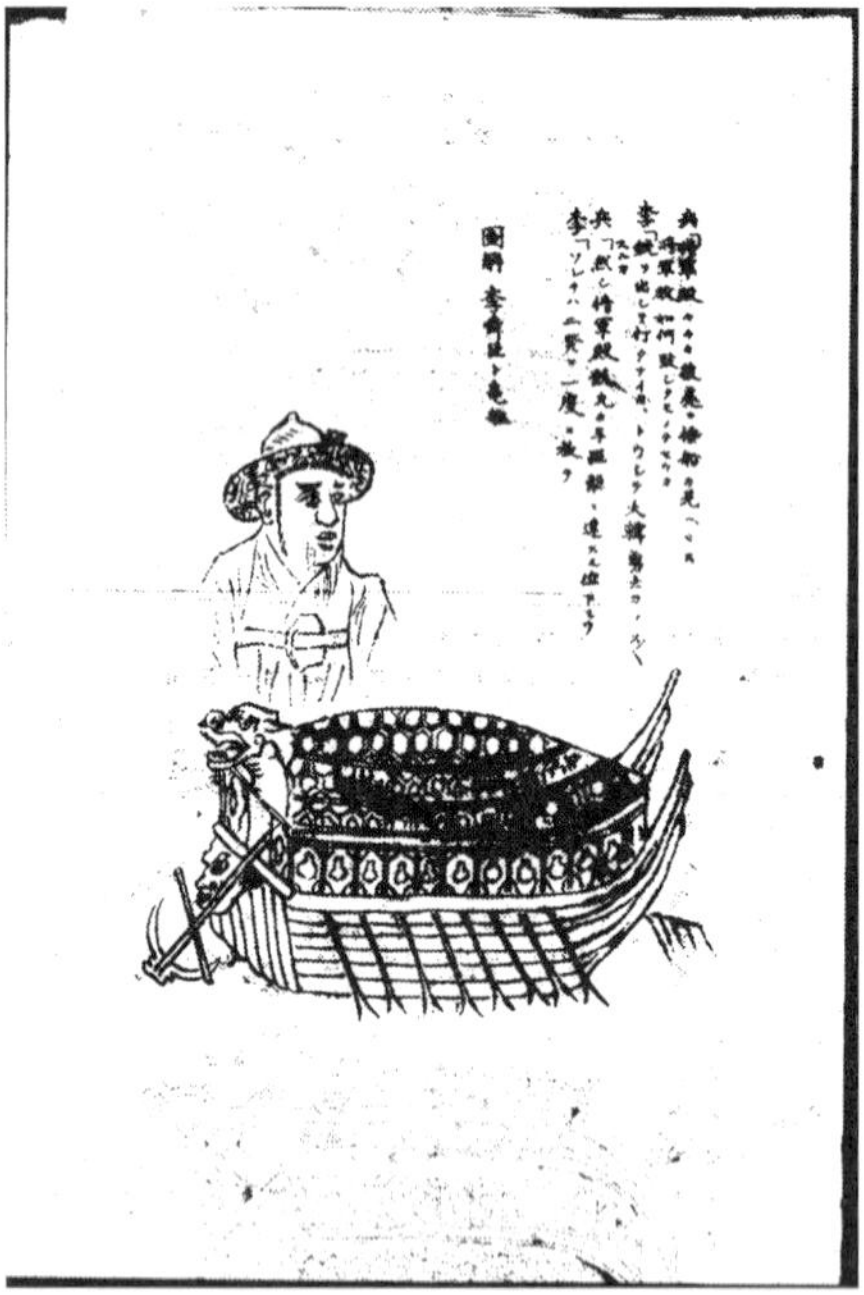

〈写真２〉口絵

ヲ一撃放砲ノ下ニ尽滅シテ我國家民族ヲ救ヒ
出サル可ラス故ニ吾人ハ隆熙五年十一月二
十六日ヲ以テ大韓獨立軍第一回ノ敵軍攻撃日
トシ四年三月廿六日ヲ以テ第二回獨立軍叫合
日ト認ムルモノナリ茲ニ氏ノ詩ヲ紹介スヘシ

獄中ニ在ル
安重根氏

丈夫處世兮　其志大矣
時造英雄兮　英雄造時
雄視天下兮　何日成業
東風漸寒兮　必成目的
鼠竊々々兮　其肯此命
豈度至此兮　時勢固然
同胞々々兮　速成大業
萬歲々々兮　大韓獨立
萬歲々々兮　大韓同胞

國哲

夫レ木ハ繩墨ヲ經タル後大材ヲ成シ鐵ハ鍛錬
ヲ經タル後良器ヲ成ス吾人ノ材器ノ成就モ亦

T.H.生

〈写真３〉安重根の肖像と「丈夫歌」

した調子で彼の行為を称えたあと、有名な「丈夫歌」で結んでいる。この時期にこのような文章を書くことができたのは、これが謄写版刷りの秘密回覧雑誌だったからであろう。検閲を意識せざるをえない活字本の『大韓興学報』には、安重根への言及は見ることができない。表紙の右上に押された「極秘」の印が、この雑誌に対する当局の警戒感を物語っている。

三　資料紹介と解説

ここでは『新韓自由鍾第三号』の掲載物のうち、李光洙に関連がある以下の四点の資料を紹介し、解説を加える。

①雑誌の前書きにあたる「新韓少年ノ運命」
②雑録「少年會天地」のなかの「李寶鏡氏の送別会」
③李光洙が「孤舟」の号で書いた紀行文「旅行の雑感」
④「孤峯」という人物が李光洙について書いている「君は伊処《ママ》へ」

資料には以下のような修正を加えてある。

・資料にはない濁点を入れた。李光洙の日本語文については、この時期に彼が書いた他の日本語文に濁点がついていることから、筆写担当者が手間をはぶくために省略したのではないかと推測される。
・原文の句点「.」を「。」に変え、適宜、句読点とルビを挿入した。
・解読不能の箇所を□で表示した。
・雑誌名を「　」で括った。

・［ ］は筆者が補ったものである。

なお現在、この資料はインターネットの国立公文書館デジタルアーカイブ（http://www.digital.archives.go.jp/）で「韓国警察報告資料巻の三」を検索すれば自由に見ることができる。「新韓自由鍾」は二九一頁から三一四頁に入っており、本章の写真もそれを使用している。

資料①新韓少年ノ運命　　記者〈写真4〉

一年振リニ出タル新韓少年ガ、三ヶ月ニシテ又一ノ困難ニ遭遇セリ。此ハ他ニアラズ、編輯ノ任ニアタリシ李寶鏡氏ガ、学資ノ不足ト家事上ノ都合トニヨリ、親愛セル新韓少年ヲ置イテ、帰国セルヲ以テ、新韓少年ヲ培養スベキ人ヲ、失ヒタルガ為ニシテ、恰モ幼児ガ母ヲ失ヒテ、乳ヲ離レタルガ如シ。李君アリシガ為メニ、実ニ我新韓少年ハ綿衣《ママ》ヲ着シ、且ツ肥満シテ、諸君ノ間ヲ転々シエタルニアラザルカ。其後、少年会ニ於テ候補者ヲ選シタルニ、適当ナル後任者ヲ得ザルヨリ、コノ重大ナル責任ヲ余ニ負ハセラレ、四月ヨリコレヲ担当スルコトトナレリ。諸

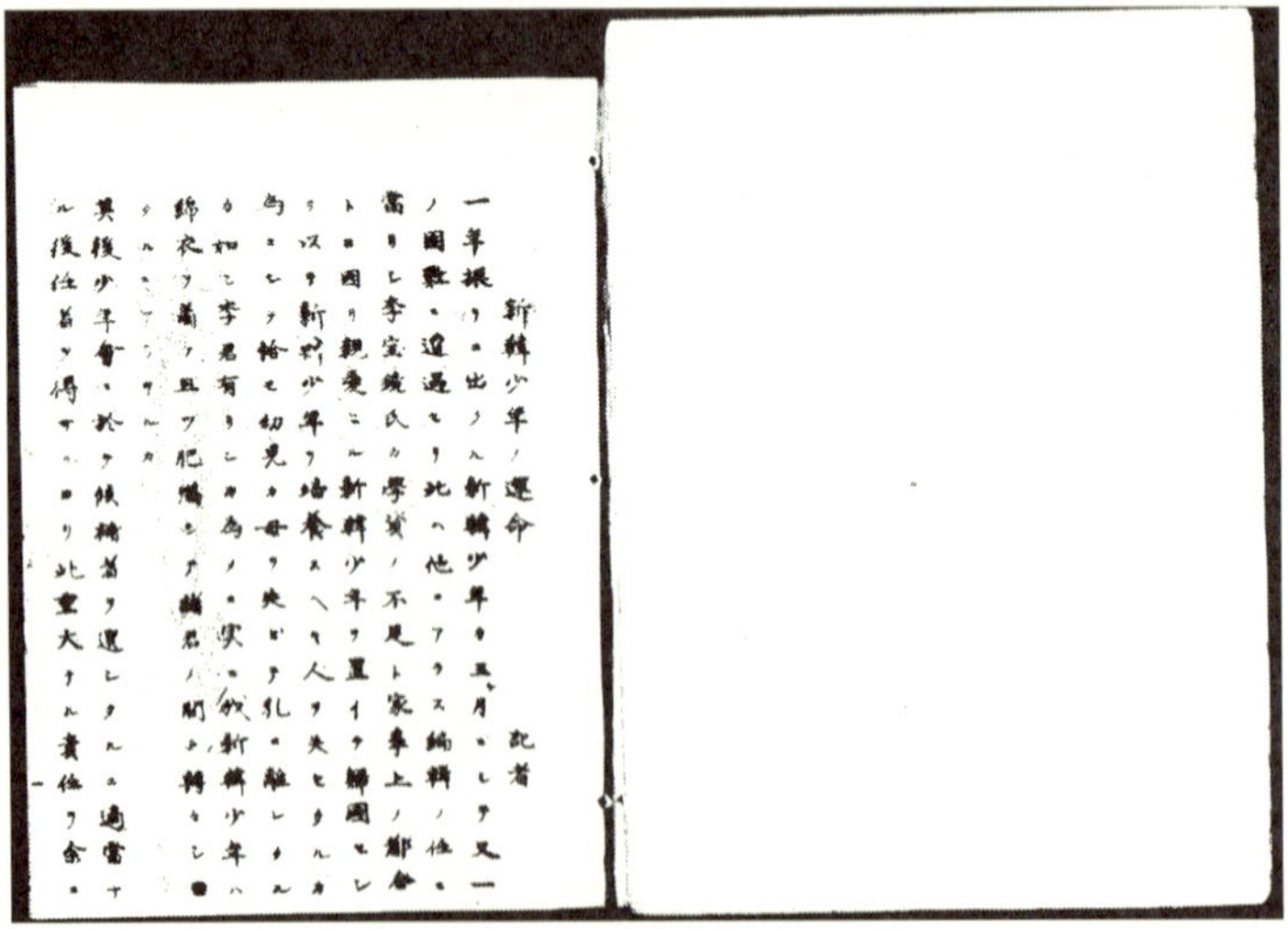

〈写真4〉新韓少年ノ運命

君ハ如何ナレバ余ニコノ任ヲ負ハシメタルカ。余ハ決シテ之ニ勝ユベカラズ。然レドモ大韓男子ト生マレタカラ［ニハ］、此程ノ任ニ勝ヘズトハ或ハ大韓国民ノ恥辱トモナルベク、無資格ヲ顧ミズ、許諾シタル所以ナリ。而シテ、余ハ少年ニシテ本国ヲ出テ、国語スラ充分ナラズ。況ヤ、作文ニ於ヲヤ、其未達ナルハ言ヲ待タズシテ知ルベシ。故ニ、記事ハ総テ国語体ヲ以テスベク、諸君ハ読書ニ不便ナル点ハ容赦セヨ。又、投書等ヲ概ネ本文ノママ記載スベケレバ、投書家ハ前ニ比シ、一層文法ト用字ト修辞等ニ、注意セラレンコトヲ、望ム。

編輯者タルノ才格ヲ有セザレバ、以前ニハ及ブベクモ有ラザレドモ、新韓少年ヲ賣リ、又ハ粗衣ヲ着ケシムルコトハ無カルベシ。諸君ハ、若シ欠点ヲ見出サバ、其所思ヲ記者ニ寄セテ、後日ヲ戒メ、以テ新韓少年ヲ培養セラレンコトヲ、希望ス。終リニ臨ンデ、金瓚永、金一両氏ヨリ力ノ及バン限リ助力センコトヲ誓ハレシヲ謝シ、併セテ、少年会員諸君ガ、両氏ノ如ク企業心ニ富ミ、後日大韓国ノ社会ガ起ッ□ニ當リテ、皆、一心協力シテ実業、宗教、政治等各方面ノ発展ヲ図リ、以テ光ヲ輝カサンコトヲ望ム。

これは、李光洙帰国のあと雑誌編集を担当することになった学生「記者」が書いたもので、雑誌の前書きにあたる。李宝鏡《イボギョン》は李光洙が中学時に使っていた幼名。一年ぶりに雑誌が出たその三ヶ月後に李光洙の帰国という困難に遭遇したとあるから、逆算すると第二号が出たのが一九一〇年の初め、創刊号が出たのは一九〇九年初めということになる。学外の邊鳳現（のちに『学之光』の編集人をつとめ、また早稲田の野球選手としても活躍した）が寄稿した「新韓少年ヲ読ム」には、「書棚ヨリ少年第二号ヲ取リ出シテ、先ヅ論壇ヨリ小説ニ至ル迄読ミ続ケ行クニ、総テ獨立自由ノ意味ヲ含マザルハナシ」とあって、李光洙が回想しているように、第二号の内容もすべて「悲憤慷慨の愛国詩、小説、論説、感想文」だったことがわかる。二号が押収されたかどうかは不明である。ただ『我が告白』で李光洙は、雑誌が押収されて警察で「説諭」を受けたと回想しているが、第三号が出たときにはもう帰国しているので、これは第二号が押収されたときの話かもしれない。

注目されるのは、「記者」が李光洙の帰国の理由を「学資ノ不足ト家事上ノ都合」と書いていることである。いくつかの自伝的作品のなかで李光洙は中学卒業後の帰国の理由をさまざまに説明している。だが、少なくとも周囲は彼の帰国を「学資ノ不足ト家事上ノ都合」のためとみなしていたわけである。一九〇五年に東学の留学生として日本に来た李光洙は、翌年天道教団の分裂で送金が途絶えたために一時帰国し、三年期限の官費を受けて一九〇七年春に再び日本に来た。学費支給の期限が来たこと、そして故郷に扶養すべき祖父がいたことが、公式の帰国理由であったことがわかる。

もう一つ注目されるのは、留学生たちが自分たちの言葉を読みにくいと感じていたことをうかがわせる次のような記述である。

余ハ少年ニシテ本国ヲ出テ、国語スラ充分ナラズ。況ヤ、作文ニ於ヲヤ、其未達ナルハ言ヲ待タズシテ知ルベシ。故ニ、記事ハ総テ国語体ヲ以テスベク、諸君ハ読書ニ不便ナル点ハ容赦セヨ。

「国語」は朝鮮語、「作文」は日本文を指すと思われるが、彼らは「国語体」の記事を「読書ニ不便」と感じていたらしい。若くして祖国を長期間離れていた留学生たちに、こうした言語的問題が生じていたことがわかる。このころ李光洙が日本語創作をしたことは、こうした言語環境と無関係ではなかったと思われる。

資料②少年會天地　　佸々生〈写真5〉

◎　李寶鏡氏の送別会　三月二十日（日曜）

午後二時頃開会、参席負《ママ》十二人ナリ。金瓚永氏座長トナリ、開会辞、歴史、祝辞及答辞有リタル後、演説有リタリ。演士ハ李圭延、金一氏外数人ナリシガ、終リニ李寶鏡氏ハ立テ大要下ノ如ク述ベタリ。「我国留学生ガ日本ニ留学シテヨリ、三十年ヲ経タルモ人材出デザルハ、其理想狭小ニシテ、一身ノ平安ヲノミ主トナシ、又其理想稍々高キ者ハ自惚ニ陥リ、或ハ学校ニ満足スルガ故ナリ。願ワクバ諸君ハコノ弊ヲ破リ、思想力ト読書力トヲ培養シテ、自ラ高カラズ、以テ其人格ヲ高メ、学校ニ満足セズシテ、其天才ヲ発達セシメ、以テ国家ノ良材タランコトヲ望ム」ト。式終リテ余興ニ移リ、ヲトギバナシ及演劇等有リ、其演劇ノ大要ハ「一学生、学校ヲ卒業シ、故郷ニ帰リテ愛妻ニ會スルノ情［」］ヲ仕組タルモノナリ。

雑録「少年會天地」のなかの「李寶鏡氏ノ送別会」の記事は、彼の友人たちが開いてくれた送別会の記録である。会の最後に李光洙が述べた挨拶の大要が入っている。ところで、この日余興として演じられた劇の内容は「一学生、学校ヲ卒業シ、故郷ニ帰リテ愛妻ニ會スルノ情」だったという。

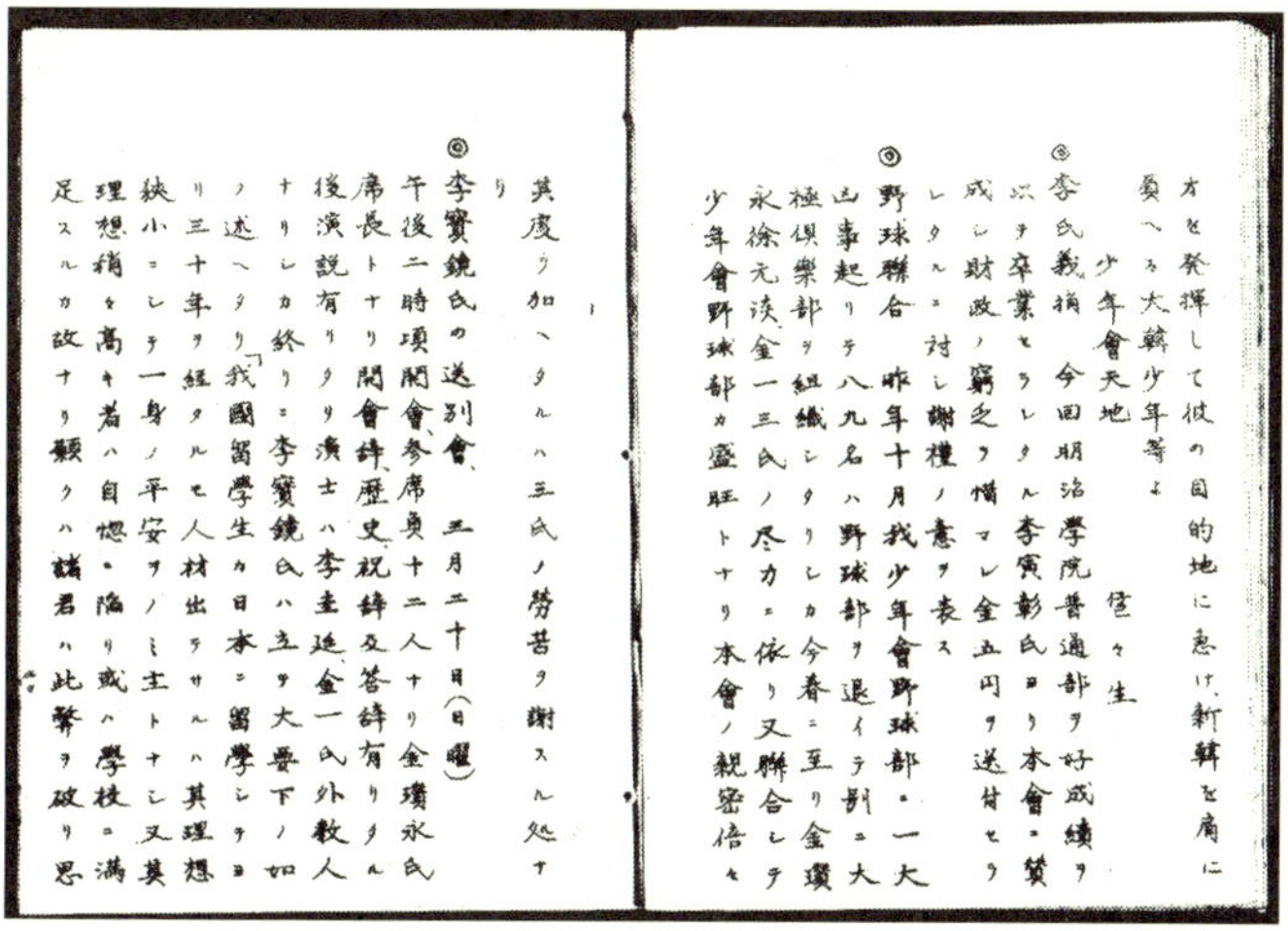
才ヲ発揮シテ彼ノ目的地ニ急ケ、新韓ヲ肩ニ
負ヘル大韓少年等ヨ
少年會天地　壹々生
◎李氏義捐　今回明治學院普通部ヲ好成績ヲ以テ卒業セラレタル李寶彰氏ヨリ本會ニ賛成シ財政ノ窮乏ヲ憐マレ金五円ヲ送付セラレタルニ対シ謝禮ノ意ヲ表ス
◎野球聯合　昨年十月我少年會野球部ニ一大凶事起リテ八九名ハ野球部ヲ退イテ別ニ大極倶楽部ヲ組織シタリシカ今春ニ至リ金瓚永徐元淡金一三氏ノ尽力ニ依リ又聯合シテ少年會野球部カ盛旺トナリ本會ノ親密倍々其度ヲ加ヘタルハ三氏ノ労苦ヲ謝スル処ナリ
◎李寶鏡氏の送別會　三月二十日（日曜）
午後二時頃開會、参席負十二人ナリ金瓚永氏席長トナリ開會辞、歴史、祝辞及答辞有リタル後演説有リタリ演士ハ李圭延、金一氏外数人ナリシカ終リニ李寶鏡氏ハ立ツ大要下ノ如ノ述ヘタリ「我國留學生カ日本ニ留學シテヨリ三十年ヲ経タルモ人材出テサルハ其理想狭小ニシテ一身ノ平安ヲノミ主トナシ又其理想稍々高キ者ハ自惚ニ陥リ或ハ學校ニ満足スルカ故ナリ願クハ諸君ハ此弊ヲ破リ思

〈写真５〉李寶鏡氏の送別会

李光洙は大学時代に出会って、のちに結婚した許英肅との恋愛が有名だが、これは再婚である。初婚の時期は、自伝的作品によって中学の帰省時、あるいは卒業後の教員時代とされており、はっきりしていない。友人たちが演じたこの劇が李光洙を冷やかすためのものだったとするなら、このとき彼には妻がいたことになる。その場合、李光洙は中学四年と五年の夏休みに帰省しているから、このとき結婚した可能性が高い。

資料③ 旅行の雑感〈原文日本文〉　孤舟〈写真6〉

◎三月二十三日　午後三時　車中にて

此を書くのは海田市［かいたいち］と広島との間だ。空はカラット晴れ渡りて、熱い日は夏の様に車窓にカンカンと迫り付ける。一日中の天気の変易としては、呆れるほどではないか。

僕は朝の中には餘程元氣付いて居たけれども、モーウンザリして了った。何して西比利亜の旅行が出来たろうと思った。一体僕は、東京に居る時分から大層身体

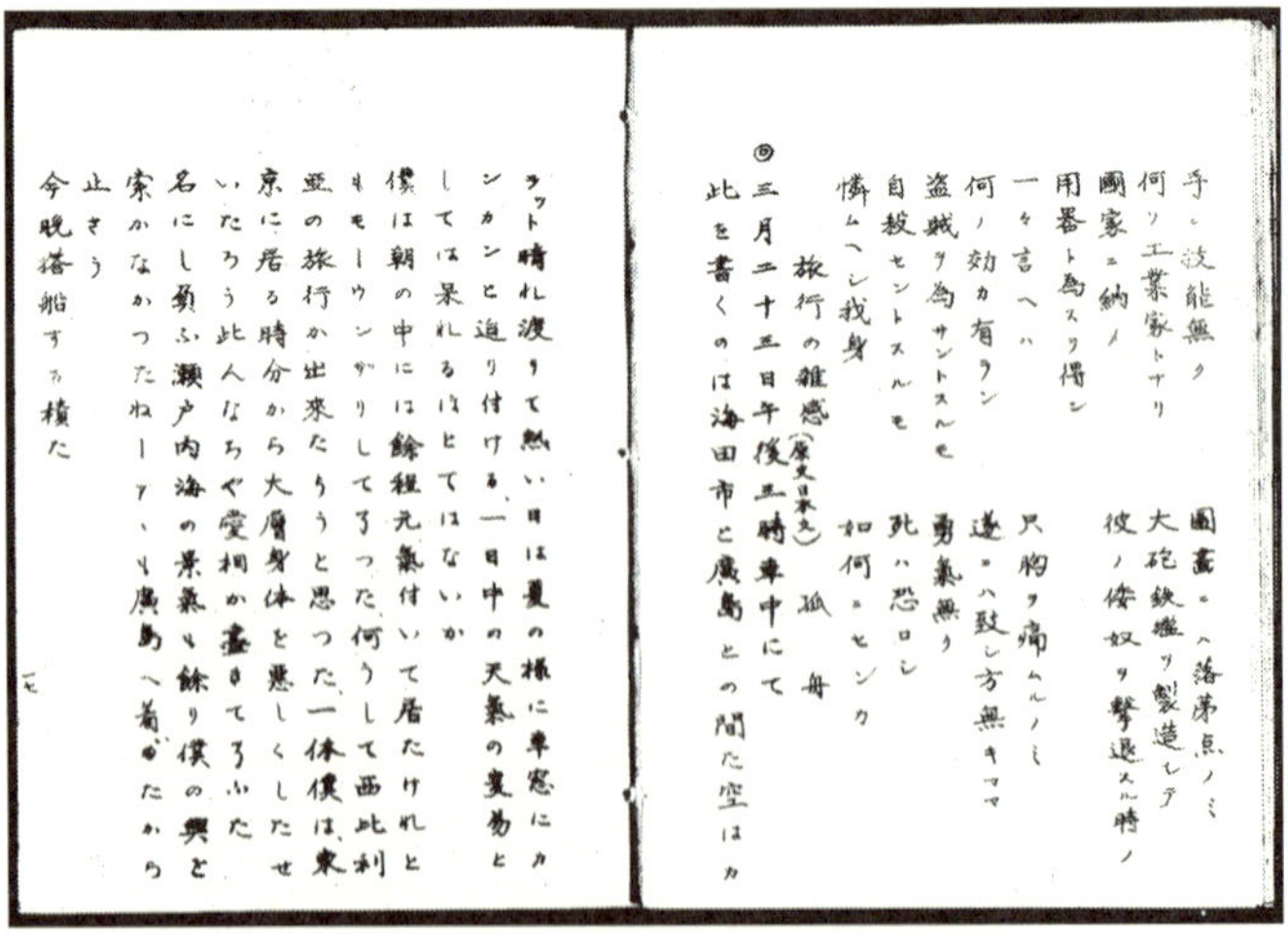
手ニ技能無ク　圖畫ニハ落第点ノミ
何ソ工業家トナリ　大砲鉄艦ヲ製造シテ
國家ニ納メ　彼ノ倭奴ヲ撃退スル時ノ
用器ト為スヲ得ン
一々言ヘハ　只胸ヲ痛ムルノミ
何ノ効カ有ラン　遂ニハ致シ方無キママ
盗賊ヲ為サントスルモ　勇氣無シ
自殺セントスルモ　死ハ恐ロシ
憐ムヘシ我身　如何ニセンカ

旅行の雑感（原文日本文）　孤舟
◎三月二十三日午後三時車中にて
此を書くのは海田市と廣島との間だ空はカ
ラット晴れ渡りて熱い日は夏の様に車窓にカ
ンカンと迫り付ける、一日中の天氣の変易と
しては呆れるほとてはないか
僕は朝の中には餘程元氣付いて居たけれと
もモーウンザリして了った、何うして西比利
亜の旅行が出來たろうと思った、一体僕は、東
京に居る時分から大層身体を悪しくしたせ
いたろう此人なちや愛相か盡きて了ふた
名にし負ふ瀬戸内海の景氣も餘り僕の興を
索かなかったねーア、も廣島へ着いたから
止そう
今晩搭船する積た

〈写真6〉旅行の雑感（原文日本文）

を悪くしたせいだろう。此んなぢや、愛相が盡きて了ふた。名にし負ふ瀬戸内海の景氣《ママ》も、餘り僕の興を索かなかったねー。ア、、も広島へ着いたから止そう。

今晩搭乗する積だ。

◎三月二十三日　午后八時半　下の関に於て

餘り度々なので、さぞやかましく思はれるでしょ。然し、これは僕に取って最も紀念すべき旅行だから。ソラ海が見えた。濃き緑の海だよ。眞青くて〳〵黒い程だ。寝ぼけて居った人の顔が、又々南へ向ふた。宮島だと、口にしゃべった。お可笑しくて仕様がない。何だか、馬鹿々しいよふな気がする。古ひと云ふステイション［かつての己斐《こい》駅・現在の西広島駅］があるんだ。ソコへ来か、ると、子供等が万歳を唱へてくれた。古□をラブと解すると面白ひ。なるほど、田甫の中には小屋か沢山あって、戀するに適して居そーだ。アーハー、馬鹿なことを云ったねー。

下関埠頭月色蒼（アー何時又之を見るだらう）

◎廿四日　釜山驛にて

朗らかな朝だ。空は何處までも眞蒼に晴れ渡って、鮮い日の光線は天地に満ち溢れて居る。遥かにボウット霞んだ韓山が目に入った時の我心持は何うであったらう。何だか、韓山には、太陽の光線も、宇宙に充ち溢れる太陽の光線も、此韓山には照らない様だ。

◎同二十四日　京釜線中にて

本日は釜山鎮の市日とかで、多くの白衣の國人の牛を索きて集るを目撃致候。

白衣は着したれども、心は白からざる様見受けられ候。且亦、特に感じ候は、牛と國人とに就いてに候。他にあらず。牛は能くも國人の状態、性質（皆今日の）を表するものと存じ候。換言すれば、牛は國人のシムボルと思はれ、情けなき次第に候。嗚呼、牛のシンボルを棄てて虎のシムボルを得るは、何時なるべきか。起て！　我少年諸君！

韓山は、老いたるにて候。青色黄毛に変じ、黄毛さへも又禿げかゝりて、幾何ならずして数千の韓山は全く赤沙に成り果つべきや、疑なく候。

斯くして結局、韓土ハ熱沙漠々たる沙漠になり、青邱は空しき歴史的名称となりて、後人の好奇心をのみ動かすに過ぎざるに至り候べし。朝鮮民族の生命は韓山の草木と其生死興亡を共にすべきに候。早々

◎少年諸君よ。此を聞いて如何なる感を呼起したるか。天帝、人生を造る時、皆等しく二目二手二脚を賜はりたるにあらずや。何の不足する所有りて、彼の倭国の為に壓制を受くるか。耳目口鼻を俱有する新韓少年諸子は、之を思ひ、歳月を徒費せずして自己の目的と自己の天才を発揮して彼の目的地に急げ。

新韓を肩に負へる大韓少年等よ。

押収された『新韓自由鍾第三号』は朝鮮語で書かれていたが、それを当局が日本語に翻訳して民心調査に使った。ところが「旅行の雑感」と「君は伊処へ」の二つだけは、タイトルのあとに「原文日本文」と記されていて、最初から日本語文であったことがわかる。筆写のさいに誤記が生じた恐れ（たとえば「伊処」は「何処」の誤りであろう）や、手間を省くために係官が勝手に変えた可能性（濁点の省略はそれであろう）はあるが、全体的には原形に近い形ではないかと思われる。

「旅行の雑感」は、帰国旅行の途中で書かれた書簡形式の紀行文である。三月二十三日の午後に広島と

海田市《かいたいち》のあいだの車中で書き始められ、夜の下関、翌朝の釜山駅、つづいて京釜線の車中でと、行く先々で書きつがれている。「孤舟」は李光洙がこの時期に用いていた号なので、これが中学卒業直後の李光洙の文章であることは間違いない。また、このような形式の紀行文は、李光洙が一九一七年に書く「東京에서京城까지」の臨場感あふれる形式を髣髴とさせる。

中学を卒業して母国へと向かう旅の印象は強かったらしく、李光洙は『我が告白』（一九四八）でもこのときの情景を回想している。あるいは、この紀行文を書きながら帰国したことが記憶を刻印することにつながったのかもしれない。驚くのは、京城に向かうにつれて暗さを増していく内容にともなって、文体を意識的に変えてあることだ。初めは口語でカタカナを多用した軽い文体だったのが、釜山に着くと漢字が増えて内容がしだいに重苦しくなり、京釜線の車中では文語の候文で朝鮮の現状を嘆き、最後は引き締まった演説調の文体で「大韓少年」たちに呼びかけて終わる。日本語の文体をこれほどまでに使いこなした当時の李光洙の言語能力に驚かざるを得ない。

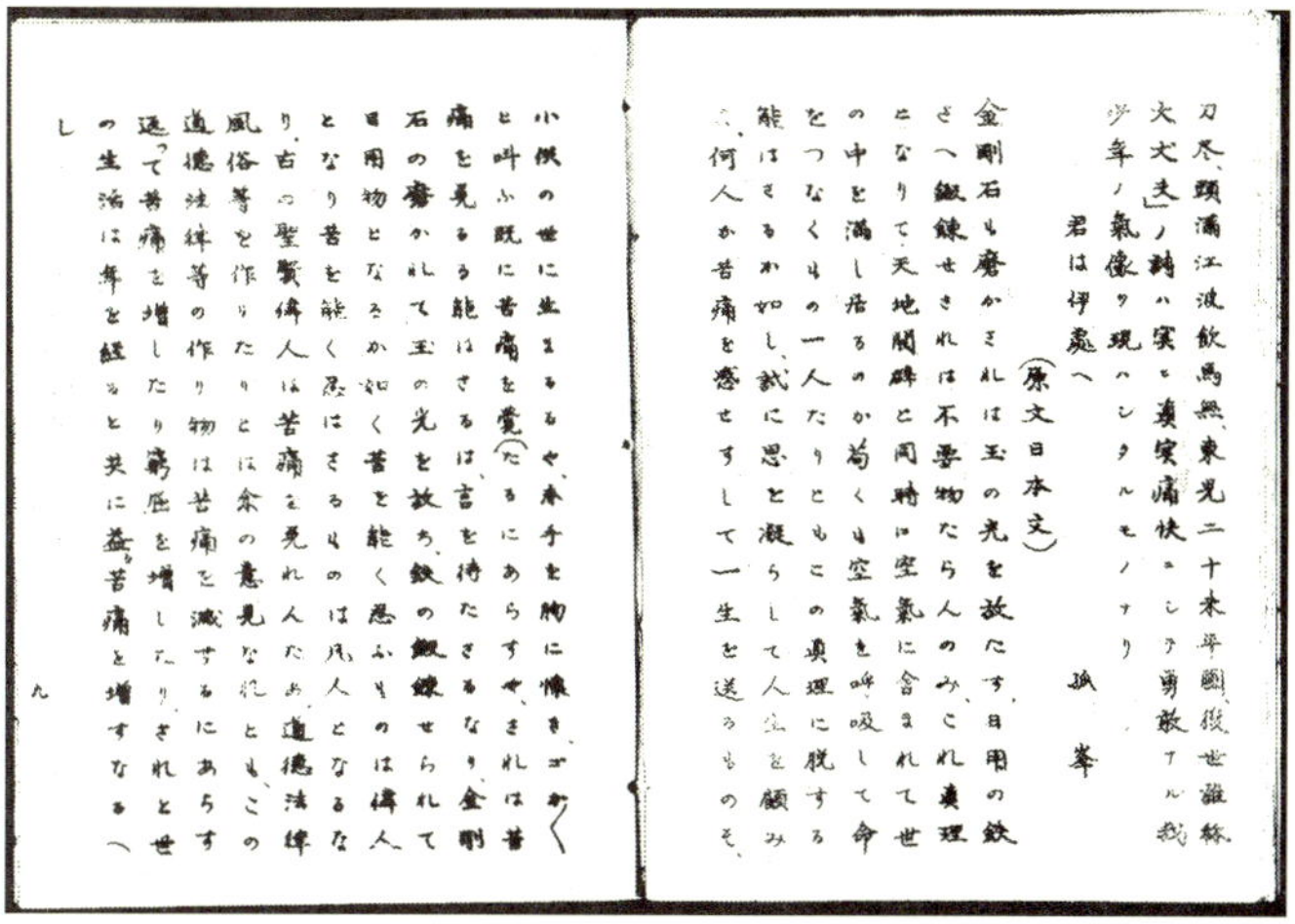
刀尽、豆満江波飲馬無、男児二十未平国、後世誰称
大丈夫」ノ詩ハ實ニ眞實痛快ニシテ勇敢ナル哉
少年ノ氣像ヲ現ハシタルモノナリ
君は伊處へ　孤峯
（原文日本文）
金剛石も磨かされは玉の光を放たす、日用の鉄
さへ鍛錬せされは不要物たらんのみ、これ真理
になりて天地開闢と同時に空氣に含まれて世
の中を満し居るのか苟くも空氣を呼吸して命
をつなくものの一人たりともこの真理に脱する
能はさるか如し、試に思を凝らして人生を顧み
よ、何人か苦痛を感せすして一生を送るものぞ、
小供の世に生まるるや、赤手を胸に懐きておく
と叫ふ既に苦痛を覚（たるにあらすや、されは苦
痛を免るる能はさるは、言を待たさるなり、金剛
石の磨かれて玉の光を放ち、鉄の鍛錬せられて
日用物となるか如く苦を能く忍ふものは偉人
となり苦を能く忍はさるものは凡人となるな
り、古の聖賢偉人は苦痛を免れんため、道徳法律
風俗等を作りたりとは余の意見なれとも、この
道徳法律等の作り物は苦痛を減するにあらす
返って苦痛を増したり窮屈を増したり、されと世
の生活は年を経ると共に益々苦痛を増するなり、
し
九

〈写真７〉君は伊処へ（原文日本文）

資料④君は伊処《ママ》へ（原文日本文）　孤峰〈写真7〉

金剛石も磨かざれば玉の光を放たず。日用の鉄さへ鍛練せざれば不要物たらんのみ。これ真理となりて《ママ》、天地開闢と同時に空気に含まれて世の中を満し居るのか。苟も空気を呼吸して命をつなぐもの、一人たりともこの真理に脱《ママ》する能はざるが如し。まことに思を凝らして人生を顧みよ。何人か苦痛を感ぜずして一生を送るものぞ。子供の世に生まるるや、赤手を胸に懐き、ゴガ〳〵と叫ぶ。すでに苦痛を覚へたるにあらずや。されば苦痛を免るる能はざるは、言を待たざるなり。金剛石の磨かれて玉の光を放ち、鉄の鍛練せられて日用物となるが如く、苦を能く忍ぶものは偉人となり、苦を能く忍ばざるものは凡人となるなり。古の聖賢偉人は苦痛を免れんため、道徳法律風俗等を作りたりとは余の意見なれども、この道徳法律等の作り物は苦痛を減ずるにあらず、返って苦痛を増したり、窮屈を増したり。されど《ママ》、世の生活は年を経るとともに益々苦痛を増すなるべし。

聞けば君は幼時に父母を失へりと。これ既に君の生涯は苦痛なるを証せしものにして、第一の苦痛なりき。片親を失ふさへ子供に取りては無上の悲哀と云ふにあらずや。況や両親悉く失ひて曠野に路を失いて歩く者となりしその身は、思ふもの誰か袖を濡らさざる。其受くる苦痛たるや甚酷にして、成長するに従ひて減ることなく、日々重なれば苦痛も君の身に重なりぬ。余は君の幼時の景況を知らずと云へど、現時の君の悲境を見るに幼時の境遇は見ざりしも心に写り、自然に可憐の念、胸に集り、鼓動を増さしむ。君、十二歳になるや、なつかしき故郷を離れて京城に赴き、東宿西食の有様、目にあり〳〵と見て、その哀なる、言葉を知らずと云えど、君の天才は早より顕はれたれば、在京二年ならずして或る士官に注目せられ、十四歳に日本に留学するを得たりと。耶蘇の厩に生まれ貧家に育てられたるにも拘はらず、十二歳の時聖殿の中にて学士と神を論じて天才を顕はせしと相比べて考ふる時は、何人か君を羨慕せざる。

日本に渡り学ぶも一年ならずしてモハヤ日本語に通じ、大成中学校へ入り、到着地の知れざる生涯の海を乗り出でんとしたるに、邪魔の神に妨害せられて退学し、悲涙を流せりと。世の中は斯様のものなりとは、余の深く感じ居りしに、これを聞きて益々感に打たれぬ。

幸なるかな、無情なる彼の政府も時には情ある仕事をするかな。君を補助として三年の学費を與へりとは。噫！悲惨とも幸福とも云ふべき、忘れ能はざる白金のライフは、ここにて始まりぬ。白金のライフは君の天才をして、益々進ましめ、益々堅固ならしめたり。明治学院三年級へ入るや、心も稍々落着きたれば、無趣味なる寄宿舎の汚き房にて読書を以て日を暮らせり。又友を愛する情多くして、君には一人の最も親友のありきと聞きたり。寄宿舎生活を忌むに至り、貸間に身を安め《ママ》、飯屋に腹を充たすと云ふ生活をしたり。苦を重ぬると同時に天才も発起せりと思はるなり。貸家に住むに至りては、ドルスドイ《ママ》の人物を崇拝し、耶蘇を信じ、朝夕に祈祷を怠らず。真暗き夜の中に死の様に静なる林樹の中に伏して、驚くほど吹く風の音を聞きつつ祈りしことありき。されど如何にせん。君の天才あらさる《ママ》を。暫らくしてバイロンの詩を手にするや、心全く易りて不信者となり。喜んで小説を読み、愛情も深くなり、昨春には操を愛し此が為め文を作り、詩を作り、等しく先づ名を「白金学報」に高め、次ぎて「中学世界」「富の日本」等の雑誌に君の聲名を耀かしぬ。

噫。君の技量は《ママ》世に紹介するにあたって悲痛の波は寄せ来り、君をして学の海より去《ママ》。君の前途は何処へ………何處へ………思へば…………我少年會は君の如き天才を出すを誇とす。願はくば虎の勢を以て思ふまま進み〳〵て、早く到着地を見付けられよ。噫！　孤舟たる君は何処へ…………何處…………思へば…………

この文章は「孤峯」という友人が、李光洙の悲劇的な運命に同情しながら、その天才ぶりを賞賛したものである。しかし、これは実は、李光洙が友人の文章という形を取って自ら書いたものだと推定される。その理由の第一は、当時の李光洙のまわりにこれほど水準の高い日本語文を書ける留学生が見当たらないこと、第二は、李光洙の幼年時代の数奇な運命と、トルストイからバイロンに行きつくまでの精神遍歴、そして挿入された「操」や「虎」という言葉で暗示されている短編「愛か」と散文詩「獄中豪傑」などの文学経歴、これらすべてを知りつくしているような友人の存在が考えられないことである。第三に、「古の聖賢偉人は苦痛を免れんため、道徳法律風俗等を作りたりとは余の意見なれども、この道徳法律等の作り物は苦痛を減ずるにあらず、返って苦痛を増したり、窮屈を増したり」という道徳に関する考え方は、李光洙がこのごろ『富の日本』に投稿した作文の内容とまったく同じであって、「余」が李光洙自身であることを示している。第四に、「真暗き夜の中に死の様に静なる林樹の中に伏して、驚くほど吹く風の音を聞きつつ祈りしことありき」などは、本人以外は知るはずのない行動である。李光洙はずっとのちに『彼の自叙伝』（一九三六）のなかでこの経験を語っている。これらの理由から、「孤峯」と「孤舟」とは同一人物であると考えてよいと思う。

李光洙は明治学院で信仰を知り、文学と出会い、精神の疾風怒濤を迎えた。「噫！悲惨とも幸福とも云ふべき、忘れ能はざる白金のライフ」という言葉は、二年半の学窓時代をふりかえったときに思わずもれた、本人ならではの感慨であろう。それにしても「耶蘇の厩に生まれ貧家に育てられたるにも拘はらず、十二歳の時聖殿の中にて学士と神を論して天才を顕はせしと相比べて考ふる時は、何人か君を羨慕せざる」のごとき賞賛の言葉を自分に与えていることに、当時の李光洙の自信のほどを見ることができる。

四　おわりに

これまで知られていた李光洙の中学時代の日本語文は、一九〇九年十二月『白金学報』第一九号所載の「愛か」と、一九一〇年三月『富の日本』第一巻第二号所載の「特別寄贈作文」の二つだったが、今回発見された「旅行の雑感」と「君は何処へ」を加えると四つになる。後者に、雑誌『中学世界』で「聲名を耀かしぬ」とあったので調査したところ、同年二月号の優等生訪問欄に、李光洙が「愛か」の抜粋とともに写真入りで紹介されているのが見つかった〈写真8〉。当時の李光洙たち留学生の暮らしぶりも知ることができる貴重な資料である。

他の留学生たちが朝鮮語で書いている雑誌『新韓自由鍾』に李光洙が日本語で書いたという事実は、このころの李光洙にとって韓国語よりも日本語による自己表現のほうが容易であったことのほかに、彼が日本語で書いても顰蹙を買うことがない雰囲気が留学生のあいだに形成されていたことを示唆する。「新韓少年ノ運命」の記事は、むしろ李光洙がその日本語能力によって周囲から高く評価されていたことを示している。『富の日本』や『中学世界』に自分の文章が載ったことで、李光洙は日本語創作に対してかなりの自信をもったのだろう。一九二五年の『朝鮮文壇』に発表された「十八歳の少年が東京でつけた日記」によれば、一九一〇年一月十二日（火曜日）の日記に、李光洙は「日本文壇に打って出るか」という意欲的な文句を書きつけている。日本で日本語を通して文学と出会った彼が日本語で創作したのは、この時点においてはまったく自然な行為だった。そして日本を離れたあと、彼は同じくらい自然に日本語創作から離れてしまう。

三十年後、皇民化政策のなかで彼の日本語創作は違った意味を持って復活するが、そのときに彼の日本語作品がただちに高い水準に達することができた背景には、このような少年期の日本語体験があったのである。

李光洙の日本語創作を研究する場合には、植民地期末期だけではなく、こうした初期の段階まで視野に入れることが必要であると思われる。

［付記］：本章は、韓国の学会誌『近代書誌』第五号（二〇一二年六月）に掲載した「『極秘新韓自由鐘第壱巻第三号』の李光洙関連資料について」を一部修正して、二〇一二年十月七日に福岡大学で開催された朝鮮学会で発表したものである。会場で、県立広島大学名誉教授原田環氏より「海田市（かいたいち）」や「己斐（こい）」の地名に関して貴重なご教示をいただいたことを、感謝の念とともに記しておく。

〈写真８〉都下中学　優等生訪問記　李寶鏡君（韓国留学生）『中学世界』1910年２月号　近代文学館所蔵

Ⅲ　洪命憙の日本留学

第一章　洪命憙が東京で通った二つの学校　―東洋商業学校と大成中学校―

一　はじめに

『林巨正』の作者洪命憙《ホンミョンヒ》（一八八八～一八六八）は明治三十九（一九〇六）年から明治四十三（一九一〇）年まで、東京に留学している。(1)筆者は、洪命憙が在籍した大成中学校の後身である大成高等学校を訪問して校長にインタビューする機会を得、またその際にいただいた同校の卒業者名簿や学校史によって洪命憙の学校時代をかなり具体的に知ることができた。その結果をここでまとめておきたい。

二　「大成経営者」　杉浦鋼太郎

洪命憙が一九三〇年に雑誌『三千里』に連載した「自叙伝」には三回にわたって「大成経営者」という言葉が出てくる。(2)洪命憙が大成中学校に入学することになったのは下宿先の主人が「大成経営者」と同郷だから紹介してやると言ったからであり、大成中学校に入ろうと決めた洪命憙がとりあえず籍をおいたのが「大成経営者」の経営する「東洋商学校」であったこと、そして、首席で五年生に進級した洪命憙が「万朝報」

に優等生として写真入りで紹介されたのは「大成経営者」がひどく賞賛したためらしいという部分である。[3]

この「大成経営者」とは、大成中学校を創立して校主となった杉浦鋼太郎（一八五八～一九四二）をさすと思われる。大成中学校の後身である大成高等学校が刊行した『大成七十年史』によると、杉浦鋼太郎は名古屋出身の教育事業家である。[4] 明治二十一（一八八八）年、彼は官立学校受験生のための予備校「大成学館」を九段中坂に設立し、翌年そこに「国語伝習所」を併設した。大八洲学会という国粋的な団体に属していた杉浦は、その関係で落合直文をはじめ著名な国語国文学者たちを「国語伝習所」の講師として迎え、機関雑誌として『国文』を発行した。また女子教育のために通信教育用『女子講義録』を刊行し、明治三十六（一九〇三）年には友人とともに東京高等女学校を創立している。大成学館では理科教育を重視して物理・化学の講義に重きをおいたので、医学校へ進む者が多く集まったという。[5]

「大成学館」と「国語伝習所」の生徒数が増加したため、杉浦は学校を一時神田区仲猿楽町に移してから、明治二十八（一八九五）年に神田区の三崎町に校舎を新築して移転し、明治三十（一八九七）年に「大成学館尋常中学」を設立した。[6]「大成学館尋常中学」は設立二年後に中学校令改正で「私立大成中学校」と改称し、昭和十一年文部省指示で「大成中学校」になり、戦後の学制改革で「大成高等学校」となって、現在は三鷹市に移転している。洪命憙が明治四十年から四十三年まで在籍したのは「私立大成中学校」であるが、本章では当時一般的であった略称にしたがって「大成中学校」と呼ぶことにする。

三　東洋商業学校

明治三十六（一九〇三）年に専門学校令が公布されると、杉浦は翌明治三十七年に日本で最初の私立商業学校である「東洋商業専門学校」を設立したが、学生が集まらず、二年後の明治三十九年にはこれを明治大学に合併させて、かわりに甲種商業学校の「東洋商業学校」を設立した。(7) 洪命憙が大成中学校編入に先立って「東洋商学校予科二年に補欠入学」したのは、この年である。東京遊学を望む地方人を対象に博文館から明治四十二（一九〇九）年に刊行された『最近調査男子東京遊学案内』を見ると、東洋商業学校の項は以下のようになっている。

位　置　神田区三崎町一丁目十一番地にあり
目　的　本校は文部大臣の認可を受け商業学校甲種程度に基き商業に従事せんと欲する者に必須なる教育をほどこすにあり。
授業時間　毎日午前八時より始む。
学　科　教科を分かちて予科、本科とす、其学科課程左の如し。
　予科　早稲田実業学校と大差なし。（傍線引用者）
　本科　修身　読書　作文　習字　数学　簿記　地理　歴史　商品　商事要項　英語　経済　法律　理科　商業実践　体操　毎週授業三十三時間
入学期　入学は毎学年の始めより三十日以内とす。但欠員ある時は学期の始め入学を許す。
修業年限　予科二箇年、本科三箇年
学費　入学料金壱円　入学試験料金五拾銭　授業料一箇月予科金弐円　本科金弐円五拾銭
職員　校長は子爵秋元興朝氏、幹事文学士大槻快尊氏、同藤沢安三郎氏にして、講師拾余名あり。
学年学期　入学資格　入学試験は早稲田実業学校規程と同じ。

この学校には予科二年と本科三年があった。創立の年にすでに予科二年生の補欠をとっているのは、創立時に予科一、二年と本科一年で新入生を募ったためである。[8]「欠員ある時は学期の始め入学を許す」とあるから、洪命憙は二学期か三学期に「補欠入学」したと推定される。時間的に見て、おそらく二学期目には編入学していたのではないか。下宿の主人が杉浦と同郷のよしみで紹介してやると言ったのは、大成中学校ではなく東洋商業学校ではなかったかと思われる。後述するが、当時の大成中学校の編入試験は非常にむずかしく、紹介で入れるようなものではなかったからだ。逆に東洋商業学校は生徒を集めるのに苦労していたことが入学者の人数から窺われる。[9]洪命憙はこの補欠試験を受けたときのことを問題の内容まで克明に覚えていて「自叙伝」に書き残しているが、監督者があまりにも親切である。このときの受験者は二人、地理の問題二問のうち一つは「韓国十三道の首府」を書けという洪命憙のための問題であり、博物の問題では棘皮動物の特色がわからず席を立とうとした彼に、監督が例でもいいから書きなさいと言って座らせるので、しかたなく「ハリネズミ」と書いて「首席合格」したという。

洪命憙にとって、とりあえず日本の学校に籍をおくことは、日本の学校生活に慣れるという利点があったと思われる。彼が東洋商業学校予科で学んだ学科はどのようなものだったのか。「早稲田実業学校規程と同じ」とあるので該当の箇所を見ると、以下の通りである。

修身：	人倫道徳要旨	一時間
読書：	講読、書取	三時間
作文：	記事、書簡文	二時間
習字：	行草書、細字	二時間
算術：	算術、珠算	四時間

地理：	万国地理	二時間
歴史：	万国歴史	二時間
英語：	綴字、読方、訳解、習字	六時間
理科：	理化大意	二時間
図画：	自在及要器画	一時間
体操：		三時間
毎週合計		二十八時間

数学は週四時間、英語は六時間、理科が二時間になっている。洪命憙はこれでは足りないと考えたのだろう。通学のかたわら「数学講習所」と「英語講習所」に学び、そのほかに「鉱物植物の個人教授」を受けて入試に備えた。(10)「数学講習所」と「英語講習所」は、近くにあった「研数学館」と「正則英語学校」のようなところではないかと思われる。

四　大成中学校

洪命憙が大成中学校在学中にほとんど首席を通したと語っていることについて、ある研究者は「大成中学校がいわゆる一流学校ではなかったという事情とも関わっている」(11)と見ている。洪命憙自身も「自叙伝」の中で、成績がよいために同級生にそねまれたことを回顧しながら、「平均点七十、八十点でも席次が一番か二番になったのだから、同級生の低劣さはおおいがたい」と少々苦々しく書いている。では、そのころ大成中学校の生徒たちのレベルは、実際にはどの程度だったのだろうか。

大成中学校は、明治三十年の創立時に一年生だけでなく学年ごとに編入試験をおこなって新入生をとったので、創立二年目の明治三十一年に早くも第一回卒業生四十四名を出しているが、そのうち十六名が後に東京帝国大学に進んでいる。明治四十三年卒業の洪命憙より一年後輩の卒業生は、大成中学校は創立当初は一高入学率が高かったので有名校に数えられたが、日露戦争前後に公立中学校が多く新設されて私立中学も増えたために事情が変わり、自分のときは近くの順天中学校や東京中学校とほぼ同じレベルだったと書いている。(12)洪命憙自身は第十三回卒業生で、彼の同期七十四名のうち一高に二名、東京外国語学校に一名、東京工業高等学校にかなりの人数が進んだ。(13)四年後の大正三年卒業生は、大成中学校の程度は私立中学校の中で「中の上」くらいで、高等学校、専門学校とくに医専に進学するものが多くて評判はよかったと回想している。(14)

大成中学校が創立された明治三十年には、東京の公立中学校は東京府尋常中学校一校しかなかった。しかし同三十三年には府立中学校四校体制が整い、(15)私立中学校の数も明治三十年の十六校から同四十一年に二十五校、大正六年には三十一校まで増えている。(16)この他に慶應義塾や明治学院、青山学院など独自性をたもつために各種学校となっていた中等教育機関もあったうえ、(17)各学校の定員も増えていた。そのために大成中学の評価は相対的に下降していったのであろう。

とはいえ、卒業生たちの回想によれば大成の特色の一つは生徒の水準にばらつきが大きいことで、第七回(明治三十七年)卒業生は、「生徒の中には学業の非常によくできる者と、ひどくわるい者とがおり、成績のよい者はどんどん一高などへ進学したものである」(18)と回想している。とくに編入生には優秀な生徒が多かったという。当時の中学校は生徒の一〇〜二〇パーセントが落第するのが普通であり、また健康問題や経済的理由などさまざまな事情で中退する者が多かったので、(19)各中学校では欠員を埋めるために編入試験をおこなった。公立の欠員は少なかったので、(20)地方から志を立てて上京した若者は私塾などで学びながら自分の程度にあった私立中学校の編入試験に挑戦した。優秀な生徒の中には編入によって飛び級をするものもあった。[21]明治三十九（一九〇六）年に大成中学校に入学した李光洙も、一進会の学費が中断したために一年生で中退を余儀なくされたが、翌年官費をえて再留学すると、飛び級して明治学院普通部三年生二学期に編入学している。[22]

大成中学校は他の私立中学校よりも編入学者の割合が高かった。[23]これには杉浦校主の方針もあったようである。[24]編入試験は一般に倍率が高かった。大成の場合、明治三十八年の五年二学期の編入試験は、十一名欠員に対して志望者が二〇八名、[25]明治四十四年四年生一学期の場合は、十七名募集に受験生が百人ほどいた。[26]当時の中学校の新入学試験は公立が三～四倍、私立が一～二倍の競争率であるから、新入に比して編入ははるかに難しかった。[27]日本にいた五年間のうちでもっと熱心に教科書の勉強をしたのは東洋商学校に在籍しながら中学受験準備をしたときで、食べる時間と眠る時間以外は教科書に没頭したと、洪命憙は書いている。[28]この難関を突破して、洪命憙は明治四十（一九〇七）年四月に大成中学校三年生に編入学した。このときの競争率は不明だが、やはりかなり高かったに違いない。

五　大成中学校の生徒たち

編入学者の優秀さと彼らが学校でかもし出していた雰囲気について、卒業生たちはこんなふうに回想している。

「一年からのはえ抜きの生徒は割合に少なく、途中から編入学した生徒が多かった。四年、五年と上級になるほど編入者が増加し、頭デッカチの構成で、そのうえ優劣の差がはなはだしく、特に変態入学者（正規の段階を踏まず、実力試験で編入学したもの）の中には、抜群の秀才や豪傑がたくさんおった。しかも進級試験など眼中になく、もっぱら実力養成を主とし、教科書の勉強などは申しわけ程度で、高度の学習に余念がなかった[29]」

「わが大成中学校は、この途中編入に広く門戸を開いていたので、四年、五年になると、下級学年とはうって変わり地方色がきわめて豊かとなっていたようである。いずれも郷里の中学校をあとにして、上京した者どもであるから、どこか尋常一様でない一癖者が多かった。秀才もおれば努力型もあり、いわば野人の集まりであって、公立の中学校とはふんい気を異にした、なにか型にはまらない闊達の気風がただようていた[30]」

後者の書き手は洪命憙の一年後輩で、「中には二十歳を越えたものもいた[31]」とも書いている。もしかしたら洪命憙のことを思い浮かべていたのかもしれない。

ただし編入者がつねに成績がよかったわけではない。ある学生は一高をねらって大成中学校に編入してみたものの遊び癖がとれず、結局「特別卒業」させてもらったという[32]。そのころ大成中学校では卒業時に各科目の点数をしるして成績順に卒業生の一覧を印刷していたが、中には特別に点数の記入のないまま卒業させることもあった。それが「特別卒業」である。ずっと首席を通しながら三学期に突然帰国してしまった洪命憙に対して、あとで中学校から卒業証書が送られてきたというが、それもこの「特別卒業」だったと思われる。

ところで「自叙伝」の中で洪命憙は、「四年生のときの学年試験で私をおさえて一位だった関沼某は現在医学博士としてかなりの名声を得ているというが、あまりぱっとしない[33]その人物では、試験場で私のライバルになるには実のところ少々不足であった[34]」と書いているが、第十三回卒業生に「関沼」という姓は見あたらない。「関」と「鯉沼」の姓があるので、洪命憙が「関」と「鯉沼」を混同して記憶したのではないかと想像される。洪命憙と同期卒業生の鯉沼茆吾氏も四年生からの編入生で、五年生のときは級長をしていた。卒業後は一高から東京帝大に進んで医学博士となり、一九六七年の「大成七十年史」編纂時にも名古屋大学名誉教授として健在で[35]、「みそしるのにおい」という文を寄せている。その中で鯉沼氏は、洪命憙のことを次のように回想している。

「同級生に洪命熹《ママ》という半島人がいた。たいへん成績の良い人で、特に記憶力がよく、いつも級の一番か二番を占めていた。南鮮か北鮮かわからないが、このごろどうしていることであろうか(36)」

洪命熹はこの『大成七十年史』の刊行された翌年に北朝鮮で没している。

六　大成中学校の教師たち

『大成七十年史』の中では、多くの卒業生が大成でおそわった教師を懐かしんでいる。洪命熹はどんな教師たちに教わったのか、卒業生たちの回想から見てみよう。

洪命熹が「大成経営者」と呼んだ大成中学校と東洋商業学校の校主杉浦鋼太郎に、当時の生徒たちがつけたあだ名は「アンパン」だった。由来は校門付近でアンパンが売られていたからだという説もあるがはっきりしない。洪命熹が編入したときの校長は三代目で、杉浦校主が大八洲学会の関係で招請した小杉榲邨《すぎむら》という国学者だった。翌年から第四代校長になった高津鍬三郎は一高教授から文部省役人を経て教育者になった人で、やはり国文学の造詣が深かった。彼はそれまでの校長とちがって毎日登校し、実質的には初代校長ともいうべき存在であったという。

卒業生たちの誰もが大成教師の筆頭として回顧するのは、国語担当の平田盛胤である。国学者平田篤胤の曾孫（養子）で神田大明神の神主でもあり、国語伝習所の講師もしていた彼は創立時から昭和まで在職したが、威風堂々とした美男子でつねに和服で通した。あだ名は「あそん（朝臣）」である。漢文講師の川合孝太郎も風格のある漢学者で、後に早稲田大学教授になった。彼も和服を着て江戸弁で講じ、講義の冒頭に「まことにはや！」と言うのが口癖で、目薬の広告人物とよく似ていることから「大学目薬」と呼ばれていた。数学担当の遠藤又造は当時の中等学校で使用された幾何教科書の著者として知られており、大成でも当然その教科書を使っていた。天井をにらんで話す癖があり、学習院女子部の教授なので、女子生徒の顔を見ないようにしているうちに癖になったという説があった。体育主任の松林亀作は、顔にあばたがあるので「ガンモドキ」だった。

洪命憙は「自叙伝」の中で、英語と地理・歴史担当の二人の教師を回想している。残念ながら、よくない思い出である。

「できそこないの英語教師ひとりは授業中に、お前たちがあの韓国人にも及ばないのは日本男児の恥だと、学生を激励しながら私に対する憎悪をあおりたて、ひねくれものの地理・歴史の主任教師は、だれそれは韓国の総理大臣候補だと韓国を軽蔑する口調で言ったために、同級生のなかで憎悪心旺盛なものは私を侮辱しようという意図で〝総理〟というあだ名をつけ、そう呼ぶことさえあった」

これが何年生のときのことなのかは明らかでない。「自叙伝」の最後の部分なので、学校時代の終わりの方ではないかと想像される。同級生だった鯉沼氏の回想によれば、洪命憙が五年生のときの英語担任は山川信次郎という教師だった。教授法にすぐれ、入学試験に役立つような英語を教えたという。だが『大成七十年史』をめくってみると、なかなか癖のある教師だったようだ。大正期卒業生の一人は、「みずから猛悪と称していたほどやかましい先生」[37]で授業中に何かあると生徒に運動場を走らせたと回想し、またある昭和初期卒業生は、「漱石の『坊ちゃん』に出てくる赤シャツのモデルとか言われた。背の特別低い小柄な先生だった。生徒がたちの悪いことをすると、よくなぐった」[38]と書いている。山川は夏目漱石と一高時代から交友があり、漱石に薦められて熊本の旧制第五中学に赴任したことがあり、作品のモデルにもなっているという。[39] 洪命憙在学中の英語教師としては、ほかに、後に帝大教授になった箭内亘、背が高くていつも大きな鞄を下げている格好が高利貸しを思わせるので「アイス」と呼ばれた川鶴次郎という教師などがいる。

歴史・地理教師として当時の卒業生の回想に出てくるのは、江戸千太郎という人物である。この人は明治四十二年すなわち洪命憙が五年生のときに大成中学校を辞して外務省に入り、昭和のはじめハンブルグの総領事となったが自動車事故で客死した。[40] 彼がはたして該当教師なのかどうかは、わからない。[41] それにしても洪命憙は「韓国の総理大臣」にはならなかったが、のちに北朝鮮で副首相を務めることになった。はからずも「ひねくれものの歴史・地理主任教師」の予言は一部あたったわけである。

七　大成中学校の場所と校舎

明治三十九年に日本に来た洪命憙は、まず新橋前の旅館に投宿してから、本郷区にある旅館兼下宿に移り、そこに半年ほどいた。この下宿の主人が「大成経営者」と同郷の名古屋出身だったのだろう。ここで洪命憙は同じ下宿にいた李光洙や文一平と知り合った。李光洙はある座談会で洪命憙との出会いを回顧して、下宿は「本郷区元町の玉真館」だったと語っている。[42] 明治末の元町は現在の文京区本郷一、二丁目のあたりである。本郷本郷区のはずれで、大成中学校のあった神田区と神田川をはさんで接していた。元町から水道橋を通って神田川をわたると左角に東洋商業学校があり、そのならびに大成中学校があった。洪命憙は、投宿先の目と鼻の先にある学校に行くことを、その下宿の主人の言葉ひとつで決めてしまったわけである。「速成に苦労する必要がなかったので、中学校からやっていこうと決め」た洪命憙にとっては、中学ならどこでもよかっ

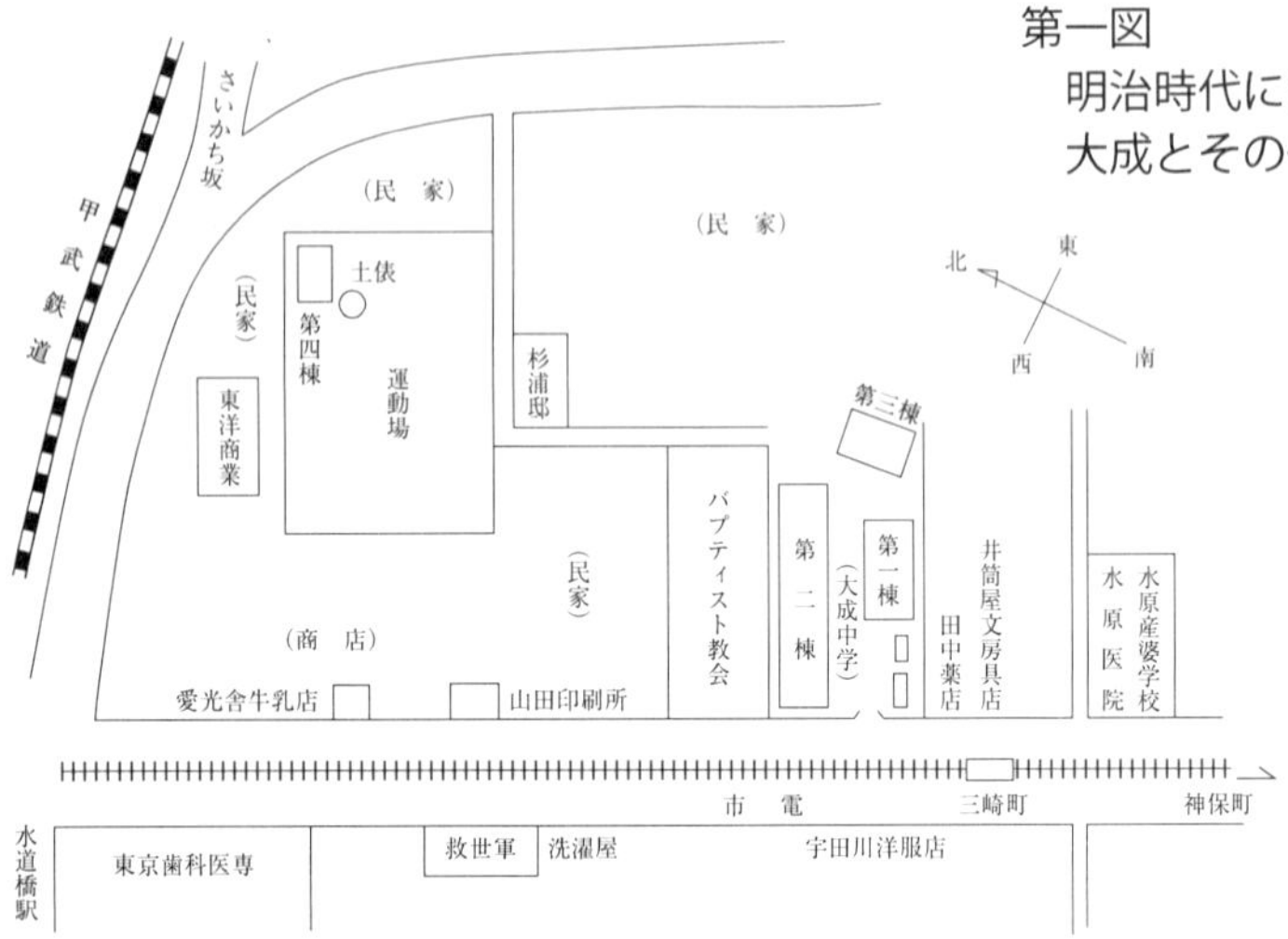

第一図
明治時代における大成とその付近

たのだろう。

　ところで彼は大成に決めたのは、下宿の主人の勧めのほかに「別の理由がないわけではなかった」とも書いている。どんな理由なのだろうか。当時の大成中学校は、国語伝習所に有名な学者をあつめていたため国漢分野に強いと言われていたが[43]、それが理由であったとは思われない。漢文は故国でいやになるほど読んでいたし、日本の国学が彼の興味をひいたという形跡もないからだ。洪命憙が大成中学校に行く気になったのは、物理・化学の講義に力を入れ、医学や工学の方面に進む卒業を輩出しているという大成学館時代からの伝統にひかれたからではないかと思う。

　大成中学校は神田区三崎町一丁目二番地にあった。水道橋から一ッ橋まで、左側には東洋商業学校、大成中学、水原産婆学校と付属病院（水原秋桜子の実家だという）、仏英和高女（白百合）、東京中学、神保町をこえて一ッ橋に東京外国語学校、そして右側には東京歯科医専、大成中学校のすじむかいに研数学館、少し裏手に順天中学、専修大学、日本大学、一ッ橋に女子職業学校（共立女子大）、東京高等商業などが立ちならぶ学校街であった[44]。第一図は『大成七十年史』の編者が作成した当時の地図である[45]。二階の欄干に信者の女性や牧師の

第二図　校舎・運動場のあった場所

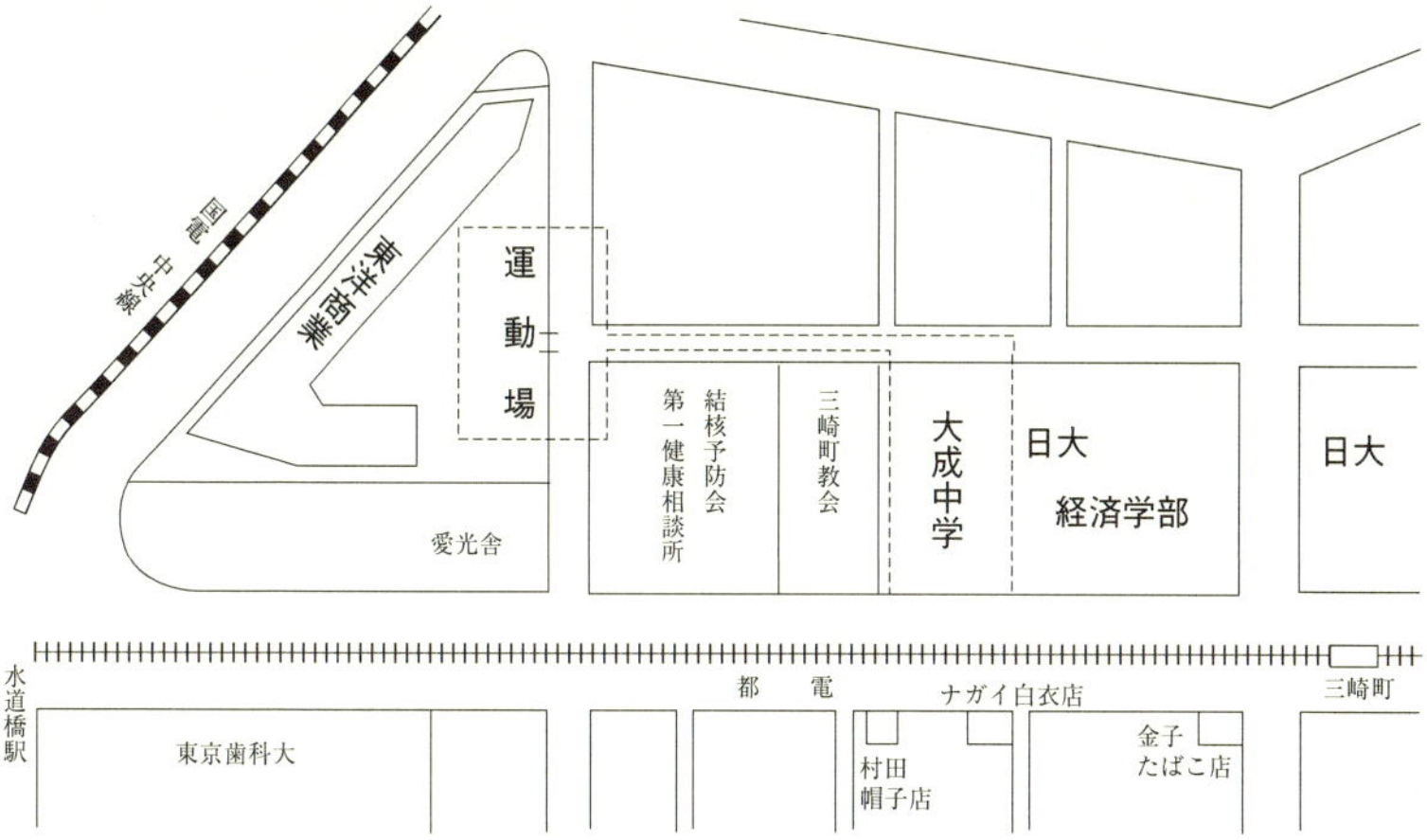

姿が見えるバプティスト教会のとなり、[46]十数間の板塀と角材の門柱の立っているところが大成中学校だった。門標の右には「大成中学校」左には「国語伝習所」(落合直文の筆になるという)と書かれた門標が掛かっており、夕方からは伝習所の授業が行なわれた。当時の三崎は東京の盛り場の一つであり、学校の近くに三崎座、東京座、川上座などの芝居小屋があって、生徒の中には昼休みに抜け出して立ち見をする輩もいた。[47]第二図は大成七十年史が作られた一九六七年の地図。現在、東洋商業学校は東洋高等学校として、また三崎町教会は瀟洒なコンクリートの建築物に変わって同じ場所にある。その隣、昔大成中学校のあったところは日本大学経済学部の一部になっている。

第三図は同じく『七十年史』編者による当時の校舎の再現図である。[48]門を入ると右側に小屋があり、そこに体操教師の生徒監がいて遅刻の説教や服装点検をした。大成の生徒は白いゲートルを着用することになっていて、おしゃれな生徒は校門を出るとすぐにゲートルをはずしたという。[49]家庭との連絡用に生徒手帳のような通信簿を携帯することも義務付けられていた。[50]小屋の先にあるペンキ塗りの建物が本館(第一棟)で、一階は事務所と教員室と銃器室、二階が教室になっていた。

第三図
三崎町校舎（木造）

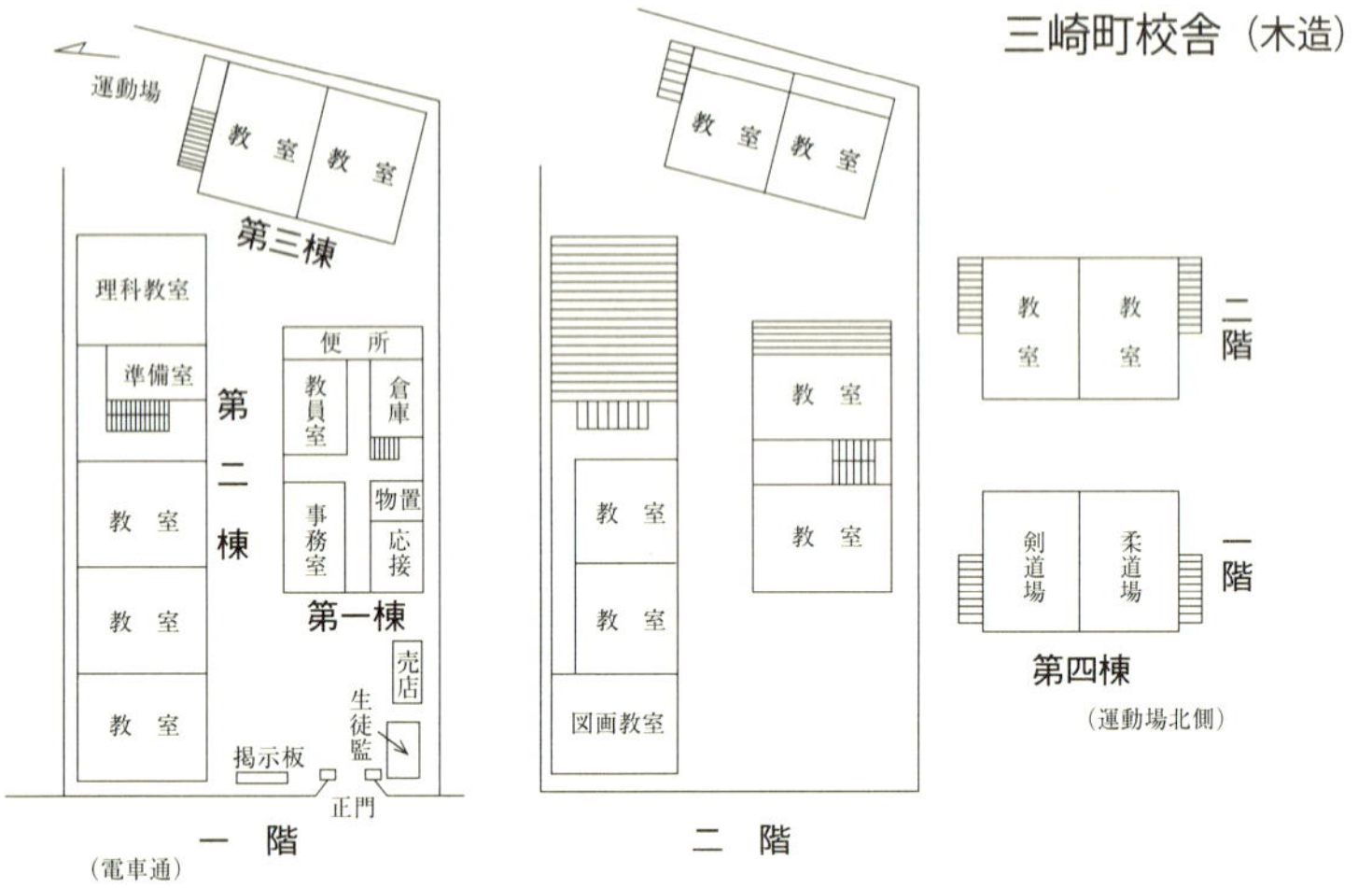

門を入って左手は長い二階建校舎（第二棟）で、その一階一番奥の教室が理化室だった。校主が物理・化学に力を入れていたため、設立当初は程度の高い器具を備えた理化室と準備室だったらしいが[51]、洪命憙の入ったころは「実験室もかたばかり」と嘆かれるような状態だった[52]。第一棟と第二棟のあいだを抜けると、二階建ての第三棟があり、そこから左にまがって百メートルくらい行ったところに民家に囲まれた五百坪ほどの運動場があった。このグランドは東洋商業学校の運動場にもなっており、隅に一階が柔剣道場、二階が教室になっている第四棟があった（第一図参照）。ある朝、運動上で洪命憙たちが「オイチニ、オイチニ」と声をかけて体操していると、どこからか味噌汁のにおいがただよってきた。茶目気のある生徒が「ミソシルのにおい、ミソシルのにおい」と調子をつけて号令を掛けたので、みんな爆笑したことがあったという[53]。

　洪命憙が三年間学んだこの校舎は、彼が日本を離れて三年後、大正二年二月の神田大火によって焼失した。そのとき持ち出されて無事だった学校書類は、大正十二年の関東大震災でほとんどが燃えてしまった。洪命憙の学籍簿や卒業名簿などもこのとき焼失したようである。現在大成高等学校に保管されている卒業者名簿は、戦前に関係者と卒業生たちが記憶をもちよって再作成したものだということで、[54]名前と住所しか記載されていない。とはいえ、それだけでも昭和二十年の戦災のときに持ち出されたのは幸いであった。明治末期に洪命憙がこの大成中学校に学んだことを証明する日本側資料は、この卒業者名簿と『大成七十年史』に載った同級生鯉沼茆吾氏の回想「みそしるのにおい」のみである。

八　経済生活

ある対談のなかで洪命憙は、東京留学時には父から月に二十五円の仕送りを受け、その他に五十円、百円と貰っていたので本を買う金には事欠かなかったと語っている。[55]一方、李光洙は一進会留学生として来日したときから官費留学生となって卒業するまで、ずっと月二十円を支給されたという。[56]洪命憙の日本滞在は明治三十九（一九〇六）年から四十三（一九一〇）年、李光洙は明治三十八（一九〇五）年から同じく四十三年までである。このころ彼らが受け取っていた金額は、当時の日本の中学生たちと比べてどれほどの水準であったのかを見たい。

明治二十年代初めに三円から四円くらいであった下宿料は、日露戦争のころは九円から十円くらいに上がっていた。[57]大成中学校に明治三十六年から三十八年まで在学したある卒業生は、下宿料は四円五十銭が最低、学校の月謝は三円であったと記している。[58]この月謝は当時としては平均的である。[59]洪命憙が五年生のとき一年生だった大正三年卒業生の回想では授業料は月額三円余、下宿料が十円で、下宿生の毎月の経費は二十円が普通だったとある。友人たちと共同生活していた洪命憙は、月に二十五円の仕送りでかなり余裕のある学生生活を送ることができたはずである。そのうえ時々五十円、百円ともらっていたのだから、当時の一般中学生としては破格に裕福だったと言えるだろう。たとえば洪命憙が卒業した翌年の明治四十四年に東京物理学校を出て大成中学校に採用された教師は、初任給が二十二円だったという。[60]当時の教員の給料は非常に安かったとはいえ、[61]同じ学校の先生より生徒の方が財布の中身はゆたかだったわけだ。いきつけの古本屋がわざわざ発禁本をとっておいてくれたというのも、洪命憙の払いっぷりがそれだけよかったからであろう。ちなみにそのころ都電は四銭、タバコはゴールデンバットが五銭、うな重が四十銭、大卒銀行員の初任給は四十円、高等文官の初任給が五十五円で、府知事の年俸は四千五百円だった。[62]

李光洙が給付されていた二十円という額も、同じ時代の下宿生たちと比べて少ないとはいえない。先に見た『最近調査男子東京遊学案内』（一九〇九）によると、明治学院の寮費は月に食事込み六円五十銭で、授業料が月額二円五十銭である。[63]この本の著者は懇切丁寧に上京学生のためのこまごまとした必要学費を列挙し、「月額二十円内外にて優に修業し得べきなり」と書いている。[64]李光洙が寄宿舎に入っていたなら下宿より割安に生活できた分、本を買ったり劇を見に行ったりする余裕があったことだろう。なお東京までの交通費もきちんと地域別に掲載されており、それによると東京から大阪までが三円六十六銭、大阪から仁川は九円かかっている。朝鮮への帰国費用はもちろん別途支給されたと思われる。それにしても、明治学院を卒業した李光洙が給料もまともに出ない五山学校に赴任したとき、生活レベルの下がり方はどれほどはなはだしかったかが想像される。

九　おわりに

一九六七年に『大成七十年史』をほとんど一人で編集したという当時の校長岩下富蔵氏は、編集の重点を

「あとになればなるほどわからなくなる旧制中学校時代、三崎町の時代を明らかにすること」におき、当時の資料が震災ですべて焼失しているため、卒業生から在校当時の回想を書いてもらうことを考えついたという。洪命憙の在籍したころの大成中学校の姿を不十分ながら再現することができたのは、岩下校長のこのような編集方針のおかげであり、また一面識もない筆者の不躾なお願いを聞き入れて同校訪問を許可し資料を提供してくださった現在の校長小柴忠正氏のおかげである。お二人に心から感謝する。

※本研究は一九九九年から二〇〇一年まで文科省の科学研究費・基盤研究（B）（課題番号11410127）の助成を受けている。

（1）波田野節子「洪命憙の東京留学時代」『新潟大学言語文化研究』第六号、二〇〇一、参照

（2）洪命憙は一九二九年六月の『三千里』創刊号から「自叙伝」の連載を始めたが、十二月に新幹会で光州学生運動糾弾大会を準備中に検挙され、連載は二回で中断した。

（3）一九二九年九月『三千里』第二号、二七頁、二九頁。なお、「自叙伝」には四年生に進級したときとなっているが、これは五年生の間違いである。前掲「洪命憙の東京留学時代」一三二頁を参照のこと。

（4）『大成七十年史』、学校法人大成学園発行、一九六七、一九―二二頁

（5）同上、二頁

（6）大成学館と国語伝習所も大成中学校の校舎に同居していたが、前者は太平洋戦争のころ、後者は昭和初のはじめころに消滅した。同上、四頁、四九頁

（7）「対談　五十年の流れ」『東洋商業五十年誌』、一九五六、六二頁

（8）同上、六〇頁、大正三年十一月東都通信社編刊『全国学革史』からの引用

（9）『東洋商業五十年史』によれば明治四十二（一九〇九）年の第一回卒業生数は十五名、第二回十八名、第三回二十八名であるが（九頁）、明治四十三年刊行の『帝国学校名鑑』（学校新聞社編刊）には定員二百名とある。

（10）『三千里』第二号、二七頁

（11）姜珠玲『碧初洪命憙研究』、創作과批評社、一九九九、四一頁

(12) 中村宗雄「明治時代の大成中学校」。第十四回卒業生。四年生編入して明治四十四年に卒業。『大成七十年史』、一四四―一四五頁

(13) 鯉沼茆吾「みそしるのにおい」。第十三回卒業生。『大成七十年史』、一四〇頁

(14) 覚本覚雄「御大葬のころ」。第十七回卒業生。大正三年卒業。『大成七十年史』、一五四頁。なお明治四十一（一九〇八）年の統計を見ると私立中学校から高等学校への入学者数は公立にさほど劣っていないが、上位五位には入っていない。「東京都教育史」、東京都立教育研究所、一九九五、七〇二頁

(15)『東京都教育史』東京都立教育研究所、一九九五、一一九頁―一二〇頁

(16) 同上、六七八頁

(17) 同上、一二三六頁

(18) 益谷秀次「退学させられて上京」。第七回卒業生。四年次編入し明治三十七年に卒業。元衆議院議長。『大成七十年史』、一三〇頁

(19)『東京都教育史』、六九五―六九九頁。明治四十一（一九〇八）年の統計によれば、府立中学校生徒の一〇パーセント、私立中学校生徒の二五パーセントが中退している。入学者がそのまま卒業までたどりつくには、生徒自身の学力のほかに資力が必要とされた。明治末から大正にかけての府立第三中学校の場合、入学した生徒が卒業できる比率は少ない年で二二、多くて四七パーセントという統計がある。

(20) 同上、六八五頁

(21)「在学わずか半カ年」三浦伊八郎。第九回卒業生。明治三十八年に上京して東京中学三年生三学期に編入、その年の秋に大成中学五年生二学期に編入しなおしてわずか半年の在学で卒業した。『大成七十年史』

(22) 一進会留学生の断指事件を報じる明治四十（一九〇七）年三月の「大韓留学生会学報」によれば、当時一進会留学生二十人あまりが大成中学校に在籍しているとあるが、大成高等学校の「同窓会会員名簿」を見ると明治四十三年卒業の洪命憙の前後に朝鮮人らしい名前は見当たらない。断指事件の波紋で官費を得て再留学した者たちは大成に復学しなかったか、あるいは卒業にいたらなかったのかもしれない。

(23)『東京都教育史』では大成中学は当時の私立中学の中で、「中退者が多く、第二学年以上の入学者が（比較的）多い学校」に区分されており、明治四十一（一九〇八）年には編入者数が東京中学についで二位、同四十四年には一位である。六八四

―六八五頁
(24)『大成七十年史』、一四六頁
(25) 同上
(26) 河村信人「中学生になれたうれしさ」。第十七回卒業生。洪命憙が卒業した翌年である明治四十四年春に四年生編入し、大正三年に卒業。『大成七十年史』一六二頁
(27)『東京都教育史』、一四四頁、六九五頁、一番高い府立一中が五～六倍。私立平均で一倍強。
(28)『三千里』第二号、二七頁
(29) 林正道「月謝免除の特典」。第八回卒業生。明治三十六年に四年次編入し三十八年卒業。『大成七十年史』、一三四頁
(30) 中村宗雄「明治時代の大成中学校」。第十四回卒業生。四年次編入し明治四十四年卒業。『大成七十年史』、一四六頁
(31) 同上、一四八頁
(32) 同上、一三〇頁。ただし、この人物は東京外国語学校に進学後、国語伝習所や正則英語学校に通って猛勉強し、京都帝大に進んで、のちに衆議院議長をつとめている。
(33) 엽엽지 못한、『三千里』第二号、二八頁
(34) 同上
(35) 一九七一年の同窓会名簿編纂時にも健在だったが、一九九七年編纂の同窓会名簿では物故会員になっている。
(36)『大成七十年史』、一四一頁
(37) 畝為助「大震災後」、『大成七十年史』二〇一頁
(38)「小永井校長の驚き」宮内三郎、『大成七十年史』二二一頁
(39) 園江稔「山川信次郎と夏目漱石」、『大成七十年史』一九五頁
(40) 中村宗雄「明治時代の大成中学校」、『大成七十年史』一四八頁。『大成百年史』の全教職員名簿（二六八頁）によると江戸は大正六年十月まで在職したことになっているが、中村の回想のほうが正しいと思われる。
(41) 前掲名簿には大正十一年まで在職した山崎庸という「歴史・地理」教師の名前がある。
(42)「春園文壇生活二十年을機會로한文壇回顧座談會」、『三千里』一九三四年第十一号、二三五頁
(43)『大成七十年史』一五四頁

(44)『大成七十年史』四頁、一五三頁
(45)同上、三六頁
(46)同上、一三七頁
(47)同上、一三〇頁
(48)同上、三七頁
(49)同上、一四一頁
(50)同上、九頁
(51)同上、七頁
(52)同上、一三四頁
(53)同上、一四一頁
(54)大成高等学校校長小柴忠正先生の言葉。(二〇〇一年二月二十三日訪問)
(55)「洪命憙・薛貞植対談記」『新世代』第二十三号、一九四八年五月／『碧初洪命憙와林巨正의研究資料』、사계절사、一九九六、二一六頁
(56)「나의四十半生記」『新人文学』八月号、一九三五
(57)唐沢富太郎『学生の歴史　学生生活の社会史的考察』、創文社、一九五五、九八―九九頁
(58)『大成七十年史』、一三五頁
(59)『東京都教育史』、一〇二四頁。明治末から大正初の東京の私立中学校の授業料は月額二円五十銭から三円五十銭。
(60)『大成七十年史』一四三頁、「大成に採用されるまで」、佐藤常吉。二十二円のところ、よく働くというので、特に二十三円支給され「わるい気持ちはしなかった」と書いている。この人は後に大成高校校長になった。
(61)『東京都教育史』、一〇二二―一〇二三頁。明治四十一(一九〇八)年度から大正二(一九一三)年度東京の高等小学校の教員給与平均は約二十八～三十三円だったが、あまりの薄給のため人材流失がおこったという。
(62)『値段の明治・大正・昭和風俗史(上)』朝日文庫、一九九〇
(63)『最近調査男子東京遊学案内』一九〇九年、博文館、五〇一頁
(64)同上、一八頁

第二章　東京留学時代の洪命憙

一　はじめに

洪命憙《ホンミョンヒ》が日本に来たのは一九〇六年だと推定される。(1)その年に洪命憙は東洋商業学校の予科に入学し、よく年の春には大成中学三年生に編入して三年間在籍した。この二つの学校は現在も存続している。東洋商業学校は東洋高等学校となって現在も同じ場所にあるし、大成中学は大成高等学校となって現在は三鷹市に移転している。筆者は一九九九年度から三年間、文部省の研究費補助を受けて二つの学校の記録を調査しようとした。東洋高等学校はその時期にちょうど校舎新築中であったために資料が出せないという理由で協力が得られなかったが、大成高等学校の方は校長の小柴忠正氏が快く承諾してくださり、二〇〇一年二月二十三日に大成高等学校を訪問した。小柴校長の説明によると、一九一二年の神田大火と一九二三年の関東大震災で学籍簿などの記録は焼失し、現在同高校に保管されている洪命憙の名前と住所が記された卒業者名簿は、震災後に関係者たちが記録と記憶を持ち寄って再作成したものだということだった。失望している筆者に、校長は同窓会会員名簿のほか『大成七十年史』『大成百年史』の二つの学校史を贈ってくれたが、このうち『大成七十年史』は非常に興味深い資料であった。創立七十周年にあたる一九六七年に校長を務めていた岩下富蔵氏が、「あとになればなるほどわからなくなる旧制中学校時代、三崎町の時代を明らかにすること」(2)を目的に、ほとんど一人で編集した学校史である。太平洋戦争の戦災で校舎が焼失した大成中学は、歴史と伝統のある三崎町を出て三鷹市に移転した。自身も三崎町校舎で学生時代を過ごした岩下校長はなんとか当時の記録を残そうと思い、むかしそこで学んだ卒業生たちの記憶を記録することを試みたのである。

洪命憙と同じ時期に同じ校舎で学生時代を送った人たちの回想は、その時代と場所の雰囲気を生き生きと伝えてくれた。とりわけ、洪命憙が一九二九年に書いた「自叙伝」に名前を記している同級生が、この本の中で洪命憙のことを回想している一節を目にしたとき、筆者は感動を禁じえなかった。本章では、この『大成七十年史』と、一九二九年に洪命憙が雑誌『三千里』創刊号および第二号に連載した「自叙伝」(3)を主な資料として、東京留学時代の洪命憙がどのような学生生活を送ったのかを考察してみたい。

二　東洋商業学校の補欠入学

明治の日本の学校は現在と同じく三学期制をとっており、年度は四月一日から翌年三月三十一日までであった。一学期は四月から、夏休みを挟んで二学期は九月から、そして冬休みを挟んで三学期は一月から始まる。

一九〇六年に日本に来た洪命憙はまず東洋商業学校に籍を置いて編入学試験の準備をし、翌一九〇七年四月に大成中学三年生に編入学した。ところで洪命憙が東洋商業学校に入学したのがいつであるかは、はっきりしていない。「自叙伝」には東洋商業学校予科二年生に「補欠入学」したとあるので、単純に読めば一九〇六年の新学期から編入したように見えるが、この年に限って、特別の事情が存在していた。じつは東洋商業学校は洪命憙が入学した一九〇六年の春に創立されたのである。学年構成は、本科三学年およびその前段階の予科が二学年であったが、創立初年度に予科では一学年と二学年でそれぞれ新入生を受け入れたので、創立の年でありながらすでに予科には二年生がいた。それゆえ、この年の四月に入学した予科二年生は「補欠入学」

ではなく正規入学ということになる。「自叙伝」によれば、洪命憙は正規の入学試験ではなく「補欠入学」のための試験を受けているから、正規入学でなかったこともまた確かである。

それでは、洪命憙はいつ東洋商業学校に「補欠入学」したのだろうか。洪命憙が日本に来たのは一九〇六年の春ころではないかと思われるので、九月の二学期からの編入では時間がありすぎる。そこで筆者は、洪命憙は一学期の途中で特別に試験を受けて編入したのではないかと推測する。この推定の根拠は、下宿の主人が「大成経営者」と同郷なので紹介してやると言ったのがきっかけで大成中学に行くことになったという「自叙伝」の一節である。中学校を物色している洪命憙に、下宿の主人が大成中学を紹介してやると言ったというのだ(4)。しかし、これは大成中学への紹介かどうか、疑わしいふしがある。というのは、実際には洪命憙は東洋商業学校に入ったあと、「食べるときと寝るとき以外は教科書に没頭」(5)するという過酷な受験勉強をして大成中学校に合格している。つまり、彼は紹介とは関わりなく実力で中学校に編入学したのである。

それでは、下宿の主人の紹介は何に役立ったのだろうか。筆者は、東洋商業学校の正規入学試験に間に合わなかった洪命憙が、学期初めではないのに補欠入学させてもらうことに役立ったのではないかと推測している。もちろん正規の入学試験で大勢の生徒が落第しているような状況ならば、たとえ同郷の知り合いの依頼があっても、「大成経営者」は追加の入学試験などは行なわないだろうし、そもそも下宿の主人もよく知らない外国人少年のために頼みごとをするはずはない。入学者の数が定員に達しておらず、生徒を確保する必要があったからこそ、このような便宜を図ってもらえたというのが筆者の推測である。実際、東洋商業学校の第一回卒業生の数から推察すると、創立当初の東洋商業学校は入学者が定員に達していなかった可能性が高い(6)。

洪命憙が「自叙伝」の中で「大成経営者」と書いている、下宿の主人の同郷者とは、明治三十（一八九七）年に大成中学を創立した名古屋出身の教育事業家で、杉浦鋼太郎（一八五八〜一九四二）という人物である。

いろいろな教育事業を行なっていた杉浦は、この二年前の一九〇四年「東洋商業専門学校」という日本で最初の商業学校を創ったが、生徒集めに失敗して、一九〇六年にはこの学校を整理し、かわりに「東洋商業学校」を設立した。二度目の失敗をおそれた杉浦は、生徒を集めるためにあちこちの知り合いに声をかけておき、紹介を受けた場合には受験に関しても便宜を供したのではないかと想像される。洪命憙が投宿した下宿の主人は、杉浦の依頼を受けて東洋商業学校に入学する生徒を探していたところに、韓国から来たばかりの洪命憙が中学を探していることを知り、渡りに船と思って大成中学を勧めながら準備のために東洋商業学校に入学するよう勧めたのではないかと推測するのである。

洪命憙は二十三年前に受けた東洋商業学校の補欠入学試験について克明に記憶しており、「自叙伝」に書いている。それによると、歴史は「十字軍の原因および結果」と「孔子の略伝」の二問だったので孔子の略伝の方だけ答え、地理の問題二問のうち一問は「韓国十三道の首府を列挙せよ」という洪命憙のための問題であり、博物の「棘皮動物の特徴を列挙せよ」という問題はまったく分からないのであきらめて席を立とうとしたところ、試験官がひきとめて、例でもいいから書けというので、「ハリネズミ」というとんでもない答えを書いて「首席合格」した。そのときの受験者は洪命憙も合わせて二名だったという。これはやはり、生徒を集めるための形だけの試験だった可能性が高い。

三　大成中学校の編入試験

以上から見て、下宿の主人の「紹介」は東洋商業学校への入学に関してであって、大成中学の入試とは無関係だったと思われる。大成中学は経営が軌道にのっていたし、編入試験は非常に競争率が高くて「紹介」が介入する余地はなかったはずである。杉浦が明治三十（一八九七）年に創立した大成中学は、創立の当初はかなり程度が高かったというが、その後、東京府内に公立私立の中学校が多くなるにつれて相対的に地位が低下していき、洪命憙が入学するころには「中の上」クラスになっていた。(7) 当時、東京の私立中学では、入学試験の倍率が一倍から二倍程度で極端に難しいことはなかった。ところが編入試験となると事情はまったく違っていた。

当時の中学校では生徒の一〇から二〇パーセントが落第するのが普通であり、そのほか経済、健康などさまざまな事情で中退するものが多かった。明治四十一（一九〇八）年の統計によれば、府立中学生徒の一〇パーセント、私立中学生徒の二五パーセントが学業半ばで退学している。また明治末から大正時代にかけての府立第三中学校の場合、入学した生徒が卒業できる比率は少ない年で二二パーセント、多くて四七パーセントという統計が残っている。たとえ中学に入学しても、学力のほかに資力と健康があってこそ卒業することができたのである。落第や中退で生じた欠員を補充するために、各学校では編入試験を実施して編入生を受け入れた。公立中学では編入生をほとんど受け入れなかったので、地方から上京した若者は私塾で学びながら自分の程度に合った私立中学を受け、場合によっては編入学によって飛び級をしたりした。一例をあげると、洪命憙の四年先輩にあたるある第九回卒業生は、明治三十八（一九〇五）年一月にある中学の三年生三学期に編入し、その年の秋に今度は大成中学五年生二学期に編入学して、その翌年の一九〇六年三月に中学を卒業している。大成中学在籍はわずか半年、中学校在籍期間は全部で一年と三ヶ月である。(8) また洪命憙と同じ時期に日本留学していた李光洙も、飛び級をしている。一九〇六年に大成中学に新入学した李光洙は七月に天道教の内紛で学資が途切れて退学と帰国を余儀なくされた。しかし翌一九〇七年に国費留学生として再び来日して、その年の秋に明治学院中学三年生二学期に編入した。二年も飛び級したわけだ。李光洙の場合には三年間という期限付きの学費給付であるから、こうしなければ中学校が卒業できなかったためもあろう。

大成中学では編入生にできるだけ門戸を開くのが校主の杉浦の方針であったという。そこには、財政上の問題もあったと推測される。編入試験の競争率はふつう非常に高かった。洪命憙が大成中学に編入した一九〇七年の試験倍率は不明だが、その前後に編入試験を受けて入学した卒業生の回想から当時の事情をうかがうと以下の通りである。一九〇五年五年生二学期の場合は十一名欠員に対して受験者がなんと二〇八名あった(9)。一九一一年四年生一学期の場合は十七名欠員に対して百名ほどの志望者がいたという(10)。おそらく、洪命憙の時にもやはりこのように高い競争率だったのではないかと想像される。

こうした状況であるから、中学校の編入試験に同郷の知り合いの紹介などが役に立つとは考えられない。東洋商業学校入学後の洪命憙は、大成中学校に編入するために猛勉強を開始した。彼は東京に来る前に一九〇二年から三年間ソウルの中橋義塾という新式教育を施す学校に通って、「日本語、算術、物理、歴史、法学などを含む多様な科目(11)」を学び、常に主席だったという(12)。しかし今度の競争相手は、尋常小学校で四年と高等小学校で二年間学んだ上に中学校一、二年の教育に該当する知識をもつ日本の生徒たちである(13)。言葉のハンディもあるし、英語や理科などこれまで受けたことがない科目もある。洪命憙がいた東洋商業学校予科二年生のカリキュラムを見ると、算術が週四時間、英語が週六時間、理科が週二時間ある。だが、これでは不足だと考えたのだろう、洪命憙は「数学講習所」「英語講習所」に通っている。彼の下宿のある本郷区や東洋商業学校のある神田区には数学の研数学館、英語の正則英語学校など、数多くの私塾があった。そうした私塾に通うほかに、「鉱物植物の個人教授」まで受けて入試に備えた。

数学、理科、英語などを学ぶ洪命憙の脳裏には、おそらくその前年に起きたある事件があったと想像される。一九〇四年に日本に派遣された韓国皇室留学生の事件である。彼らを受け入れて高等学校入学の準備をさせることになったのは、当時最高水準の中学校である府立第一中学だった。ところが故国で近代教育を受けていない留学生たちは数学や理科の知識がないうえに、政治と法律への志向ばかり強く、これに業を煮やした府立一中の校長が、新聞のインタビューで朝鮮人には高等教育は無理だと語ったことから、憤激した留学生たちが同盟休学をして全員退学になったのである[14]。一九〇五年末のことだ。校長のこの発言は当時日本に蔓延していたアジア蔑視の風潮を代表したものであり、また締結されたばかりの乙巳保護条約の正当性を強調したいマスコミの思惑も背景としてあったと思われる。しかし、実際問題として数学・理科などの教育を受けていない留学生が日本の学校に適応するのが至難であることを、洪命憙はこの事件で痛感したのではないだろうか。洪命憙自身もこの留学団に加わることを希望しながら家族の反対で挫折しているだけに、他人事でない思いだったはずである。この韓国皇室留学生の一人であった崔南善は、最年少でありながら班長となり、学校生活に適応できない仲間と学校側の間にたって苦労したあげく三ヶ月で帰国してしまった。姜玲珠は洪命憙が崔南善を知ったのは、この翌年に崔南善が再来日したさいだと推定しているが[15]、それならば試験準備をしている頃である。洪命憙は崔南善の話を直接聞いたことだろうし、理科・数学の準備にいよいよ熱心に取り組んだことであろう。もっとも、洪命憙はもともと自然科学の方面に進みたいと考えたほど科学に興味をもっていたから[16]、この勉強はそれほど苦にならなかったのかもしれない。

彼が中学校に入った目的は「日本語を徹底的に学んで、新学問を基礎から始める[17]」ことだったという。彼は「自叙伝」に、同国人には「明治の法科」か「早稲田の政経」に行けと勧めるものが多かったが、自分は「速成」するために苦労する必要がなかったので中学校からやって行こうと決めたと書いている。この記述から、この頃の韓国人留学生には「明治の法科」と「早稲田の政経」に行って「速成」を目指すものが多かったことが窺われる。できるだけ早く学歴を得ること、それが「速成」である。一八九四年の甲午更張で科挙がなくなった韓国では、科挙のかわりに、外国で大学卒業の資格をとって帰国し、官界で出世しようとするものが増えていた。洪命憙が日本に来る前年の一九〇五年から日本に来る私費留学生が急激に増えている[18]。息子が法律を勉強することを望んだという洪命憙の父も、最初はそのつもりで息子を日本に送り出したのだろう。

ところで同じ現象はもっと極端な形で中国にも見られた。洪命憙が使った「速成」という語は、この時期に中国で使われていた「速成教育」という言葉を念頭においていると思われる。日清戦争に負けたあとの中国では、一九〇〇年代初頭、近代化の一環として教育を近代化させるための「速成教育」が叫ばれ、これが科挙の代用としての留学現象を引き起こした。[19] 一九〇二年には二百数十名であった中国からの留学生は、科挙が廃止された一九〇五年には実に一万人前後に膨れ上がった。[20] 洪命憙が日本に留学したのは、中国と韓国を初めとしてアジアの国々から留学生が大量に日本に押し寄せた時期であった。アジア留学生は出世のことばかり考えていたわけではない。短期間に近代化を成し遂げて清とロシアに勝利した日本で学ぶことで、自分たちの国を近代化させて独立を守りたいと考えたのである。ところが、清とロシアに勝利した当時の日本では、アジア軽視、アジア蔑視の風潮が非常に強まり、多くの留学生の自尊心を傷つけて日本への反感を募らせる事件が頻繁に起こった。先に述べた府立一中の校長のインタビューもその一つである。韓国と中国の留学生が出遭ったいくつかの例をあげると、まず一九〇三年の大阪博覧会では中国館に纏足女性が見本にされて中国人学生を憤激させた。[21] 一九〇七年の東京博覧会では、朝鮮女性が見本にされたことに怒った韓国人学生が抗議し、結局、篤志家の協力を得て女性を帰国させたという事件が起きている。[22] また再留学してきた崔南善は一九〇七年三月に起こった早稲田大学の模擬国会事件[23]に怒って学校をやめた。この時期に仙台の医学校で学んだ魯迅は、忘れ得ない日本人恩師のことを、のちに「藤野先生」という小説の中で語っているが、その背景となっているのは他の教師や日本人同級生たちが日常的に見せていた、いわれのない中国人蔑視だった。洪命憙も教室で嫌な思いをしたことを「自叙伝」に書いている。

洪命憙が東京で過ごした四年間は、一九〇五年の保護条約の翌年から一九一〇年の日韓併合まで、すなわち韓国が独立を完全に失うまでの最後の時期である。日本国内では急速にアジア軽視の風潮が高まり、韓国においては国権が次つぎに奪われていった。そんな中で、一九〇七年の春に洪命憙は「好成績」[24]で大成中学の三年次編入試験に合格し、三年間の中学生活を始めたのである。

四　大成中学校の編入生たち

『大成七十年史』に寄せられた回想文の著者たちは、不思議なほど編入生が多い。大成中学では編入生を重視する方針を取っていたと卒業生も回想しているが、その方針の結果がこの現象に表われているかのようである。洪命憙が在籍していた頃の大成中学の水準は、東京の中学校のなかでは「中の上」だったと先に書いたが、極度に高い競争率の試験を突破して入学してくる編入生たちは、一般学生に比べて非常に優秀だったようだ。自身も四年次編入した第八回卒業生は次のように語っている。

「優劣の差がはなはだしく、特に変態入学者（正規の段階を踏まず、実力試験で編入学したもの―原注）の中には、抜群の秀才や豪傑がたくさんおった。しかも進級試験など眼中になく、もっぱら実力養成を主とし、教科書の勉強などは申しわけ程度で、高度の学習に余念がなかった[25]」

大成中学時代の洪命憙の姿を彷彿とさせるような文章である。洪命憙は入学した最初の学期は「学校が怖くて教科書を熱心に復習[26]」したが、その後は読書に没頭して学校も欠席がちになった。「出席が不正確なものは退学させるという校則があるぞと生徒監から脅かされたこともあった」と「自叙伝」に書いている[27]。しかし卒業生たちの回想を読むと、洪命憙の放恣ともいえる学生生活も、その実力のゆえに周囲はある程度認めていたのではないか、また認める雰囲気が当時の大成中学には存在していたのではないかと想像される。

洪命憙は試験では常に一、二番であった。あるとき『万朝報』の優等生欄に写真入りで紹介されたが[28]、それは「大成経営者がひどく自分を褒めた」ためらしいと「自叙伝」書いている[29]。平生の生活態度を問題にしないで洪命憙を優等生として推戴した「大成経営者」の姿勢に、実力のある編入生の場合は生活の乱れも大目に見ようという方針が感じられる。

やはり編入生で、洪命憙より一年後輩にあたる第十四回卒業生はこんな回想を残している。

「わが大成中学校は、この途中編入に広く門戸を開いていたので、四年、五年になると、下級学年とはうって変わり地方色がきわめて豊かとなっていたようである。いずれも郷里の中学校をあとにして上京した者どもであるから、どこか尋常一様でない一癖者が多かった。秀才もおれば努力型もあり、いわば野人の集まりであって、公立の中学校とはふんい気を異にした。[30]」

この卒業生は四年次編入生であるから、彼にとっての上級生とは、彼が四年生に編入したときに五年生であった洪命憙の学年しかいない。彼は同じ文章のなかで上級生について回想しながら、「上級学年には二十歳を越えた者もいて、中等学校とはいえ大人の学校のような感じもあった」と書いている。彼が思い浮かべていたのは、当時二十一歳の洪命憙ではなかっただろうか。

洪命憙は五年生の二学期末ころ学校に行くのをやめてしまい、三学期はまったく出席せず試験も受けなかった。それにかかわらず、大成中学は洪命憙を卒業扱いにして卒業証書を送り、卒業者名簿に記載している。第七回卒業生の回想文によると、そのころ大成中学には「特別卒業」という制度があったという。卒業時には各科目の点数を記して成績順に卒業生の一覧を印刷するのだが、なかには特別に点数の記入がないまま卒業させることもあった。これが「特別卒業」である[31]。洪命憙もこの制度によって卒業扱いになったのだと推測される。余談だが、特別卒業のことをありがたく回想しているこの卒業生は一高を狙うつもりで大成中学に編入したのだが、遊び癖がとれず、結局この制度のおかげでようやく卒業することができたという。しかし、その後、猛勉強して京都帝大に進み、政治家になって衆議院議長までつとめている。

洪命憙が「自叙伝」に名前を挙げている唯ひとりの日本人同級生も、編入生であった。

「四年生のときの学年試験で私をおさえて一位だった関沼某は現在医学博士としてかなりの名声を得ているというが、あまりぱっとしないその人物では、試験場で私のライバルになるには、実のところ少々不足であった」(32)

ところが卒業名簿を見ると、洪命憙と同級の第十三回卒業生の中に「関沼」という姓は見当たらない。「関」という人と「鯉沼」という人がいるので、洪命憙はこの二人を混合して記憶してしまったようである。該当するのは「鯉沼茆吾」という人物で、洪命憙より一年後の四年生から大成中学に編入学し、最終学年の五年生の時には級長をしていた。卒業後は一高から東京帝大に進んで医学博士になるというエリートコースを歩んでいる。ろくに勉強をしなくても鯉沼氏と席次を争い、「ライバルになるには不足」書いた洪命憙の優秀さがしのばれる。鯉沼氏は回想を書きながら洪命憙のことを思い出したのだろう。こう書いている。

「同級生に洪命熹《ママ》という半島人がいた。たいへん成績の良い人で、特に記憶力がよく、いつも級の一番か二番を占めていた。南鮮か北鮮かわからないが、このごろどうしていることであろうか」(33)

『大成七十年史』が刊行されたのは一九六七年で、洪命憙はこの翌年に北朝鮮で亡くなっている。

ところで「自叙伝」には出てこないが、洪命憙が忘れ得なかった日本人同級生がもう一人いる。洪命憙が大成中学三年生に編入したとき同じクラスにいた生徒である。一九三五年に『朝鮮日報』に掲載した「大トルストイの人物と作品」の中で、洪命憙は、トルストイの「我宗教」をはじめさまざまな本を貸してくれた熱心なキリスト教徒の同級生を、名前は出さぬまま回想している。

「『我宗教』は人の本を借りて読んだが、本の持ち主の勧めであった。その本の持ち主は私の同級生で転校して春園の同級生となった人物である[34]」

春園とは李光洙の号である。その人、山崎俊夫（一八九一～一九七八）は盛岡で生まれ盛岡中学に進んだが、二年生のときに上京して大成中学に編入学し、翌年編入してきた洪命憙と同級生になった。山崎は自著年譜に、「洪命憙という朝鮮人の生徒ともっとも親しく交際した[35]」と書いている。彼らが同じクラスで学んだのは一年間だけで、四年生になるとき山崎は明治学院普通部に転校して、偶然にも今度は春園李光洙と同級生になった。李光洙とは文学を通じて付き合いが深かったようで、李光洙は回想記や日記に彼の名前を記している[36]。

明治学院を卒業後、山崎は慶應義塾大学に入学して長井荷風に師事し、「三田文学」や「帝国文学」に特異な作風の小説を発表した。その中には明治学院を舞台に李光洙を実名（幼名李宝鏡）のまま主人公にした短編「耶蘇降誕祭前夜」もある。大学卒業後は文学から離れて忘れられた存在となってしまったが、最近、その特異な作風に注目したある出版社が作品集を刊行した[37]。この中に収められたあるエッセーの中に、山崎が洪命憙を懐かしんで書いた一節がある。少し長いが引用する。

「同級生に洪命憙という名の朝鮮人がいた。色白の眉目秀麗な顔立ちだったので、君は朝鮮の李王家の親類かとわたしが尋ねたくらいだった。

洪君には別に友達もなく、またわたしもあまり交際家でなかったので、わたし達は何時のまにか無二の親友となってしまった。朝鮮からはるばる日本に留学してる位だから、かなり余裕のある家庭だったのだろう、猿楽町の彼の下宿に行くと、机の上には高価な新刊書がうず高く積まれてあって、貧乏学生のわたしなどは何時も洪君から借りて読むことになっていた。

トルストイ、松村介石、徳富蘆花、夏目漱石などに心酔していたわたしを揶揄しながら彼は、思想的なもの、哲学的なもの、社会学的なものに傾倒してゆく傾向があった。（中略）

彼が帰郷したのは何時頃だったか、わたしはもう忘れてしまった。お互いに消息を断って何十年、ふと、ある日の新聞に彼の名が活字となって現われた。その記事によると、彼は北朝鮮の首班の一人として上げられていた。

私は信じられなかった。同名異人かも知れない。手紙を出してみようかとも考えたが、話して彼の手に届くかどうかは疑問だからあきらめた(38)」

山崎俊夫は洪命憙と李光洙の二人と同級生になり、かつ二人とも親しくつきあった珍しい日本人である。

中央バプティスト教会会堂（写真①）
『三崎町にある我等の教会』所収　三崎町教会五十年史編集委員会、1958年
洪命憙が四年生の1908年11月に建てられ、1913年に神田大火で焼失した。会堂の右隣に大成中学校の屋根が見える

校　學　中　成　大（写真②）

洪命憙が通っていたころの大成中学。『帝国学校名鑑』所収、学校新聞社、1910年

兵式体操（大正３年）(写真③)

洪命憙が卒業して4年後の1914年の写真。この運動場は1913年の神田大火でも焼けなかった。民家に囲まれた運動場でゲートルを着用した学生たちが兵式体操をしている。『大成百年史』より。

五　洪命憙の東京生活

1　学校生活

洪命憙は東洋商業学校を紹介してくれた主人の下宿に半年ほど滞在してから、仲間たちと家を借りて移り住んだと自叙伝に書いている[39]。何人かの学生で共同して一軒家を借り、飯炊きの下女を一人雇って暮らすのは、留学生だけでなく地方から上京した日本人学生たちもよく取る生活形式であった。山崎の回想にでてくる「猿楽町の下宿」というのが、おそらく共同生活の家のことであろう。当時の猿楽町は現在の西神田一丁目か猿楽町一あるいは二丁目で、大成中学のすぐ近くである。また最初の下宿については、李光洙がある座談会で洪命憙との出会いを回顧して、下宿は「本郷元町の玉真館[40]」だったと語っている。明治末の元町は現在の文京区本郷一、二丁目で、現在は元町小学校や元町公園などにその名をとどめている。東洋商業学校と大成中学は神田区三崎町にあった。中央バプティスト教会のりっぱな石造りの会堂（写真①）に隣接した木造二階の大きな瓦葺の建物が大成中学であった（写真②）。この周辺には学校や私塾がたちならんでいるほか、芝居小屋も多くあって娯楽にもことかかない活気にあふれた若者の町であった。現在もそれは変わっていない。

東洋商業学校と大成中学はともに杉浦鋼太郎の経営によっており、建物の裏手で敷地がつながっていて、同じ運動場を使用していた。運動場は民家に囲まれていて、朝、体操をしていると味噌汁のにおいが漂ってくることもあったと鯉沼茆吾が回想している。そのころの体育授業で行なっていた兵式体操の写真が『大成百年史』に収められており、当時の運動場の面影と学生の姿を伝えている（写真③）。洪命憙がもし真面目に体育の時間に出席していたならば、東洋商業学校時代も大成中学時代もここで運動したことになる。

大成中学は街なかにあっただけに敷地が狭く、そこに校舎がいくつも建てられて、昼は中学、夜は国語の私塾として有効利用されていた。それで学校の右の門柱には「大成中学」、左の門柱には私塾の「国語伝習院」という札が下げられていた。門を入って右手の小さな建物には体操教師の生徒監督がいて、服装を点検したり遅刻者にお説教をしたりした。大成中学の生徒は白いゲートルを着用することが義務付けられていたので、おしゃれな学生は校門を出るとすぐにゲートルをはずしたと卒業生が回想している。洪命憙が学んだ校舎は、彼が卒業して三年後の大火事（神田大火）で焼失してしまった。

2　経済生活

最後に洪命憙が東京で送った生活を経済的側面から見てみよう。

夏目漱石の有名な小説『坊ちゃん』の主人公は、一九〇二（明治三十五）年に父の遺産を六百円受け取り、それで三年間学ぼうと決心して物理学校に入った。二百円で一年間勉強できるという計算である。三年後の一九〇五年、すなわち洪命憙が来日する前年にそこを卒業し、月給四十円の高給契約で教師として四国に赴任したが、上司と喧嘩して東京に戻り、今度は月給二十五円で東京市街鉄道の技手になった。それでも彼は家賃が六円の一軒家を借りて、婆やの清《きよ》を引き取っている。つまり、この頃は一年に二百円あれば下宿して学ぶことができたし、ひと月二十五円あればつつましい社会生活が営めたわけである。

洪命憙は、東京留学中は父親から月に二十五円の仕送りを受けていたほか、五十円、百円ともらっていたので本を買う金には不自由しなかったと、ある対談で語っている[41]。東京では日露戦争後、下宿代が急に値上がりして、洪命憙がいた頃は九円から十円というのが相場になっていた。一方で学校の月謝はほとんど上がらず、その頃の大成中学は三円くらいだった。参考までに李光洙が在籍していた明治学院普通部は二円五十銭である。当時よく売れていた地方学生のための案内書も、東京の下宿学生はひと月に二十円あれば楽に生活できると書いている。(42)友人たちと一軒家を借りて住んでいれば、生活費用はもっと安くて済んだであろうから、月に二十五円プラスアルファの収入があった洪命憙は、経済的にはかなり豊かな学生生活を送ったと言える。洪命憙の行きつけの古本屋は、彼のためにわざわざ発禁本を取っておいてくれたというが、それも洪命憙の金の払いっぷりが良かったからであろう。

話が少しそれるが、洪命憙が日本で本を読みあさった一九〇八年から九年（明治四十一～四十二年）は、日本文学史上、記録的に発禁本が多い時期であった。発禁の種類は、おもに自然主義作品が対象とされた風俗壊乱のほかに、社会思想書の秩序紊乱があった。洪命憙は親しくなった本屋の主人のおかげで、この両方の類の発禁本を入手したようである。洪命憙が日本を離れた一九一〇年には社会主義を弾圧するために捏造された大逆事件が起きているが、この年をピークにしてその翌年には発禁本のほとんどが風俗紊乱類となり、その翌年から始まる大正時代に入ると、発禁本の数自体が激減している。(43)

六　おわりに

以上、洪命憙の「自叙伝」と『大成七十年史』を主な資料として、留学時代の洪命憙を取り巻いていた状況を考察してみた。

明治の末に洪命憙が過ごした東京留学の舞台は、現在の総武線の水道橋駅近辺である。総武線の水道橋駅で後楽園が見える東口にある水道橋、その前の信号を渡ると右角に都立工芸高校の近代的な建物が立っている。そのあたりからが昔の元町である。神田川ぞいの道を登っていくと元町の名前を記念した元町公園がある。

次に、もう一度水道橋駅まで戻ってガードをくぐり線路の反対側に出れば、左手角に新築の高層建物があるが、それがあの東洋商業学校の後身、東洋高等学校である。そこから神保町方面に数一〇メートル行くと、瀟洒な三崎町教会が立っている。そしてその隣にある無味乾燥な日本大学経済学部の建物の敷地が、むかし明治の末に洪命憙が通った大成中学校があった場所である。

一九〇九年二学期が終わるころ、洪命憙は本の読みすぎで神経衰弱になり、三学期にはもうこの学校に通おうとしなくなっていた。彼の心を病んでいたのは過度の読書だけではなかった。すでに一九〇九年七月に日本政府は韓国併合を閣議決定していた。十月に起こった安重根の伊藤博文狙撃事件は世論を悪化させて併合への動きを加速化し、十二月には韓国で一進会が日韓合邦に関する請願書を提出した。東京の留学生たちはこうした閉塞状況の中で勉学意欲を失っていったのである。洪命憙は一九一〇年二月に東京での留学生活を終えて帰国した。四年間の東京生活だった。

※本研究は二〇〇三年から二年間、日本学術振興会の科学研究費・基盤研究（C）（課題番号 2410127）の助成を受けている。

（1）姜玲珠『洪命憙研究』（以下『研究』と略記する）、創作と批評社、一九九九、三八頁
（2）『大成七十年史』、「編集後記」、三三八頁
（3）姜玲珠『碧初洪命憙와〈林巨正〉研究資料』（以下『資料』と略記する）所収、四季節社、一九九六
（4）『資料』二六頁
（5）同上、二七頁
（6）波田野節子「洪命憙が東京で通った二つの学校—東洋商業学校と大成中学校—」本書一五二頁
（7）同上一五〇頁
（8）『大成七十年史』一三七—一三九頁
（9）『大成七十年史』一三八頁

(10)『大成七十年史』一六二頁
(11)『研究』三六頁
(12)『資料』二八頁
(13)一九〇七（明治四十）年に小学校令により義務教育がそれまでの四年から六年に延びている。なお当時の中学校は尋常小学校四年のつぎの段階である高等小学校（四年まであった）二年生まで修了すれば入学できた。また修了証書の有無にかかわらず、試験に受かれば編入できた。
(14)上垣外憲一『日本留学と革命運動』、東京大学出版会、一九八二、一三三―一三六頁／武井一『皇室特派留学生』、白帝社、二〇〇五
(15)『研究』五四頁
(16)洪命憙・薛貞植対談、『資料』二一三頁
(17)同上
(18)『研究』三九頁
(19)厳安生『日本留学精神史―近代中国知識人の軌跡』、岩波書店、一九九一、第一章〈日本留学と「中体西用」〉参照
(20)同上、六四頁
(21)同上第三章〈「人類館」現象と「遊就館」体験〉参照
(22)『太極学報』第十一号、一九〇七・六
(23)上垣外憲一『日本留学と革命運動』、一四〇頁
(24)『万朝報』一九〇九（明治四二）年六月四日の優等生紹介欄に洪命憙が顔写真とともに紹介され、「好成績にて合格し、現に五年生の首席を占め居れり」とある。
(25)『大成七十年史』一三四頁
(26)『資料』二七頁
(27)『資料』二八頁
(28)註（24）参照
(29)『資料』三〇頁

(30)『大成七十年史』一四六頁
(31)『大成七十年史』一三〇頁
(32)『資料』二八―二九頁
(33)『大成七十年史』一四一頁
(34)『資料』、八三頁
(35)『山崎俊夫作品集補巻2』、奢灞都館、二〇〇二、二一六頁
(36)一九二五年に『朝鮮文壇』第七号に掲載した「日記」、一九三六年に『朝光』四号に発表した「多難な半生の途程」、同年『朝鮮日報』に連載が始まった「彼の自叙伝」など。
(37)『山崎俊夫作品集』全五巻、一九八六～二〇〇二、奢灞都館
(38)『山崎俊夫作品集補巻1』、奢灞都館、一九九八、二一一―二一二頁
(39)『資料』二六頁
(40)「春園文壇生活二十年を機会とする文壇回顧座談会」、『三千里』一九四三年十一月号、二三五頁
(41)『資料』二一六頁
(42)『最近調査男子東京遊学案内』、一九〇九、博文館、五〇一頁
(43)「現代筆禍文献大年表」一九三二（『斎藤昌三著作集第二巻』八潮書店、一九八〇）参照

Ⅳ

金東仁の文学に見る日本との関連様相

――「女人」について――

一　「女人」以前――「朝鮮近代小説考」

一九一九年に日本滞在を終えて朝鮮に帰国した金東仁《キムドンイン》（一九〇〇～一九五一）は、二年後の一九二一年から放蕩をはじめた。しかし、そんな中でも小説は書き続け、「배따라기（船唄）」（一九二一）「태형（笞刑）」（一九二二）「감자（いも）」（一九二五）など初期のすぐれた短編を生み出してきた。ところが一度おさまった放蕩が再開した一九二五年の後半あたりから執筆量が極端に減り、一九二七年に発表した二つの短編[1]をのぞくとほぼ四年間、金東仁は小説創作から遠ざかってしまった[2]。この間、彼は生活の激変の中にいたのである。一九二六年の正月に財産を調べて激減していることに驚いた金東仁は、挽回のために灌漑事業に手をだして失敗し、莫大な借金を負った。翌二七年には破産し、妻は残った金をもって家を出てしまう。このような生活の中で、彼は創作意欲を喪失していたのだろう。金東仁がようやく長い空白期を脱したのは、一九二九年夏に発表した評論「朝鮮近代小説考」によってであった。

『朝鮮日報』紙に十七回にわたって連載したこの評論で、金東仁は朝鮮の近代小説が歩んできた道程を整理し、「朝鮮近代小説の祖[3]」の栄冠を李人稙《イインジク》にあたえる一方で、李光洙に対してはその教化主義を辛辣に批判した。そして『創造』の文芸運動によってはじめて朝鮮の小説は「人生問題の提示という小説の本舞台に上った[4]」のだと、自分たちの同人誌を高く評価した。李人稙への高い評価と李光洙の評価切り下げは一九二五年の評論「小説作法」の中でも見られたが、『創造』の自己賞賛はこれがはじめてである。金東仁はまた最終章の「私と小説」において、自分たちが社会の「完全な無視[5]」に耐えながら行なってきた近代的文体の創出について語り、その功績を主張した。口語体（過去形）の徹底化、HeとSheの代名詞の普遍的使用、形容詞と名詞が不足する中での単語との格闘など、自分の行なってきたさまざまな試みを具体的に説明しながら、金東仁は近代文学に対して果たした功績をみずから称揚したのである。

ところでこの「私と小説」後半部で、金東仁はここ数年間の自分の生活について語っている。金東仁は自分の放蕩を「私の狂暴な思想の反響である凶暴な生活様式」[6]と呼んで、放蕩をはじめた原因を創作理論の破綻に帰している。それによれば、自分が創造した世界であるにもかかわらず小説内で登場人物が人形のように動かなかったことから自分の中に「二元的性格」を意識した彼は、「すべてを『美』の下に服従させる」[7]ために放蕩をはじめたというのである。放蕩のあいまに小説を書きながら、彼は一九二四年ころ文体における「強烈な東仁味」[8]を確立するが、事業に失敗して祖父の代からの財産をすべて失い、妻は金をもって出奔してしまう。

文学的な理由からはじめた放蕩がひきおこした破産、妻の出奔、そして「貧人」[9]に転落することへのすさまじい恐怖——苦闘のすえにそれらを克服して精神的に原状回復したことを語った金東仁は、最後を次のように結んでいる。

「このところ私にはもっと書きたいことがたくさんある。事業の失敗の経過は？ 妻の出奔は？ その後は？ 子供たちは？ 海州、宜州、定州などの地での漂浪は？ 今の生活は？

しかし、これらすべてのことはまたの機会を待つことにして、いまはただささびしい身を二人の子供をつれてわが母の懐に帰り、また文芸の戦線に出る準備をしているということで終わらせておこう」[10]

数年にわたる激動生活の中で創作意欲を失っていた金東仁が、「文芸の戦線」に復帰する準備に入っていたことが、この文章からはうかがわれる。「朝鮮近代小説考」という評論は金東仁にとって、それまでの人生の文学面における総括であり、「文芸の戦線に出る準備」[11]であったといえる。財産をなくし、妻に逃げられて自尊心がずたずたになった金東仁が、それでも「傲慢な性格」を失うまいと苦闘したとき、よりどころになったのは自分がそれまでやってきた文学上の仕事だったのだろう。財力によって常に文壇の中心的人物であった金東仁が、財産を失ったあと自尊心を守るために行なったのは、朝鮮近代文学史上に自分の仕事を不動の業績として刻みこむことであった。この「朝鮮近代小説考」で初めて見せた文体に関する自己顕彰を、彼はその後いくども繰り返し、その主張はやがて文学史上の事実として定説化されていく[12]。また『創造』創刊についても金東仁は、二年後の評論「文壇懐古」以降、文学史上の重要事件として何度も回想することになる。そして時がたつにつれて、その記述には微妙な誇張がまじってゆくのである[13]。

二　「女人」

「このところ私にはもっと書きたいことがたくさんある」という「朝鮮近代小説考」の言葉を受けるようにして、その四ヶ月後に連載がはじまったのが「女人」である。

「女人」は一九二九年十二月から『別乾坤』に掲載され、一九三一年三月に『彗星』が創刊されるとそちらに移って、同年十一月までの二年間、計十四回にわたって連載された。『別乾坤』連載時には〈女人――追憶の辿り道――〉[14]というタイトルだったが、『彗星』では〈追憶の辿り道――「女人」の継続――〉[15]とされ（別表参照[16]）、連載終了後は『女人』[17]というタイトルで出版された。一九六八年に出た全集に収録されているテキストは雑誌に連載されたものと少し違っているので、単行本を底本にしていると思われる。雑誌連載時には全九章で十人の女性だったのが、全集版では二人の女性の章が削られて全七章八人になり、前書きもそれにしたがって整理されている。また年号も西暦から大正・昭和に変わっていて[18]、後書きがついている。

「女人」は語り手「私」を主人公とする一人称小説で、レトリックとして「私」を「金東仁」という固有名詞で呼ぶこともある。連載第一回を見ると、前書きが「私の三十年の生涯を通して…」という文章ではじま

別 表

	掲載雑誌	掲載時期	タイトル	小見出し	作品内時間
1	別乾坤	1929年 12月	女人 −追憶의 더듬길	1. 메리	1915年秋～
2		1930年 1月	創作　女人(續) −追憶의 더듬길	中島芳江	～ 1916年夏
3		2月	女人(三)	3. 万造寺あき子	1918年秋～ 1919年夏
4		7月	女人 −追憶의 더듬길	4. M 5. 金玉葉	1921年
5		8月	創作　女人 −追憶의 더듬길	金玉葉과 黃瓊玉(속)	
6		9月	女人(六) −追憶의 더듬길	5. 金玉葉과 黃瓊玉(속)	
7		11月	女人(七) −追憶의 더듬길	6. X 7. 蟬丸	1921年末
8		12月	小説 女人(八) −追憶의 더듬길	7. 蟬丸(속)	～ 1923年春
9	彗星	1931年 3月	創作 追憶의 더듬길 −「女人」의 継続	9. 廬山紅	1925年春～
10		4月	小説 追憶의 더듬길 −「女人」의 継続	廬山紅(속)	
11		6月	小説 追憶의 더듬길 −「女人」의 継続	廬山紅(속)	1926年春
12		8月	創作 追憶의 더듬길 −「女人」의 継続	廬山紅(속) 金白玉	～ 1927年冬 1928年冬
13		9月	小説 追憶의 더듬길 −「女人」의 継続	金白玉(속)	1929年
14		11月	女人−追憶의 더듬길	金白玉(속)	～ 1930年春

り、つづく本文の書き出しは「一九一五年の秋だった。明治学院中学二年生十六歳の少年金東仁は…」となっている。

「女人」とは、主人公がこれまで出会って今も心にきざみこまれている女性たちのことだ。連載第一回の前書きには、これから語る女性たちの名前が列記されている。

わたしは一度それを順番に書いてみようと思う。メリー、中島芳江、万造寺あき子、金玉葉《キムオギョプ》、M、蟬丸、黄瓊玉《ファンギョンオク》、X（名前も知らない）、盧山紅《ノサンホン》、金白玉《キムペオク》――あわせても十名、その中で黄瓊玉、金白玉の二人（一人は京城、一人は鎮南浦の妓生）はすでに静かなあの世に旅立った人間であり（神よ、幼い彼らの霊を守り給え）、メリー、芳江、あき子、蟬丸、Xの五人は住所どころか生死もわからぬ人間である。金玉葉は七度目の家庭生活を始めたという噂を聞いた。Mは幸せな家庭の良妻として何人かの子供の母親としてのつとめをりっぱに果たしているといい、盧山紅は現在京城で売れっ妓だという(19)。

中学時代の初恋の相手メリーは金髪の混血児。そのころ近所に住んでいた少女中島芳江と藤島武二の門下生時代の恋人万造寺あき子、それから平壌でひいきにした芸者蟬丸の三人は日本人である。残る六人は朝鮮人で、うちXは大同江の岸辺で出会った名も知らぬ女性、Mは人妻(20)、そして金玉葉・黄瓊玉、金白玉・盧山紅の四人は妓生となっている。

舞台は連載三回までが東京、そのあとは朝鮮で、後半は主人公と妓生たちとの出会いと別れを縦糸に、放蕩、事業の失敗、破産、妻の出奔などが描かれている。経済的転落と家庭生活の崩壊のなかで、主人公は急速に青年時代を終えて中年男性へと変貌してゆく。最後は「時間」によって痛手を癒された主人公が、新聞小説執筆のために龍岡温泉に行く途中、前年急死した妓生金白玉の墓をさがす場面で終わっている(21)。別表にあるように、最後の場面は一九三〇年春であり、「女人」の連載がはじまったのは一九二九年十二月である。したがって最終回での主人公はこのときすでに執筆活動を再開しており、「女人」連載の三回までを終えていることになる。金東仁は「女人」において、一九一五年秋から「女人」連載をはじめた直後までの自分を描いたのだ。

金東仁にとって「朝鮮近代小説考」が文学面における過去の総括であったとするなら、四ヶ月後に連載をはじめた「女人」は、彼の個人生活における総括であったということができるだろう。「女人」の後書きで金東仁はこう書いている。

　自伝――その中でも女性に関する部分を書くのはつらいことだ。（中略）しかし三十を一期とした過去を清算しようとして書きはじめた筆であるから、そう簡単に投げ出すわけにはいかなかった。[22]

この一九三〇年から一九三二年にかけて、金東仁は家庭と経済面での生活再建を行なっている。婚約・再婚し[23]、それまで拒否していた新聞の連載小説を引き受け、京城へ転居して月賦で家屋を購入し、やがては野談や歴史小説の執筆にも手をそめるようになる。[24] 親から受け継いだ財産を失った金東仁は、もはや文筆によって生きるしかないと腹をくくったのだ。「原稿は書いても金は受けとるものではない[25]」とうそぶいていた金東仁にとって、それまでの生き方を根底からひっくり返すような大きな変化であった。このような生活立直しの時期に書かれたのが「女人」である。新たな結婚生活をはじめるにあたり過去の女性関係をさらけ出して清算したいという思いもあったであろうが、それ以上に金東仁にとっては、過去の自分を見つめ直すことによって、これまでの生き方とは違った人生をあゆむ決心をする必要があったのだと思われる。

ところで『別乾坤』と『彗星』の目次を見ると、「女人」はつねに文芸か創作欄に入れられており、タイトルの下には（小説）あるいは（創作）という文字がついている。また別表に見るように、本文のタイトルにも時おり「創作」とか「小説」という文字がつく。少なくとも本文のタイトルは作者が決めていたと思われるのだが、自分で自伝と呼んでいる作品に、なぜ金東仁は「創作」や「小説」の文字をつけたのだろう。もちろん、自分と周辺の人物を実名で登場させて「女人」という扇情的なタイトルで女性遍歴を語ることは当人としても面映ゆかったであろうし、こうした形で少しでも曖昧性を付したいという思いがあったと想像することはできる。しかしそれだけではなく、彼にはこの自伝が自分の「創作」した「小説」であるという意識があったのではないだろうか。

自伝小説においては、時間と空間が現在の地点から遠ざかるほど、創作の要素が入り込む余地が大きくなる。時間の濾過作用をへた記憶は忘却や思い入れによってねじまげられるし、遠く離れた異国が背景になると、記述の不自然さに対する読者のチェックが甘くなるからだ。おそらく「女人」の読者は、東京が舞台になっている部分に関しては少し不自然な記述があっても、気にとめず受け入れたに違いない。

だが日本人である筆者は「女人」の「万造寺あき子」を読んで、すぐにいくつかの疑問をいだいた。モデルもまだ珍しかった大正時代に[26]、異性の恩師や友人たちの前で全裸になることのできる女性が本当にいたのだろうか。また藤島の門弟というが、石膏像ひとつ模写したことがない若者が、藤島武二のように著名な画家に直接師事することができたのだろうか。そもそも官立の美術学校の教授であり現役の大画家である藤島が、自宅に門弟をあつめて自分の「もてる知識をすべて与え[27]」る必要があったのだろうか。

こうした疑問を明らかにするために、筆者は「女人」を実証的に考察することにした。もちろん「女人」の記述に事実でないことが混じっていたとしても、それはこの作品の文学的価値とは何らかかわりのないことである。筆者が問題にしたいのは、「自伝」だと作者自身がことわっている作品の中に「創作」としか思われない部分が混じっていたとき、それは何を意味するのか、作者のいかなる側面がそのような形で表出したのか、ということである。

以下では、「女人」の中の日本に関する部分について、その事実性をできるだけ実証的に検証し、もし創作と思われる部分があるなら、それが金東仁において何を意味していたのかを考えてみたい。

1 「メリー」と「中島芳江」

一九〇〇年陰暦十月に平壌で生まれた金東仁は、一九一四（大正三）年春、日本の東京学院中等部に入学した。平壌で同じ小学校だった朱耀翰《チュヨハン》が宣教師である父親といっしょに日本に来て明治学院で学んでいたので、その後輩になるのが嫌で東京学院に行ったという。ところが入学した翌年の春に東京学院中学が閉鎖されて、在学生は青山学院と明治学院の中等部にふりわけられることになった。金東仁は明治学院にふりわけられ、結局二年生から朱耀翰の後輩になってしまった[28]。

東京学院は米国バプテストミッションが明治二十八年に築地居留区内に創立した私立学校で、金東仁が入学したころは牛込区市ヶ谷左内坂にあった[29]。学校が市ヶ谷の陸軍士官学校の近くにあったので放課後は青山練兵場をまわって買い食いをしながら中渋谷の下宿に帰ったと、金東仁は「文壇三十年의 자취（文壇三十年の軌跡）」で回想している。休日は浅草に出て帝国館や電気館などの洋画専門館でチャップリンの映画を見たり、仲見世を歩いたりして、異郷生活とはいえ、それなりに楽しい少年時代を過ごしたようである[30]。

「女人」の連載第一回「メリー」と第二回「中島芳江」には、金東仁が明治学院に在学していた時期に出会った二人の少女の思い出が語られている。二年生の春に明治学院中等部に編入学した金東仁は、その年の秋になって中渋谷の下宿を引き払い、学校近くの白金台町の下宿に移った。以下は「メリー」の書き出しである。

一九一五年秋だった。明治学院中学校二年生、十六歳の少年金東仁は、芝区白金台町のある家に引っ越した。（中略）目黒に行く電車を白金台町で下りて右側、聖心女学院へ行く坂道を半分くらい下って右手にある楼閣のような家が、私が住むことになった下宿だった。

当時の白金台町一帯はまだ新開地で、私の新しい下宿の東側と北側は人家に接していたが、南側は道をはさんで何千坪の空き地があり、西側もやはり三、四百坪の空き地を越えてようやく家があった。[31]

主人公〈金東仁〉は引っ越してすぐ、下宿の隣家に住む金髪の少女メリーを物干し場から見て恋に落ちる。だが知り合うチャンスもないままやがてクリスマスをむかえ、メリー一家は引っ越してしまう。最初は旅行かと思っていたのに、正月休みがすぎてもメリーが帰ってこないため、傷心した彼は春にとうとう病気になる。このころ同じ下宿のRが近所に住む十二、三歳の尋常小学生の少女に恋していて、彼女の友だちの中島芳江を恋人にしろと〈金東仁〉に勧める。芳江は〈金東仁〉に対して子供らしい擬似恋愛感情を抱いている（と彼は思っていた）。やがてRは恋煩いのために精神に異常をきたし自殺未遂事件を起こす。「一九一六年七月十六日」、芳江の見送りを受けて、夏休み帰省のために主人公が「白金台の停留場」で電車に乗るところで、「女人」の第二回は終わっている。

金允植は『金東仁研究』で、メリー実在の有無にかかわらず、この初恋事件は文学に目をひらこうとしている金東仁が体験した「幻覚」に過ぎないと書いている。[32] たしかに、この幼い初恋の話はまるで憧憬が作りあげた夢のような印象をあたえる。金東仁には時おり極端に感傷的な作品が見られるが、「メリー」の書かれたこの時期に、そうした傾向の作品が集中している。「水晶비둘기（水晶の鳩）」「少女의 노래（少女の歌）」「무지개（虹）」などが典型的であり、純情シリーズ——「夫婦愛篇、恋愛篇、友愛篇」もその部類に入る。[33]「メリー」を書きながら自分が少年の日に生きていた世界をよみがえらせた金東仁は、現在の状況とひきくらべて人生

のはかなさを痛感したのだろう。「水晶비둘기」等の小品にあふれる西洋的な雰囲気は、中学時代に読んで夢中になり一九二五年には一部翻案までした英国小説『エルキン物語』[34]に通じるものがある。このころ書かれた短編「죽음（死）」[35]には「女人」の最後の場面と同じ共同墓地が出てきて、破産した金東仁が貧しさへの恐怖のあまり死を強く意識したことをうかがわせる。極限的な状況におかれた金東仁は、過去に見た少年の夢のセンチメンタルな情感にひたることで現実から逃避し、心理的な慰めを得たのではないだろうか[36]。

　ところで「メリー」と「中島芳江」を読むと、たとえばメリーが拾ってくれた野球の球を〈金東仁〉が捕りそこねて鼻血を出すエピソードのように、多少作り物らしい印象をあたえる部分もあるが、メリーの名前を最初のうちは兄のアーサーと取り違えていた話などは具体的で現実感があるし、芳江についての「朱色の地に唐草もようのハヲリの脇あきにいつも手をつっこんでいる、蒼白で丸くて平べったい顔をした顔の持ち主」[37]（傍点部分は原文が日本語）などという描写には、いかにも大正時代の尋常小学生らしいリアリティが感じられる。とりわけ具体的なのは、下宿周辺の地理に関する記述である。そこで論者は記述の正確さを確認するために現地を調査してみた[38]。

　金東仁が白金台に住んだ大正四（一九一五）年の地図によってこの下宿の位置を推定したかったのだが、残念ながらその年の地図が入手できず、すこし時代は下がるが大正十年と昭和五年の地図、それに現在の住宅地図をもって現地を調査してみた。大正十年の地図によれば、旧「白金台町」には一丁目と二丁目があり、電車通り（現在の目黒通り）にそって長く伸びていた。現在この二つの町は合併されて白金台四丁目と町名変更されている。「目黒に行く電車を白金台で下りて」とある「白金台」とは、旧一丁目と二丁目の境にあった日吉坂上停留場だと思われる。ここは「一九一六年七月十六日」に中島芳江に見送られて夏休みの帰省のために電車に乗った停留場でもある。

　この旧白金台町の停留場付近で「聖心女学院方面に下る坂道」に該当しそうな道を探してみたところ、停留場があった辺にそれらしい坂道があった。そこから電車通りを越えると桑原坂という長い坂があり、その先に明治学院があるから通学には便利だったはずだ(39)。この坂道を聖心女学院に向かって下ってみたところ、道の左手には国立公衆衛生院の大きな建物がそびえていて、その後ろに東京大学医科学研究所があった。大正時代の地図では、この場所は帝国大学伝染病研究所の広大な敷地になっている。「道をはさんで南側の何千坪の空き地」はこの敷地に該当することになる。

以上の推定をもとにして、現地を歩きながら、金東仁が明治学院に通っていた大正四年から五年当時のそのあたりの様子を再構成してみた。(別図参照)

目黒方面行きの路面電車を日吉坂上で下車して右の角をまがり、聖心女学院の方に坂を下りてゆくと、右手に木造の高い建物がある。それが金東仁の下宿だ。その辺はまだ新開地で、下宿の向かいも西隣も空き地になっている。西隣の三、四百坪の空き地の向こうには洋風に改築された日本家屋が見えるが、それがメリーの家である。下宿の前の何千坪もある大きな空き地(伝染病研究所の敷地)で、

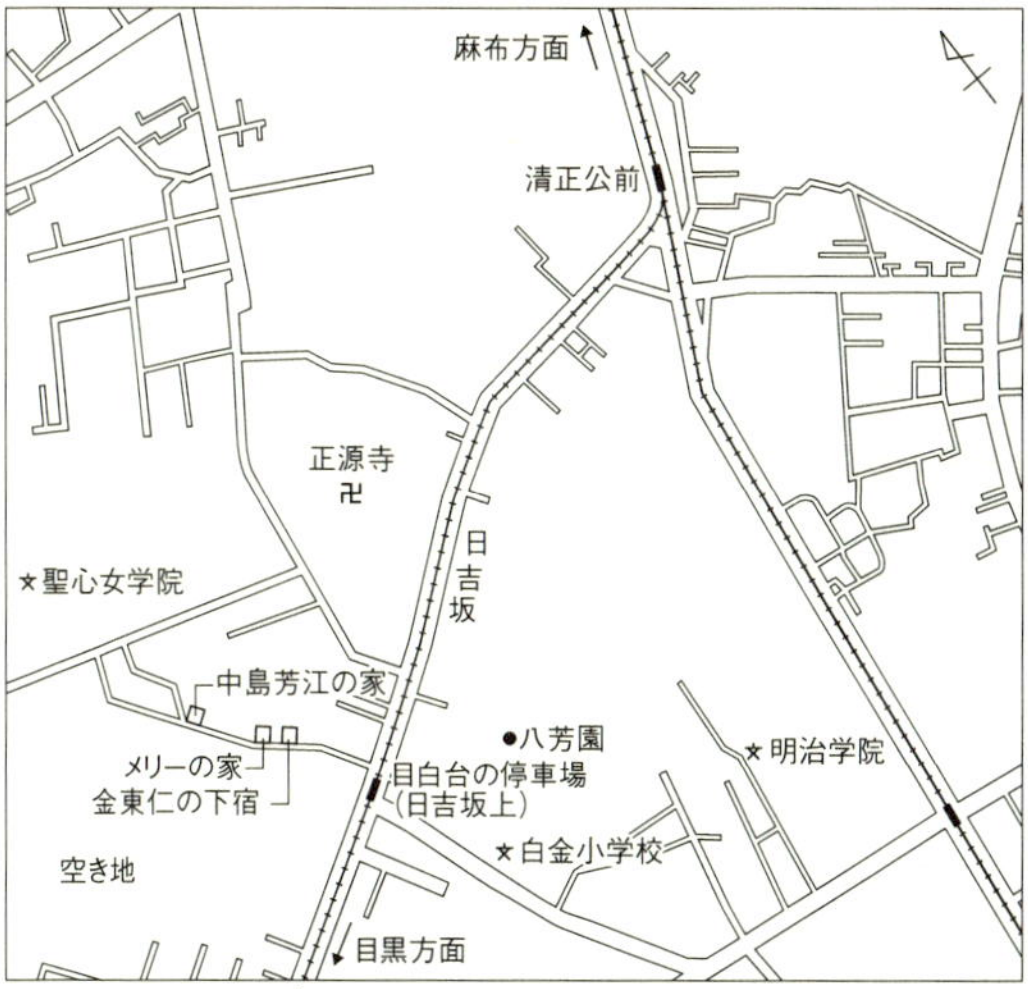

別図　『金東仁作品集』(平凡社) 解説より

金東仁少年はときどき野球をして遊ぶ。金東仁の二階の部屋はこの坂道に面しており、部屋の西側には廊下をはさんで物干し場がついている。そこに立つと西隣の洋風の家の窓が見えるので、夜になると金東仁はメリーをこっそりと望遠鏡でながめる。昼、たまに下宿の前を通って電車道へ出ていくメリーを、下宿の部屋の窓からのぞき見したりする。下宿を出て左に坂をのぼれば電車通りに出るが、反対に聖心女学院の方へ下ってメリーの家の前を通りすぎると、まもなく中島芳江の大きな家がある。近所の少女たちはいつもこの下宿の前の路上で遊んでいる。ときに金東仁少年も彼女たちにまじって遊ぶことがある。

「メリー」と「中島芳江」のテキストから地理に関する部分を抜き出して現地調査した結果、少なくとも下宿やメリーと中島芳江の家に関する情報は正確だという感触をもった。金東仁は自分の住んでいた下宿やその周辺のことを「女人」にそのまま書いたようである。ミッション系の学校である明治学院や聖心女学院の関係であろうか、現在でもこの付近には西洋人と思われる表札が散見された。「メリー」や「中島芳江」その他の少女の名前が実名かどうかはわからないが、幼い日のけがれなき思い出であり、遠い日本のそれもかなり以前の事を書くのだから、遠慮する必要はなかったであろう。

金東仁はこの下宿で二回正月を迎え、一九一七年春、父の死を契機に帰国した。一九一五年の秋に引っ越してきてから、足かけ三年をこの下宿ですごしたわけである。[40] 明治学院では朱耀翰ほど優秀で目立つ学生ではなかったようだが、[41] 朱耀翰への対抗意識から読みはじめた小説に没頭して文学に目覚め、また初めての恋を経験した明治学院中等部時代は、結局、金東仁にとって最後の学窓生活となったのである。

2 「万造寺あき子」

（1） 金東仁の東京時代

金東仁の東京時代は二期に区分される。第一期はいままで述べてきた一九一四年から一九一七年までの三年間で、東京学院と明治学院での学窓時代である。一九一七年の春に父の急死で帰国した金東仁は、明治学院中等部三年生の課程を終えることができなかったようだ。三年生の成績表を見ると金東仁の欄には学年成績が記入されていない。[42] これは本人が三学期の試験前に帰国してしまい、成績が出せなかったためと思われる。したがって金東仁の正式な学歴は明治学院中等部三学年中途退学ということになる。明治学院の卒業生名簿にも金東仁の名前は見当たらない。[43]

帰国した金東仁は、翌一九一八年の陰暦四月八日に平壌で結婚した。[44] 十八歳だから早婚の風習が残っていた当時としてはそれほど早い年齢ではない。その年の秋、彼は妻を平壌においてふたたび来日し、次の年の三月に母からの偽電報で帰国した。東京で政治集会に参加して拘留され、新聞に名前が載ったため、驚いた母が呼び戻したのだという。[45] このあと平壌で三・一運動の檄文を書いて拘束された金東仁は、出獄後の七月に再び東京に来たあと、本格的に帰国している。獄中でも東京から心が離れていなかったらしいこの期間をふくめると、金東仁の東京時代の第二期は一九一八年秋から一九一九年夏までの一年弱ということになる。

この第二期に金東仁は、留学生仲間の朱耀翰や田栄沢とともに、朝鮮近代で最初の文芸同人誌『創造』を創刊した。先述したように、「朝鮮近代小説考」において『創造』をみずから高く評価した金東仁は、その後、雑誌創刊のいきさつを繰り返し回顧することになる。創刊の経緯を輝かしく描いているこれらの回想録を金東仁の第二期東京時代の公式記録とするなら、「女人」第三回「万造寺あき子」は、同じ時期の彼の個人生活の記録といえるだろう。ここで語られていることがらは、現在までとくに検証されないまま事実として受けいれられてきた。(46) しかし先に述べたように、その内容には疑問を抱かせるいくつかの点がある。本章では「万造寺あき子」の内容を実証的に考察してみたい。

(2) あらまし

まず、あらましを紹介する。「万造寺あき子」は次のように書き出されている。

一九一八年、その時私は父の死と私の結婚という、人生の二つの大事件を経たあとだった。その年の秋に私は再び東京へ行った。

十九歳で、少年期からようやく青年期に入ったこの青二才は、心の中を芸術へのあこがれと文学欲でいっぱいにして、ふたたび自分を学窓に見出そうと、各学校の規則書を机上にひろげて選んでいた。そして入学願書を川幡《ママ》画学校に出した。

だが学校に行くのは容易でなかった。それでその代わりにF画伯のところに美学に関する講述を聞きに通った。日本洋画壇の重鎮F画伯は後進をみちびくために何人かの門弟をおいて、自分の持てるすべての知識を門弟に伝えようとしていた。私もその門弟の一人になった。(47)

主人公はそこで同じく門弟である万造寺あき子を知る。議論好きな彼女はある日F画伯に対して自分は美人かという奇想天外な質問を発する。

ある日画伯が〈単純美〉と〈構成美〉について講述しているときのことだった。あき子が突然顔を真っ赤に上気させて、先生に要求した。

「先生、みんな私のことを美人だって言います。だけど私の顔から〈表情〉というものがなくなっても、私はまだ美人でしょうか」

「お転婆め、静かにしたまえ」

「鑑定して下さい」

「おとなしくしていなさい」

「イヤです。鑑定して下さい」

駄々をこねようとする子供みたいに彼女の目がへんに歪み、涙があふれた。

「表情があったって君は美人じゃない」

画伯はとうとう笑いながらこう断を下した。あき子もこの返事を聞いてようやく満足したようにハハハと笑って口をとじた。

だが講述が終わって各自が帰ろうとしているときだった。

「ふーん！先生は私のことを美人じゃないんだって」

帰り支度をしていた彼女は、画伯が帰ろうとするのを見て、画伯まで聞こえるようにこんな嫌みを言った。帰ろうとしていた画伯は足をとめ、ふりかえって笑った。あき子もふふっと笑った。(48)


このことがあって以来〈金東仁〉はあき子に興味を抱くようになり、ある晩、神田の本屋街で偶然に会って誘われたことから、彼女と深くつきあうようになる。しかし、その関係は愛と憎悪が入れ替わりに噴出する異常なものだった。つきあい始めて三ヶ月たった一九一九年二月末のある日、F画伯の家に行くとモデルが風邪をひいてあらわれず、学生たちが騒ぎはじめる。その時、あき子が飛び出す。

わたしモデルになるわ、と言ったかと思うと、衣服をさっさと脱ぎすて、モデル台の上にあがった。みんな呆然とした。筆をとろうとする者はなかった。F画伯もあんまり驚いたのか、言葉もなくモデル台を見つめるだけだった。(49)

あき子のエキセントリックな性格を知っている〈金東仁〉だけは驚かず、「よい豚だ。ハムを作ったら、さぞ美味かろう」(50)と嫌みを言う。その言葉に怒ったあき子が口にした「朝鮮人！山猿！」（原文のまま）という「民族的侮辱」に逆上した彼は、あき子を突き飛ばし、「朝鮮人をやっつけろ、ぶちのめせ」(51)という声を背にしてその家を飛び出す。

三月に帰国して出版法違反で収監されたものの、獄中でもあき子の「豊満な肉体」が忘れられない〈金東仁〉は、出獄するとすぐに東京に舞い戻り、東京中の郵便局と派出所をまわって、ついに彼女を探しだす。

しかし探すには探したが、探しだせないのと同じことだった。

「あなたは朝鮮人でしょう。私は日本人です」

冷たいこの一言だけだった。

私はその日の夜汽車で帰国した。(52)

その後、一九二五年の夏、平壌で新婚旅行中のあき子とばったり出会ったのが、彼女を見た最後であった。(53)

以上、長くなったが「万造寺あき子」のあらましを紹介した。それでは次に原文テキストにある具体的な名前をもとに、内容の事実性を検討してみよう。

（3）　川端画学校

テキストには、〈金東仁〉は「入学願書を川幡画学校に出した」が「学校に行くのが容易でな」いので「その代わりにF画伯のところに美学に関する講述を聞きに通った」とある。つまり入学願書は出したけれども、何らかの事情で学校には行かなかったわけである。それにもかかわらず、これまでの金東仁研究においては、金東仁が川端画学校に通ったとか、卒業したとされている。これは、金東仁自身が回想録でそのように語っているためである。金東仁は「女人」ではじめて「川幡画学校」の名前を出して以来、いくつかの回想録でこの学校のことを語っている。

当時川幡画学校に籍をおいて藤島氏の門下で美学に関する常識を求めようと通っていた余は……（「文壇十五年裏面史」一九三四(54)）

わたしは人に劣らず絵が好きで川幡画学校まで卒業したが、絵は何枚も描いたことがなく、とうとう専攻以外の文学の道に進んでしまったのである。（「私の文壇二十年回顧記」一九三四(55)）

大正七年当時は、耀翰は第一高等学校一年生で、余は川幡画学校という私立学校の初年級だった。（「朝鮮文学の黎明―『創造』回顧」一九三八(56)）

（傍点引用者）

「女人」をふくめた四つのテキストすべてにおいて、学校名の「端」の字が「幡」になっているのは、単なる誤植とは思われない。おそらく金東仁自身がこのように勘違いしていたのだろう。「私の文壇二十年回顧記」には川幡学校を「卒業した」とあるが、先述したように金東仁は一九一九年に帰国しているので、これはありえないことである。そもそも川端画学校とはどんな学校だったのか。ここでこの学校について少し詳しく見ておくことにする。

川端画学校は、日本画家の川端玉章が日本画家養成を目的として、明治四十二（一九〇九）年、東京都小石川区下富坂町十九番地に設立した私立美術学校である。大正二（一九一三）年に玉章が亡くなると相続人の川端虎三郎が後を引き継ぎ、校名を私立川端絵画研究所と改称して洋画科を新設した。したがって金東仁が入学願書を出した学校の正式名称は「川端絵画研究所」である。だが、当時の学校案内や美術年鑑では「川端画学校」の名称を使いつづけている。こちらの方が有名で通りがよかったのだろう。洋画科の指導には、川端玉章を日本画修行時代の恩師とする藤島武二があたった。この学校は大正末には生徒数二八〇名、教員数九名をかぞえて定員・教員の規模において東京ではもっとも充実した私立美術学校となり、有力な画家を輩出させたというが、現在は存続していない。(57)

明治四十二年の開学時の学校規則によれば（この時にはまだ日本画科しかない）、この学校には予科・本科・研究科の三科があった。予科は随時入学可、授業の内容は模写・写生など実技のみで、予科を修了すると本科に進んで五年間修学し、その後も学校に残りたい者は研究科に入った。本科には予科修了者のほかに「試験ノ上予科修了者ト同等以上ノ技術学力アリト認メラレタル者」も入学が認められ、本科に入ると一年次には実技のほかに絵画史や審美学などの講義があった。また本科は毎年九月に新学期がはじまる三学期制をとっていた。

大正十五年の『東京学校案内』(58)を見ると、日本画科の入学資格は高等小学校卒業以上、洋画科の方は中学三年修了程度となっている。明治学院中学に三年三学期まで在学した金東仁にはかろうじて洋画科への入学資格があったわけである。洋画科の学費は四週間四円だった。男女共学であったのかどうかは、はっきりしない。開学時の学校規則では入学資格者が「高等小学校卒業ノ男女」となっているが、昭和十二年の『東京学校案内』(59)では、川端画学校は「男の部」に分類されている。

金東仁が入学願書を提出したころの洋画科の授業内容がどんなものだったかは不明である。だが、もし洋画科も日本画科と同じく予科・本科・研究科に分かれていたとすると、中学の図画の授業以外には特に絵の勉強をした形跡のない金東仁は、試験のある本科ではなく予科に入るしかなかったはずだ。そして予科の授業は実技のみという可能性が高い。実際にどんな授業が行なわれていたのかをうかがい知るために、少し時代は下るが、昭和六年にこの学校に入学したある画家が回想した授業風景を見てみよう。

> その頃、藤島先生は上野の東京美術学校の教授のかたわら、川端画学校の洋画科の指導者であった。わたしは受験の予備校でもあるその川端画学校に学んだが、当時も近頃のように美校油画科の入試は競争が激しく、この川端画学校も押すな押すなの賑わいで、試験真近ともなると、広い教室に熱気をおびた一種凄愴な空気がこもっていて、大勢の受験生がいる静かな教室に、ただ木炭紙の上を走る木炭の音だけがきこえるくらいであった。(60)

昭和六年当時の川端画学校は、東京美術学校をめざす者の予備校的存在であったことがわかる。その事情が、金東仁が在学していた十三年前にはどうであったのかはわからない。だが藤島という指導者が変わっていない以上、授業の性格は基本的にはそれほど変わっていないと見てよいだろう。それゆえ「川幡画学校を卒業」

しながら「絵は何枚も描いたことがない」という「文壇二十年回顧記」の記述には無理があることになる。

川端画学校は、「中学三年修了程度」の学歴をもつものなら誰でも、随時入学が可能な各種学校であったが、美校受験や画家への道などの明確な目的がなくては学びつづけることが難しい学校であり、なによりも実際に絵を画く場所であった。おそらく金東仁は入学願書を出してすぐにこのことに気がつき、学校に通うのを断念したのだろう。

（4）　藤島武二

「女人」の主人公は入学願書を出した川端画学校には行かず、「その代わりに」F画伯の門弟となり、美学に対する講述を聞くために通ったと、テキストにはある。

日本洋画壇の重鎮F画伯は後進を導くために何人かの門弟をおいて自分の持ているすべての知識をその門弟に伝えようとしていた。わたしもその門弟の一人になった。

だがわたしの目的とするところはけっして絵を学ぼうということではなかった。美学についての普遍的知識と絵に関する概念を得ること——これがわたしの目的だった。それゆえこの立派な門弟は石膏像ひとつ模写したことがなかった。[61]

「F画伯」が誰なのかは「女人」だけではわからないが、先に引用したように、金東仁は一九三四年の「文壇十五年裏面史」で「当時川幡学校に籍をおいて藤島氏の門下で美学に関する常識を求めようと通っていた余は…」と書いて、F画伯が藤島武二であることを明らかにしている。そのため、金東仁が藤島の門下生であったことは、これまで多くの金東仁研究において事実として扱われてきた。だが「万造寺あき子」に描かれた藤島像は、日本近代洋画壇の重要人物である藤島のイメージにそぐわないところがある。

藤島のプロフィールを簡単に紹介する。[62] 藤島武二（一八六七～一九四三）は慶応三年に鹿児島で生まれた。十八歳で日本画家川端玉章の門に入り玉堂と号したが、のちに洋画に転じ、明治二十九年（一八九六）、東京美術学校に西洋画科が新設されると、黒田清輝に抜擢されて同校助教授に就任。明治三十年代には浪漫派詩人たちと交友して文芸雑誌『明星』の表紙やカットを描くなど、浪漫的・装飾的な作風によって画名を高めた。四年間の西欧留学から帰朝した明治四十三（一九一〇）年には同校教授に昇任し、制作と後進指導の両面で活躍した。

近代日本の洋画壇において、半世紀にわたってまさに「重鎮」として君臨した藤島武二が、絵筆を持つ気のない金東仁や突飛な行動をとる万造寺あき子などの門弟をおいて「自分の持てるすべての知識を伝えようと」したのだろうか。まず「女人」の記述と藤島の年譜とを照らし合わせることで、その可能性の有無をさぐってみよう。

三重県津の中学校教師として赴任していた藤島武二は、明治二十九（一八九六）年、三十歳で黒田清輝の推薦を受け、新設の東京美術学校西洋画科助教授に任命された。同年、黒田が中心となって白馬会が結成され、明治の画壇に外光派（紫派）の画風をまきおこす。藤島は黒田の薫陶を受けながら制作にはげむが、やがて浪漫的装飾的な作風に転じ、文壇とも交わって文芸誌の表紙や挿絵などを描くようになる。

藤島が私塾に門下生をおいたのは明治三十七（一九〇四）年で、渡欧も間近なころである。本郷区駒込曙町一三番地（自宅は一二番地）のアトリエに設けた私塾藤島洋画研究所では、有島生馬、高村光太郎、岡本一平、安宅安五郎などが学んだ。[63] この年の十一月に藤島は文部省から派遣されて渡欧する。

有島生馬は、このとき聞き書きした藤島の言葉をのちに「藤島先生語抄」という題でまとめている。その前書きによれば、藤島洋画研究所は縁故者しか受け入れなかったようである。

　私が曙町にあった藤島武二先生の研究所に入門したのは、東京外国語学校の卒業式が終ったその日のことであった。あらかじめ一高の岩元禎先生の紹介によってその事が許されていたのである。先生とこの人とは同郷であり、親密な竹馬の友であった。また当時私共の仲間――志賀直哉や、田村寛貞――などにある影響を与えていた哲人だった。

　わたしはそれから一年間先生の私塾で寝泊まりまでさせて頂きながら、翌年五月まで温かい薫陶を受け、横浜港からイタリア留学の途に上った。(64)

　明治四十三（一九一〇）年に帰国して美校の教授に昇任した藤島は、二年後に同僚の岡田三郎助とともに自宅近くの本郷春木町に本郷洋画研究所を設立する。だが翌大正二（一九一三）年に川端画学校に洋画科が新設されると、この研究所は岡田にまかせてもっぱら川端画学校の指導にあたった。

　この年の末、藤島ははじめて朝鮮を旅行している。彼はその大陸的な風景や色彩の鮮やかなことに感銘を受け、その印象をある雑誌で「朝鮮観光所感」と題して語っている。(65)朝鮮人の芸術的才能を賞賛するこの記事を金東仁が読んだ可能性は高いと思われる。

　同じ一九一三年の文展（文部省美術展覧会）開催中に、有名な洋画部の二科設立運動が起きている。これは、官展の硬直化した審査方針にあきたらない新進の帰朝画家たちが、作風の違いによって洋画部を第一科と第二科に分けるよう主張したもので、藤島もこれに同調した。しかし主張は受けいれられず、運動は二科会の設立、文展からの分離独立へと進む。藤島は若手と黒田清輝ら文展審査員とのあいだに立って苦しんだが、結局文展にもどり、翌年からはその審査員になった。文展は大正八（一九一九）年に廃止されて帝展（帝国美術院美術展覧会）に変わる。藤島はひきつづき審査員をつとめながら、文展・帝展の時期を通じて着実に作品を出品している。

大正七（一九一八）年には、藤島が奉職している東京美術学校の西洋画科で、大きな制度改革が行なわれた。教室に一人の主任教授をおいて生徒が自分の学びたい教室を選ぶという、いわゆる教室制度の開始である。この改革は教育の方針を指導者本位とし、個人的薫化に重きをおくことを目的としていた。新制度は大正七年九月の新学期から実施され、美校の三、四年生は岡田三郎助教室と和田英作教室、藤島武二教室のうちどれかを選択することになった。藤島教室には、藤島の作風や風貌にあこがれた希望者が多く集まり、受け入れの可否を実技試験で決めたという。(66)

以上の年譜的事実を総合して考えると、大正七年の秋から八年にかけて金東仁が藤島の門弟として彼の家に出入りした可能性は、非常に低いと見なければならない。この時期の藤島武二は東京美術学校のほかに川端画学校でも学生を指導し、文部省美術審査委員会委員として文展の審査にあたりながら自らの作品制作に打ち込むという精力的な生活を送っていた。とりわけ大正七年から美術学校ではじまった教室制度は、学生指導のために教師の個人的な感化力を制度に組み込んだものであり、門弟をわざわざ自分の家に集める必要もまた余裕も、そのころの藤島にはなかったと思われる。

ところで、このような年譜的事実とは別に、「万造寺あき子」に記述された内容の信憑性を疑わせるものがある。それはテキストに描かれた藤島の人間像と彼の指導法だ。藤島の指導を受けた弟子の何人かは、恩師を回想した文章を残しているが、それが「万造寺あき子」の中の藤島像とはかなり違っているのである。藤島の授業風景を回想した文章を二つあげてみよう。

藤島先生は旅行中は別としても、火曜日と金曜日には教室をまわられるのであった。その日には何となく緊張して早くから登校したが、先生が下級クラスから順に見て来られる前から室内は静まり返っていたように思われた。堂々たる体躯の偉丈夫であったその眼光は鋭く、ぐっと見つめられると私達学生はその威光に身が萎縮する感じでもあった。筆をきれいに洗い、パレットもよく磨いていなければ絵を見て貰えないのである。やっと自分の絵の前に座ってもらえても、余計な言葉もなくじっと絵を見て一言「デッサンが悪い」である。そして手直しをしてもらえる時は一番太い筆を取り上げられてぐいぐいと直されてしまい、もとの自分の絵の面影は全部なくなるのであった。(67)

先生は週二回私達のクラスに来られた。当日も一人の裸婦を囲って描いていたが、殆ど完成に近い日であった。今日こそ先生が何と言われるかが私達の期待であった。やがてドアが開かれ、先生が私の仕事の前に座られた。モデルの丁度前方の低い椅子だった。しばらくモデルと画を比べながら頭を上に下に動かして居られたが、この時一声「デッサンが無い」と言われた。また隣りの低い椅子にかけられてまた「デッサンが無い」と言われた。その次の席も、また次の席も、「デッサンが無い」と言い続けられ、その他の事は何一つ言われず、その後ドアを開けられしばらく先生の靴の音が長い廊下に続いていた。(68)

弟子たちにとって藤島がどれほど畏敬の対象であったかが伝わってくるような文章である。何よりも注目すべき点は、藤島の指導がつねに実際の創作を通して行なわれたということであって、これは弟子たち全員の回想に共通している。後者の回想の著者は「デッサンが悪い」と言われたときのことを、「剣道の師に弟子がエイと力いっぱい打ち下ろした瞬間、カチンと一打ち眼にも見へぬ早さではね返された(69)」ような気がしたと書いている。こうした真剣勝負のような指導を通して藤島は言葉では伝えられないものを弟子に伝えたのである。

評論家の匠秀夫は藤島を「絵画のアーティザン」[70]と評している。アーティストよりはアーティザン気質であったという藤島には、芸術論などの著作はない。彼が画室で話した言葉を弟子が書きとめたものや、雑誌の談話記事をまとめたものが、彼の絵画論を伝える主なものである。弟子たちの回想によれば、藤島は理屈めいたことを口にするのは嫌いで、手紙を書くのすら嫌がり、読書の時間も極めて少なかったという。[71]藤島は決して美学を論ずるタイプの教育者ではなかった。「美学の普遍的知識と絵に関する概念を得る」ために藤島のもとに通ったという「女人」の記述は、このような藤島の実像と照らし合わせてみると信憑性に欠ける。

以上、第一に藤島の年譜的事実、第二に弟子たちの回想による藤島の人間像と指導方法を、「女人」の記述と比較照合してみた。その結果、金東仁が藤島武二に師事したという「女人」の記述が事実である可能性はきわめて低いことが判明した。もちろん完璧な証明が不可能である以上、事実でないと断言することはできないが、その可能性はほぼないであろうと筆者は考えている。それならば金東仁はなぜ自分を藤島の門弟に擬したのだろうか。だが、この点については本章の最後で検討することにして、先にまず「あき子」という女性について考察することにしたい。

（5）あき子

金東仁が藤島武二の門弟ではなかったとするならば、藤島の門弟、万造寺あき子は存在しなかったことになる。あき子が自分は美人かどうか鑑定せよと藤島にせまった話や、モデルの代わりにヌードになった話は、すべて金東仁の創作だったことになる。それならば、そこにあらわれたあき子の姿は金東仁にとって何を意味していたのか、この点について考えてみたい。

あき子は次のように描写されている。

目が大きく光彩があり、頬は肉づきがよく、際立って先のとがった指の先にはひどくきらきらするピンクの爪がついており、いつも赤い色のたくさん入った衣服を好んで身につけ、赤いリボンをして、赤い靴を履いていた。(72)（傍点部分の原文は「옷」）

この文章は具体的なようでいて、かなり曖昧である。ピンクの爪は自然色なのかワニスなのか、(73)「衣服」（옷）とは着物なのか洋服なのか明示されておらず、読者の判断にまかされている。昭和五（一九三〇）年の当時の読者はこの描写から、最新流行のモダンガールを思い浮かべたのではないだろうか。実際、「女人」の連載第一回には、タイトルの上に帽子をかぶったモダンガールらしい女性のカットがついている。

だが実際には「万造寺あき子」の時代背景である大正七（一九一八）年に洋装は非常にまれだった。(74) 金東仁は「金妍実《キムヨンシル》伝」（一九三九）の中で、同じ時代に東京に留学して音楽学校に通っていた金妍実の格好を、「紫の袴と派手な振り袖、うなじに蝶むすびにしたリボン、細い靴」(75)と、はっきり着物姿で描いている。それがこの時期の「先駆女」(76)の姿であった。「女人」が書かれたのは「金妍実伝」より十年も前だから、金東仁の記憶が薄れていたはずはない。金東仁はわざと曖昧な描き方をすることで、読者が勝手にモダンガールを連想することを期待したのであろう。時代考証に忠実ならば、あき子が着ているのは着物になる。しかし哲学者のように理論好きで、雀のようにおしゃべりで、師に対して天真爛漫に自分の顔を鑑定せよと迫る女性には洋装が似つかわしいし、ぽんぽんと脱ぎすてられるのもやはり洋服がふさわしい。金東仁は読者の錯覚を利用して、大正七年に昭和のモダンガールを登場させたのではないか。師や友人の前でヌードになるという常識をこえた事件をひきおこす、あき子という名の人物を創造するにあたって、彼女に時代をとびこえさせたのだと想像されるのだ。

それでは金東仁はなぜそんな人物を創造したのだろうか。

あき子を実在人物として受け取った金允植は、金東仁が彼女によって二つのものに出会ったとしている。第一に金東仁はあき子によって「日本」と出会った。彼には友といえる日本人がいなかったからだ。第二に彼は「破格の日本人」である彼女を通して「人間」と出会った。なぜなら彼女のような破格の人間でなくては突破できないほど金東仁のエゴの壁が厚かったからだという。(77)

あき子が実在の人間ではなく金東仁の創造した人物であることがほぼ明らかになったいま、われわれは逆に、あき子がこの二つとの出会いを求める金東仁の心の投影であったと考えることができるように思う。金東仁はある文章の中で、五、六年間も東京に留学しながら、ほとんどの朝鮮人はその地の家庭について知る機会をもたないと書いている。(78)彼自身の経験から出た言葉なのだろう。日本人の友人をもたず「日本」に出会ったという実感をもてないまま東京時代を過ごしてしまった金東仁が、あき子を通して「日本」との出会いを創作したということは考えられる。

つぎに、傲慢を自認する金東仁にとって他人とつきあうのが難しかったことは容易に想像される。「X氏」という小品の中で金東仁は、自己の優位性に異常にこだわって、毎日道ですれちがう男と一人芝居で競ったあげく、ついに自殺してしまう男の話を書いている。この作品は、作者自身がエゴの愚かしさをもてあましていたことを感じさせる。他人を見下す傲慢な態度をとりつづけた金東仁の内部には、エゴの壁を突き破って「他人」と出会いたいという願望があり、それがあき子のような「破格」の人物を創りあげることにつながったのではないだろうか。あき子像をこのような出会いを求める金東仁の心の投影として捉えることは、十分に可能である。

ところで金允植は、あき子はまた「東京」を象徴する存在でもあったと書いている。植民地から来たすべての留学生にとって、「東京」は恋しさと憎さの両面をもつ都市だった。モデル台に立ってウィンクしている

全裸のあき子という圧倒的なイメージは、まさに金東仁にとっての「東京」のイメージだったと金允植は主張する。(79)

これらの指摘、とりわけあき子がエゴの壁を突きやぶって金東仁と出会った「他者」であり、惹きつけられつつ憎まないではいられない都市「東京」を象徴する存在であったという鋭い指摘に、筆者も同感する。あき子の目くばせ一つで引き寄せられるようにフラフラとついていく「女人」の主人公が彼女に対して示す嫌悪感には、「他者」との出会いを渇望する傲慢な青年が抱いたであろう、自らが客体化されることへの恐れ、そして植民地の青年が映画や博覧会などの文化にあふれた都市に魅了されつつ感じたであろうメトロポリスへの反発が、同時に表われている。

主人公はあき子を「豊満な肉体」という冷笑的な形容によって客体化しようとする。しかしあき子の魅力は肉体的なものだけではなく、エゴの壁を突きやぶって一気に彼と向き合ってくれる人格の魅力、彼に他者との出会いと自己解放ともたらす「人間的魅力(80)」であった。だが作者があき子を描く筆の先には、植民地から来た青年が「東京」で味わったであろう疎外感と屈辱感がにじみ出る。二人が偶然出会った夜、あき子は彼に「あなた朝鮮人でせう? 変ぢやないの?」(原文のまま)と話しかけ、ヌード事件のときは「朝鮮人!山猿!」(原文のまま)と叫んで逆上させた。そして最後は、ようやくの思いで彼女をさがしあてた彼に対して、「あなたは朝鮮人でしょう。私は日本人です」(原文朝鮮語)と冷酷に言い渡している。あき子は主人公を誘惑し「他者」として出会いながらも結局は民族をたてに彼を拒否する存在として描かれ、一方、主人公は民族的自尊心を傷つけられてもやはり彼女を憎むことができない存在として描かれている。(81)

あき子の特性として強調される「豊満な肉体」という言葉は、「東京」に対する金東仁の心情を代弁している。金東仁にとって「豊満な肉体」はマイナスのイメージをともなう言葉である。「変態性欲」(一九二七)という随筆の中で彼は、女性の裸体は「心を惹くもの」ではあるが、「心を惹くもの」は必ずしも「美」ではなく、裸体が美しく見えるのは性欲（それを彼は変態性欲とよぶ）のなせるわざであって、ありのままに見れば女体は「美」どころか「毛を剃った太った豚」だと罵倒している。[82]「よい豚だ。ハムを作ったら、さぞ美味かろう」とあき子の裸を冷笑しながら、獄中ではその体を思い出して性的衝動に身をふるわせ、出獄するとすぐ東京にもどる主人公〈金東仁〉を描きながら、金東仁は、この男は「変態性欲」にとらわれていると考えていたことだろう。その性欲は「他者」との出会いを切望しながら嫌悪する〈アンビヴァレンス〉であると同時に、メトロポリス「東京」への〈アンビヴァレンス〉でもある。あき子から「あなたは朝鮮人、私は日本人」と言われてその日のうちに東京から去ってゆく主人公を描くことによって、金東仁は自分の中に残る「東京」への未練を断ち切ろうとしたのではないだろうか。帰国後も毎年やっていた豪勢な「東京散歩[83]」も、破産した彼の身の上では夢となってしまった。あき子に捨てられる自らの分身を描くことで、金東仁は自分が青春時代を過ごした「東京」の思い出を葬ったと思われるのだ。

ところで、あき子のモデルとなるような女性が現実にいたのだろうか。それとも彼女は金東仁が一〇〇パーセント創作した人物なのだろうか。三・一運動で投獄された金東仁が出獄後すぐに東京へ行ったことは事実のようだが[84]、それ以上の推測は不可能である。ただ、当時の画壇や出版の状況を知るために資料を調べている過程で、あき子という女性を創作するにあたって金東仁が多少は影響を受けたかもしれない作品が一つ見つかった。一九二七年（金東仁が破産をし、妻にも逃げられた年である）五月から『都新聞』に連載された竹久夢二の自伝小説「出帆[85]」である。主人公が妻と別れて二人の子とさびしく暮らしていたり、画室のアイドルであり藤島武二に可愛がられたモデルや、焼きブタを連想させる「赤い女」が登場するなど、「女人」との共通点がいくつかある。ただしこれはあくまでも推測である。今後の課題にしておきたい。

三　金東仁と藤島武二

金東仁はなぜ自分を「藤島の弟子」に擬したのだろうか。最後に、その理由を考えてみたい。
大正七（一九一八）年の秋、新婚の妻を故国に残して東京にやってきた金東仁は「心の中を芸術へのあこがれと文学欲でいっぱいにして、ふたたび自らを学窓に見出そうと、各学校の規則書を机上にひろげて選ん」だとある。彼の心を占めていたのが「文学欲」のまえに「芸術へのあこがれ」であったことに、大正の文化的風潮を感じることができる。大正三、四年から大正七、八年にかけて、日本の文壇では白樺派が全盛期であった。周知のとおり白樺派は西洋美術に傾倒して、その雑誌『白樺』には毎回美術作品の写真を掲載していた。金東仁が日本に留学したのは大正三年であるから、こうした雰囲気の中で文学に目覚めた彼が「文学と美術の同質性[86]」を意識することになったのはごく自然のなりゆきだったと想像される。

ふたたび学生になろうとした金東仁が、明治学院などの中学校ではなくて各種学校である画学校に行こうと思いたったのは、大正時代のこうした雰囲気と無関係ではなかったはずだ。彼はまた窮屈な学校生活よりも自由で芸術的な空気を期待したのだろう。そして「机上にひろげた規則書」の中から川端画学校を選びだしたのは、そこに教授として藤島武二の名前があったためだと思われる。金東仁が藤島の名前に惹かれた理由はいくつか考えられる。第一に、彼は文芸誌『明星』の表紙や挿絵を描いて文壇と交流したことで知られた画家であった。第二に、金東仁が日本に来る少し前に藤島は朝鮮を旅行し、その地の風光と人々の芸術的才能を賞賛する紀行文を書いている。時期的に見て、金東仁がこの文章を読んだ可能性は高い。第三に、金允植が言うように、洋画壇の重鎮である〈藤島の弟子〉になることで、詩人の〈川路柳紅の弟子〉であったライバル朱耀翰との「心理的均衡感覚[87]」を得たかったことも考えられる。

だがこの他に考えられる理由として、金東仁が藤島の絵画論に関心を持っていたことも挙げられるだろう。

それは「女人」のテキストからうかがうことができる。以下はあき子が藤島に自分の顔を鑑定するよう迫る場面である。

ある日画伯が〈単純美〉と〈構成美〉について講述しているときのことだった。あき子が突然顔を真っ赤に上気させて、先生に要求した。

「先生、みんな私のことを美人だって言います。だけど私の顔から〈表情〉というものがなくなっても、私はまだ美人でしょうか(88)」

〈単純美〉〈構成美〉〈表情〉という、いかにも画室らしい雰囲気を漂わせる言葉が飛びかっている。すでに述べたように、藤島は理論家タイプではなく、どちらかというと職人タイプの画家であった。画室で弟子たちを指導するときも多くを語らず、しかし一つのことを徹底的に繰り返すという指導法をとっていたる。先に引用した授業風景で、藤島は「デッサンがない」という言葉を繰り返しているが、藤島にはそんな風につねに主張するいくつかの言葉があった。〈単純化《サンプリシテ》〉もその一つである。

絵画芸術では単純化《サンプリシテ》ということは最も大事なことと信ずる。複雑なものを簡約する。如何なる複雑性をも、もつれた糸をほぐすように画家の力で単純化するということが画面構成の第一義としなければならない(89)。

これは藤島の回顧録の一節だが、藤島に関する評論には必ずと言っていいほど引用される有名な言葉である。当時としては、ヨーロッパで新しい絵画に接してきた藤島ならではの言葉であった(90)。「女人」の中で藤島が講述したという〈単純美〉は、この〈単純化〉によって得られる美しさのことをいうのだと思われる。それでは〈構成美〉とは何か。藤島は次のような言葉も残している。

> 画面を構成するにはいろいろの約束がある。余りに自然に忠実に奴隷的にそのまま描いたところで、絵としての効果は大きいとは私は考えない。で自ら写実以外に、時には明暗の置所を変え、構図の上から必要に応じては、その点景人物の位置をも全然変えてしまう。全く自然から離れるのではないが、たとえば山中に一本の立樹を配するにしても、左にある木を右に持ってくるほどの位置顛倒があっても一向差支えないばかりか、その構図を纏める上には飽くまで自由でなければならない。画面を構成する線や色は、それが出来上がった時に価値を生むものであって、自然に余りに克明な奴隷であっても、そう画面効果を高めるものとは思わない。[91]

画家が目の前の物体を画布に写すとき、線や色の価値を最大限に生かすために、画面の中で被写体の位置や明暗を自由に構成してよいということである。これは要するに「複雑なものを簡約する」単純化《サンプリシテ》を、制作の実際に即して具体的に述べたものと解してよいだろう。〈構成美〉とは、このように自由な構成によって得られる画面効果＝美しさのことだと思われる。

〈単純〉や〈構成〉という藤島自身が使った言葉をちりばめることで、金東仁はテキスト中の藤島像に信憑性を与えようとしたのであろうが、このことから分かるのは、金東仁には藤島の絵画論に関する知識があったということだ。そしてこの〈単純〉という語は、これから見るように、金東仁の創作論においても重要な役割を果たしており、そのために金東仁が藤島の絵画論を自分の創作理論の構築に役立てたのではないかという推測が成り立つのである。

一九二五年に『朝鮮文壇』に連載された「小説作法」は、金東仁のはじめての本格的な創作論である。その中で金東仁は、小説を書くためにはプロット（事件）・登場人物の性格・背景（雰囲気）の三つがあればいいというスティーブンソン[92]の言葉に同意し、プロットについて次のように述べている。

プロットでもっとも大切で不可欠なものは〈単純化〉と〈統一〉と〈つながり〉である。三つの言葉〈単純化・統一・つながり〉はそれぞれ違っているように見えるが、よく見れば実は同じ物にすぎない。複雑な世界から、統一されてつながりのある事件を取り出して、小説化すること、これが単純化である。[93]

〈単純化〉〈統一〉〈つながり〉の三つは結局〈単純化〉という言葉にまとめることができる。複雑な世界を単純化し、脈絡なく生起するさまざまな事件から取り出した「一片の事件」のみが小説の材料になりうるのだと金東仁は主張する。ちょうど画家が目に映る複雑な物象を画面の上で〈単純化〉するように、作家はこの世に充溢する脈絡のない複雑な現象を、小説の中で〈単純化〉するというわけである。

一九三四年に発表された二つの評論「小説学徒의 書斎에서」と「近代小説의 勝利」においても、〈単純化〉はキーワードとして提示されている。特に後者においては、それが近代小説におけるリアリズムと結びつけられている点が注目される。

リアリズムと言えばよく「ありのまま」を描写するものだと誤解する人がいるが、決してそうではない。リアリズムの使命は、この複雑で統一されていない矛盾多き人生生活を単純化し統一することにある。[94]

金東仁にとってのリアリズムとは、あるがままに写すことではない。複雑で矛盾だらけの人生の「ありのままの事実」は小説の中ではかえって不自然に見えるから、〈単純化〉という小説手法によって「ありそうな事実」に変える、それが金東仁にとってのリアリズムなのである。

姜仁淑は、金東仁の芸術論の三つの骨子の一つとして「小説絵画論」[95]をあげている。小説は写真ではなく絵画であるとか[96]、小説における文体は絵画における色彩と同じだなど[97]、金東仁はよく小説創作を絵画創作にたとえて説明する。文学と美術をひとしく芸術としてあつかう態度には、先述したように金東仁が青少年期をすごした大正時代の白樺派の影響が感じられるが、とりわけ藤島の絵画論が金東仁にあたえた影響は無視できないように思われる。

一九四一年の評論「創作手帖」では〈単純化〉は〈純化〉という語に変わっている。そして〈純化〉がプロットだけでなく登場人物の性格造形にも不可欠とされるなど、その重要性は増大し、絵画との比較もいっそう明確になっている。

〈純化〉というものはわかりやすく説明すれば絵画にたとえることができる。ある物体（景色・静物・人物なんであれ）を紙の上に再現するのに二種類がある。写真と絵画だ。／一つの物体を紙上に再現するのに写真という方法をとれば、正確無比で文句のつけようがない。（略）［だが写真ではすべてが（引用者）］同じくらい重要そうに印画にあらわれる。それゆえその画面のいったい何を重要物として表わすつもりで制作したのか、見る者には判断がつかない。つまり制作者の主観というのが出てこないのだ。

それに反して絵画はそうではない。もし制作者がバルコニーを重視して描いたのなら、バルコニー以外のものすなわち緊要でないものは、曖昧に表わすとか、あるいは完全に無視して除去してしまう権利があり、バルコニーはいっそう明瞭にいっそう目立つように表わす権利がある。それどころか、自分の主観によってそのバルコニーに何かを加えたり減らしたり添えたり削ったり、あるいは色・形態・位置

などを変えることもできる…(98)（傍点引用者）

小説においてもこれと同じことで、作家は事件へのかかわり方の軽重によって登場人物や行動の描写を誇張したり削除したりすることができる。これが〈純化〉であって、「小説の生命を支配する貴重な錬金術(99)」なのだと金東仁は書いている。

〈純化〉を絵画にたとえて説明したこの文章を、先に引用した画面構成に関する藤島の言葉と読み比べると、よく似ているが、微妙に違う点がある。藤島が画面上で自由な構成をおこなうのは画面効果のためである。線や色が完成時において最大の価値を発揮するよう､画家はキャンバスの中で被写体を〈単純化〉して構成する。画面効果、それは言いかえれば画面の美である。藤島にとって〈単純化〉は画面の内部で完結した最大限の美を創造するための方法論だった。ところが金東仁が絵画を例にとって説明する〈単純化〉の目的は、「制作者の主観」を伝えることである。緊要、不要という判断を鑑賞者に理解させるために、制作者はあるものは強調し、あるものは曖昧化し、またあるものは除去することができる。制作者は画面上に写しとった世界を「自分の主観によって」自由に変える「権利」をもち、その手法がすなわち〈純化〉なのである。藤島の絵画の目的が単に「美」であるのに対して、金東仁は絵画においても主観＝自我にこだわっていることがわかる。彼にとっては絵画もまた「自分の創造した世界(100)」であり、そこに在るものは自分が「縦横自由に手のひらの上であやつる(101)」ことができなくてはならなかったのだ。初期の金東仁はよく「美」という語を使ったが、それはほとんどそのまま「自我」という語に置き換えられるほどであった(102)。おそらく金東仁にとっての「美」とはそういうものだったのであろう。

これまで見てきたところからして、金東仁は藤島の絵画論から〈単純化〉という語を自分なりに受け入れて小説創作論の構築に役立てたと考えていいのではないかと思う。金東仁がどのようにして藤島の絵画論に接したのかは不明である。筆者が調査した範囲では、金東仁が川端画学校に入学する一九一八年より前に〈単純化〉に関して藤島が書いたり話したりした記事は見あたらない。したがって金東仁がそれを知ったのは入学後だったと推測される。もしかしたら金東仁は川端画学校で直接藤島の講演などを聞いたか、あるいは藤島の授業に出ている学生から間接的に話を聞いたのかもしれない。ともかく一九二五年の「小説作法」には、藤島の〈単純化〉が金東仁なりの理解によって採り入れられている。[103] 一九二四年ころに確立したという「強烈な東仁味」がこの方法論とかかわっていることは十分に考えられるだろう。[104] 一九二九年に執筆した「女人」の中で金東仁が自分を「藤島の弟子」に擬した理由の一つは、自分は藤島武二の絵画論から学んだものがあるという意識だったと思われるのである。

最後に〈表情〉という語についてふれておく。あき子は藤島に「私の顔から〈表情〉というものがなくなっても、私はまだ美人でしょうか」と質問した。このことから、藤島は〈表情〉という語を特殊な意味で使用しており、金東仁がそれを知っていたことがわかる。藤島はある雑誌で「近来人物の表情ということに重きを置く芸術家はキャラクテールの表われた生気のある顔を好む[105]」と、近代的個性と表情について語ったことがある。「モデルと美人の肖像」と題された明治四十三年のこの談話記事を、おそらく金東仁は読んでいたのであろう。そもそも彼が「モデル」とか「表情」に対して興味をもつようになったきっかけは、中学時代に愛読した翻訳小説『エルキン物語』だったと思われる。主人公が画家であるこの小説中には、理想の表情をもつモデルを探し求める他の画家が登場し、ヒロインの表情も作中で大きな役割を果たしている。この〈表情〉という語は、このあと金東仁の代表作の一つ「狂画師」（一九三五）において重要な役割を果たすことになる。[106]

四　まとめ

放蕩のために生活を破綻させた金東仁は一九二九年、今までとは違った覚悟をもって執筆活動を再開した。この年に書かれた評論「朝鮮近代小説考」と自伝小説「女人」は金東仁が精神的な破綻から免れるためにおこなった総括だと見なすことができる。「朝鮮近代小説考」で金東仁は、『創造』創刊を朝鮮近代文学史の流れの中に位置づけて高く評価し、また近代的文体の創設という功績を自ら顕彰した。金東仁は、自尊心のよりどころを自分がこれまでやってきた仕事に見出したのだ。同時に彼は「女人」を書き、自分が出会ってきた女性を通して過去の自分を赤裸々に描きだすことで、心理的な清算を行なった。

作者自身が自伝と呼んだこともあって、これまで「女人」の内容は事実と見なされる傾向があった。本章では「女人」のテキスト中、日本が舞台になっている最初の連載三回分「メリー」「中島芳江」「万造寺あき子」をできるだけ実証的に考証することを試みた。その結果、「メリー」「中島芳江」に関しては、少なくとも白金台周辺の地理的記述は事実に立脚していることがわかった。次に「万造寺あき子」に登場するF画伯＝藤島武二について、年譜および弟子たちの回想と照らし合わせてみたところ、金東仁が藤島の門下生であった可能性はほとんどないことが明らかになった。

したがって、万造寺あき子という女性も金東仁が創り出した人物ということになる。本章では、それでは彼女は金東仁にとって何を意味していたのだろうという問いかけを行なった。そして、「女人」の主人公を魅了すると同時に嫌悪させるあき子という女性は、自我の壁に閉じ込められていた金東仁が心の奥で求めていた「他者」と、映画や博覧会などの文化的装いで植民地の青年を惹きつけたメトロポリス「東京」の二つを意味しており、「女人」の主人公があき子に抱くアンビヴァレントな感情は、作者が「他者」と「東京」に対して抱いたアンビヴァレンスの投影であったのではないかと推論した。

本章では最後に、金東仁が自身を藤島の弟子に擬した理由を考えた。テキストにある〈単純美〉〈構成美〉という言葉を手がかりにして、この二人の芸術家の創作論に共通する〈単純化〉という言葉を比較検討し、金東仁が小説創作に不可欠であるとした〈単純化〉は、藤島が制作のさいに画面構成の第一義であると力説した〈単純化〉（サンプリシテ）から採り入れたのであろうと推論した。金東仁が「女人」の中で自分は藤島から美学を学んだと語ったのは、直接の指導を受けたことはなくても彼の絵画論から間接的に学んだという意識があったからだと思われるのである。

※本研究は一九九五年から三年間、文部省の科学研究費・基盤研究B(1)（課題番号〇七三〇一〇五六）の助成を受けている。

＊単行本・雑誌名は『』で、作品・新聞名は「」でくくる。

＊執筆にあたっては、小説作品は主として弘字出版社の東仁全集（一九六四）を使用して朝鮮日報社版全集（一九八八）と三中堂版全集（一九七六）でおぎない、評論作品は金治弘編著『金東仁評論全集』（三英社、一九八四）によった。また「女人」のテキストは『別乾坤（文芸面）』影印本（国学資料院一九九三）と『彗星』影印本（円谷文化社、一九七六）を使用した。

（1）「名画리디아」『東光』一九二七・三／「딸의 業을 니으려」『朝鮮文壇』一九二七・三

（2）この間「떤돈의 ∧에일윈∨」など、数は少ないがいくつかの評論・随筆はある。

（3）金治弘編著『金東仁評論全集』（三英社、一九八四）六六頁［朝鮮近代小説作家의 祖］

（4）同上、七一頁［人生問題 提示라는 小說의 本舞台에 올라섯다］

（5）同上、七六頁［完全한 無視］

（6）同上、八一頁［나의 狂暴한 思想과 그 思想의 反響인 狂暴한 生活様式］

（7）同上、八〇頁［온갓 것을〝美〟의알에 잡어 너흐려］

（8）同上、八一頁［強烈한 東仁味］

（9）同上、八三頁

(10) 同上、八三頁［나는 이 째에 더 쓰고 시푼 만흔 말을 가지고 잇다・事業 失敗의 途程은? 妻의 出葬은？ 其後는? 아희들은？ 海州、宣川、定州 等地의 漂浪은? 지금의 生活은?／ 그러나 이 모든 것은 다시 機会를 기다리고 다만 외로운 몸이 두 아희들 다리고 나의 어머니의 품안에 드러와서 다시 文藝의 戰線에 나설 준비를 하고 잇다 하는 것으로 싄치겟다］

(11) 同上、八二頁「その後一年間私は私［の］堕落しようとする品性と破産しようとする性格を抑えつけるのに全力を注いだ。財産は失った。妻も失った。しかし私の高貴な魂と純一な品性と傲慢な性格だけは何としても失いたくなかった」（原文朝鮮語。以下、本文と註の日本語訳は筆者による）

(12) 金宇鍾著・長璋吉訳註『韓国現代小説史』Ⅲ二（二）「二〇年代初期の文体運動の功績」を参照。金宇鍾は近代的文体創出における金東仁の功績を否定し、ただ方言を小説に採り入れた点だけを認めた。だが崔元植はそれすらも玄鎮健の「犠牲花」（一九二〇）の方が早かったと指摘している。（「金東仁研究史」『韓国文学研究業書　現代文学編　三金東仁研究』새문사一九八九）

(13) 金允植は回想の内容は「実証的な事実」ではなく「金東仁の心情的なレベルでの事実」であるとしている。（金允植『金東仁研究』民音社　一〇〇頁）

金東仁が文体改革の自己顕彰をしたり、『創造』創刊の経緯について語った主なものは以下の通りである。文体についての記述があるものには※印、『創造』創刊についての記述があるものには◎印をつけておく。

1　「朝鮮近代小説考」　朝鮮日報一九二九・七・八　※◎
2　「文壇懐古」　毎日申報一九三一・八・九　※◎
3　「文壇十五年裏面史」　朝鮮日報一九三四・三・四　※◎
4　「나의 文壇生活二十年回顧記」　新人文学一九三四・一一　※◎
5　「朝鮮文學의黎明『創造』回顧」　朝光一九三八・六　※◎
6　「朝鮮文壇と私の歩んだ道」（日文）国民文学一九四一・一一　※
7　「余의文學道三十年」　白民一九四八・一一　※
8　「文壇三十年의자최」　新天地一九四八・三～四十九・八　※◎

(14) 女人――追憶의더듬길――

(15) 追憶의 더듬길――『女人』의 繼續――

(16) 『別乾坤』での最後の掲載となった連載八回目の小見出しが「7　蟬丸」となっているのに、『彗星』創刊号に掲載された連載九回目の小見出しは「9廬山紅」で、番号が一つ抜けている。『別乾坤』のその後の号に「女人」は掲載されておらず、他の雑誌に一回分掲載された可能性も否定できないが、不明である。

(17) 一九三三年十二月に漢城圖書から出た目録に『女人』が入っている。（河東鎬『韓国近代文学税書誌研究』九四―九五頁）「文壇三十年의자최」によると金東仁は一九三〇年ころ朝鮮に帰ってきた元廣益書館主人高敬相の再出発のために『女人』の原稿を与え、高敬相は三文社を作ったというが、目録にあるのはこの三文社から出たものなのか、また全集に収録されているのはこの版なのか、不明である。「付記」その後、三文社本（一九三〇）は全集本とは違っていることを確認した。筆者の訳による『金東仁作品集』（平凡社二〇一一）では、この三文社本を底本とした。

(18) 「지난 時節의 出版物 検閲」（一九四六）で金東仁は西暦を「明治・大正・昭和・皇紀」に書き直さねばならなかった思い出を語っている。（弘字出版社版全集⑩　三二一頁）

(19) 「別乾坤（文芸面）」影印本（国学資料院、一九九三）第三巻三八一頁［나는 차례로 그것을 한번적어보려한다。 메리、中島芳江、萬造寺あき子、金玉葉、M、蟬丸、黄瓊玉、X（성명조차 모를）廬山紅、金白玉――합하야 열사람、그가운데、廬山紅、金白玉의 두사람은（한사람은 서울、한사람은 진남포 기생）은 벌서 고요한 저세상으로 길쌔난 사람（하누님이어、어린 그들의 령을 보호하여 주시옵소서）이오、메리、芳江、あき子、蟬丸、X의 다섯사람은、그 거처는커녕 생사초차 모르는 사람이오 남어잇는 세사람새운데、金玉葉은 第七回（?）의 가정생활을 시작하엿다는 소식을 드럿스며、M은 단락한 가뎡의 어진 지어미로서、멧아이의 어너니의 노릇을 잘 한다하며、廬山紅은、현재 서울서잘팔니는 기생노릇을 그냥한다한다。］この部分は全集では削除されている。

(20) このXとM二人の女性は、全集では削除されている。

(21) このとき龍岡温泉で起稿した小説が、東亜日報から頼まれて書いた長編「젊은 그들」である。予告が出た後に東亜日報が停刊となったため、連載は半年後の一九三〇年十一月からになった。（「『젊은 그들』의 回顧」金治弘編著『金東仁評論全集』四一八頁／「文壇三十年의자최」同上四七七頁）

(22) 弘字出版社版全集2　四一二頁［自傳―그가운데도、여인에 관한 부분을 쓰기는 힘든다。／（略）그러나 三十을 一기로 한 과거를 청산하려고 쓰기 시작한 붓인지라、좀체 내어던질 수가 없었다。］

(23)「文壇三十年의자최」によれば金東仁が婚約したのは一九二九年、結婚したのは一九三一年である。婚約に先立って経済問題を解決するため東亜日報の連載小説をひきうけたという。(四七七―四七八頁)一九三〇年九月には、婚約者にあてた手紙「約婚자에게」が『女性時代』誌に発表されている。(弘字出版社版全集8　五―一〇頁)

(24)「文壇三十年의자최」金治弘編著『金東仁評論全集』四七七頁、四八〇頁、四八九頁

(25)同上　四六五頁［원고는 쓰되 돈을 받을 것이 아니라］

(26)大正五年ころのモデル事情については金森敦子著『お葉というモデルがいた』(晶文社、一九九六)第一章「モデル誕生」参照

(27)「別乾坤(文芸面)」影印本(国学資料院、一九九三)第四巻五三頁(影印本を見ると、連載第三回は一九三〇年二月号の目次に入っているにもかかわらず、本文は三月号に入れられている。作成時のミスだと思われる)

(28)「文壇三十年의자최」金治弘編著『金東仁評論全集』四三〇頁

(29)『東京の私立中学校』(編集兼発行東京都公文書館、一九七五)「東京学院中学部」の項参照。東京学院は横浜移転にともなう臨時措置として大正六年三月、中等部を閉鎖した。移転後は関東学院と改称し、中等部も再開して現在にいたっている。だが金東仁の転学は大正四年なのでこの一時閉鎖とはかかわりがないようである。白川豊氏の調査によるとこの閉鎖はキリスト教系中学校の合併運動の一環であったという。(『韓国近代文學草創期의 日本的影響』東国大学校碩士論文註78)

(30)金治弘編著『金東仁評論全集』四三一頁

(31)『別乾坤(文芸面)』影印本(国学資料院一九九三)第三巻三八一頁［一九一五年가을이엇다。明治學院중학교 二학년생、열여섯살되는 소년 김동인은、芝區白金臺町 엇든 사숙으로 이사를 하엿다。／メグロ가는 뎐차를白金臺町에서 내려서、오른편쪽으로 女学院으로 가는언덕길을 한 절반이나 나려가서、오른손쪽으로 잇는 다락집이、내가 새로잡은 하숙이 엇섯다。／당시의 白金臺町一대는、아직 新開地로서、나의새집의 東쪽과北쪽은 인가와 접속되엿지만、南쪽으로는、길을 건너서 몃千평의 뷔인터가 잇고、西쪽 역시 三四百평의 뷔인터를 건너서야 집이잇섯다。」

(32)『金東仁研究』民音社　一九八七　六一頁

(33)「水晶비둘기」『毎日申報』一九三〇・四・二十二
「쒸쏴의 노래」同上　一九三〇・四・二十七

「무지개」　同上　一九三〇・六・七、九～十六　「純情――夫婦愛篇」同上　一九三〇・一・一
「純情――恋愛篇」「朝鮮日報」　一九三〇・一・一、二
「純情――友愛篇」「東亜日報」　一九三〇・一・二十三
なお三枝壽勝が行っているイロニー・憧憬・虚無・ユーモアの有無による金東仁作品の分類では、上の三つの作品は憧憬に入っている。「金東仁における近代文学」『朝鮮学報』第百四十輯一九九一、三八頁および文末表参照
(34) ヲッツ・ダントン著戸川秋骨訳『エルキン物語』初版国民文庫刊行会、大正四年／前掲三枝論文　三〇頁　参照
(35) 「죽음」『毎日申報』一九三〇・六・五～十五、十七～十九
(36) とはいえ、この年の末に起きた平壌市民による中国人襲撃暴動を描いたルポルタージュ「大同江의 悪夢」（三中堂版全集6）のうってかわって冷たく乾いた筆致は、極限状況を経験した金東仁が、「朝鮮近代小説考」の中で李人稙を絶賛して以来目指してきた〈冷情한 붓끗〉（『金東仁評論全集』六三頁）を獲得したことを感じさせる。
(37) 「別乾坤（文芸面）」影印本国学資料院　一九九三第三巻　四三八頁［주홍바탕에　唐草문의모양의ハヲリ겨ᄃᆞ랑이구녕에 늘 손을써르고잇는　蒼白하고　동글납작한　얼골의　주인］
(38) 平成九年三月二十一日に第一回、七月十八日に第二回調査を行った。
(39) 「選路癖」（一九三五）という随筆によれば、下宿は「学校まで五、六分で行ける近距離であった」というが、わざわざ遠回りをして登校したという。三中堂版全集6　六六三頁
(40) 本論文の草稿を読まれた白川豊氏は、丁來東の年譜にこのころの金東仁に関する記述があるというご指摘とともに年譜のコピーを送って下さった。それによると一九一七年の夏に日本に来て翌一九一八年春に明治学院中等部に入学した丁來東は自叙年譜に次のように書いている。「最初（一九一七年夏―引用者）は芝区三田のある下宿に入ったが、その下宿に二年生に留年した金東仁氏もいた。彼の部屋に行ってみると、月刊『新潮』を数十冊置き散らかして、あの本この本とひっかきまわしているのが異様に見えた。」『丁來東全集Ｉ』금강출판사一九七一。一九一七年は金東仁が父の死で帰国した年である。
(41) 沈元燮『주요한의　초기　문학과　사상의　형성과정연구』、연세대학　대학원　박사논문、一九九二。三―五「박금학보편집부원　경력의　지닌　전기적　의미」、三―六「명치학원의　조선인　영웅」参照
(42) 金春美『金東仁研究』高麗大学民族文化研究所　一九八五　二六四頁
(43) 明治学院卒業生名簿に金東仁の名前は見あたらないという。（明治学院大学言語文化研究所四方田犬彦氏の言葉による）

(44)「文壇三十年의자최」金治弘編著『金東仁評論全集』四二五頁

(45)「文壇十五年裏面史」同上、四〇八頁

(46)金治弘「金東仁의 生涯人 文学観」同上所収／朝鮮日報社版全集17年譜／金允植『金東仁研究』その他

(47)「別乾坤(文芸面)」影印本(国学資料院一九九三)第四巻　五三頁[一九一八년　그때는 나는 아버지를 일흐는다는 일과결혼이란인생의 커다란 두사건을 격근다음이엇섯다。그해가을 나는다시 동경으로갓다。／열아홉살 소년긔에서 겨우청년긔로 드러선 이숫젊은의는 마음속에 예술에대한 동경과 문학욕을 채워가지고 다시 학창에자기를 발견하려 각학교의규측서를 책상우에 버러노코 골르고 잇섯다。그러다가 입학원서를 川幡畫學校에 드러틔렷다。／그러나 학교에 가는일이쉽지안엇다。그러고 그대신으로 F畫伯에게　美学에대한 강술을 드르러 다녓다。日本洋畫壇의 重鎭 F畫伯은　後進을인도키 위하여 몃사람의 문제를 두고 자긔의 가지고잇는 온갓지식을 그 門弟에게 물려주러 하엿다。나도 그 門弟의 한사람이 되엇다。]

(48)同上、五四頁[엇던날 화백이「單純美」와「構成美」에대하여 강술을 할때엇섯다。あき子가 문득 얼굴이 벌거케 상긔가 되면서 선생을 차잣다。／「선생님 모도들 저를 美人이라 합니다。치만 제얼굴에「表情」이라는것이 업서저도 저는 그냥 미인이겟습니外　엇덧켓습니外。감정해주세요」／화백도 이 뜻밧겟 질문에 그만 苦笑하여버렷다――／「말괄냥이 조용해라」／「감정해 주세요」「가만 잇서！」「시러요。감정해주세요！」／억지쓰려는 아이와가티 그의 눈은 별하게 쯔그러지며 눈물이 그렁그렁하여 젓다。／「표정이 잇서도 너는 미인이 아니다」／화백은 그만 우수면서 이러케 단안을나려버렷다。あき子도 이대답을 듯고야 만족한듯이 하하하하 우서버리고 입을담을렷。／그러나 강술이 다 씃나고각기도라가렬때엇섯다。／「홍！ 선생님은 나를 미인이 안이라고 그랫겟다」／보를 싸고잇든 그는 화백이 드러가려는것을보고화백에게싸지 들리게 이러케 나므렴하엿다。드러가려든 화백은 발을 멈추고 도라보고 우섯다。あき子도 픽 하니우서버렷다。]

(49)同上、五七頁[내 모델이 되지요 하더니 옷을 훌훌 버서버리고 모델臺우으로 올라갓다。모도들 벙벙하야젓다。붓을 잡으려는 사람이 업섯다。F화백도 어망처망한지 아모말도 못하고 모델臺를 바라볼뿐이엇섯다。]

(50)同上[좋은 돼지야。햄을 만들면 맛잇겟지]

(51)同上[조선인 쌔려라　두들겨라]

(52)同上、五八頁[그러나 찻기는 차젓스나찻지못한것과다름이업섯다。／「당신은 조선사람이지요。나는 일본사람이여요」

／쌀쌀한 이 한마듸뿐이엇서다。／나는 그날밤차로 귀국하얏다。」
(53) 雑誌発表時は一九二六年となっていたのが全集版で一九二五年に修正されている。あき子との再会は二度目の放蕩をしているころなので一九二五年が正しい。
(54) 金治弘編著『金東仁評論全集』四〇二頁［당시 川幡畫學校에 籍을 두고, 藤島氏의 門下에 美學에 대한 상식을 구하려 다니던 余는］
(55) 同上四〇九頁［나는 남에게 지지 않을 이만큼 그림을 좋아하여 川幡畫學校까지 졸업을 하였으나 그림은 몇 장 그려본 일이 없고 도리어 專攻 이외의 文學的 길로 나타나게 된 것이다.］
(56) 同上 四一一頁［大正7年 當時에는 요한은 第一高等學校 一學年이요, 余는 川幡畫學校라는 私立學校의 初年級이였다。］
(57)『東京の各種学校』東京都公文書館編集兼発行昭和四十三年、四三八頁 四〇—五〇頁
(58)『東京学校案内』東京市役所編纂三省堂発行大正十五年、三三九頁
(59)『東京学校案内』日本教育調査会発行昭和十二年、二四四頁
(60) 藤本東一良「回想の藤島武二：藤島教室のころ」『みづゑ』八六七号 一九七七・六 九二頁 藤本はこの後東京美術学校に入学し、藤島に師事した。（註68参照）
(61)「別乾坤（文芸面）」影印本（国学資料院一九九三）第四巻 五三頁［日本洋畫壇의 重鎭F畫伯은 後進을 인도키 위하여 몇사람의 문제를 두고 자긔의 가지고잇는 온갓지식을 그 門弟에게 물려주려 하엿다。나도 그 門弟의 한사람이 되엇다。／그러나 나의 목뎍한바는 결코 그림을 배우고 저함이안이엇다。美学에대한 보편뎍지식과 그림에 대한 개념을 엇는것 ―― 이것이나의 목뎍이엇섯다。그런지라이갸륵한門弟는 석고상한번을 모사하여 본적이업섯다。］
(62) 藤島に関する資料は非常に多い。藤島の年譜や大正時代の画壇状況について参考にした主な資料をあげておく。
①藤島武二『芸術のエスプリ』中央公論美術出版、一九八二
②陰里鉄郎監修 東京都庭園美術館編集『藤島武二展図録』読売新聞社、一九八九
③20世紀日本の美術⑪『黒田清輝／藤島武二』集英社、一九九〇
④現代日本美術全集⑦『青木繁／藤島武二』集英社、一九七七
⑤匠秀夫『大正の個性派』有斐閣、一九八八

⑥隈元謙次郎「藤島武二」『近代の洋画人』中央公論美術出版、一九五九

①は雑誌に掲載された藤島の談話や回顧録、それに弟子たちによる藤島の語録を収めたものだが、後書きに「没後四十年にして出るこの書が初めてのほぼ藤島武二の全文集としてよい」とあるように、藤島という画家のものの見方を知るには不可欠の書である。②③④は画集だが、年譜や弟子の回想・評論などがついていて便利である。特に②巻末の参考文献一覧は非常に参考になった。⑤は大正画壇の流れを知るのに、⑥は藤島の生涯をざっと知るのによい。

(63) 前掲①一五〇頁

(64) 有島生馬「藤島先生語抄」註62資料①　三〇三頁。なお岩元禎《てい》は漱石の『三四郎』に登場する「広田先生」のモデルだとされている。

(65) 『美術新報』十三—十五、大正三年三月号一八九一—一九一一頁　註62①にも収録されている。

(66) 『東京美術学校の歴史』日本文教出版一九七七　二〇一—二〇二頁

(67) 藤本東一良「回想の藤島武二：藤島教室のころ」『みづゑ』八六七号　一九七七・六　九二頁（回想されているのは昭和十年頃である）

(68) 猪熊弦一郎「藤島先生は太陽」註62②　一八頁

(69) 同上

(70) 『芸術のエスプリ』後書き註62①　三二一頁

(71) 「何も彼も識り抜いていられるのだが、理屈めいたことを口にするのが嫌いで、私などよく『エカキはそんなことを心配せんでよろしい』と度々たしなめられた」（伊原宇三郎「藤島武二先生への追慕」『みづゑ』五九三号一九五五・一　四四頁）「先生は手紙を書くのが大嫌いであり、読書の時間も極めて少なかった」（有島生馬「藤島先生語抄」註62①　三〇二頁）

(72) 別乾坤（文芸面）」影印本（国学資料院、一九九三）第四巻五三—五四頁［눈이 크고 광채가 잇스며 뺨에 살이 풍부하고 유난히 끗이 뾰죽한 손가락끗테는 몹시 반짝거리는 연분홍빗 손톱이 백여잇고 언제던질려［全集では즐겨］붉은빗이 만히도는 옷과 붉은 리본과 붉은신을 신엇다。」

(73) マニキュア用エナメルが売り出されるのは「万造寺あき子」が発表されたのと同じ一九三〇年のことだから、指先で光っているのはマニキュアではない。マニキュアが一般化する前は、爪を光らせるのにピンクか無色のワニスを用いていた。大正七年の日本での状況は不明だが、爪が光っていることを強調していることから見て、あき子はワニスを塗っているのでは

ないかと想像される。（春山行夫『おしゃれの文化史』平凡社　一九七六　マニキュアの項参照）

(74)　たとえば大正の婦人解放運動指導者平塚雷鳥と市川房枝が洋服着用をはじめたのが大正九年七月からだったが、その月の演説会での二人の洋装は新聞で話題になるほどだったという。面白い例としては、日本服装改善会の尾崎げんという女性が大正十年に洋装で白木屋に通勤し始めたところ、しばしば路上で投石されたという話が伝わっている。洋装は関東大震災の後に急速に普及し、大正末に出現したモダンガールは昭和五年ころ全盛期を迎えた。だが「考現学者」今和次郎がおこなった大正十四年の銀座街風俗調査によれば、調査時に銀座を歩いていた女性の洋服着用率は一パーセントにすぎない。（中山千代『日本婦人洋装史』吉川弘文館、一九八七、第二部第三章　大正洋装）

(75)　弘字出版社版全集２　二六八頁

(76)　作品の中で金妍実は自分を自覚した先駆女性とみなしている。この中編は一九四一年五・六・十二月の『文章』にそれぞれ「金妍実伝」「先駆女」「집주릅」と題して連載され、一九四七年に単行本『金妍実伝』として刊行された。

(77)　金允植『金東仁研究』民音社　二〇九頁

(78)　「藝術의 事實性」金治弘編著『金東仁評論全集』二一七頁

(79)　金允植『金東仁研究』民音社　二〇九頁。ところで金允植はこの中で金東仁とあき子の「男女関係」を強く否定している。しかしテキストを素直に読めば金東仁の「男女関係」は明らかであって、それを否定することはあき子の実在性を否定するにひとしい。あき子から実在性をうばって象徴にとじ込めようとする金允植は、無意識のうちにあき子が創作された人物であることを見抜いているように見える。

(80)　同上

(81)　とはいえ、たとえばヌード事件の起きる前夜は青年会館で徹夜したことになっていたり、事件のあと「朝鮮人をやっつけろ、ぶちのめせ！」という日本人学生の罵声を背にして藤島の家を飛び出すなど、「万造寺あき子」には、第二期東京時代を三・一運動当時の民族主義的な雰囲気と結びつけようとする金東仁の作為も感じられる。「朝鮮近代小説考」ではじめて『創造』創刊を高く評価して以来、時間がたつにつれて彼の回想には東京二・八宣言と『創造』創刊を結び付けようとする傾向が強まっていくように見える。

(82)　三中堂版全集６　四三五頁　この随筆のタイトルはクラフト＝エビング（Krafft-Ebing）の著作『変態性欲心理』（文明協会　一九一三）から来たものと思われる。当時の日本に「変態性欲ブーム」を起こしたこの本は金東仁の「狂炎ソナタ」「ポプラ」のような作品にも影響を与えた。

(83)「東京散歩」の命名者は李光洙だったという。『金東仁評論全集』四六四頁

(84) 金東仁自身あちこちでそう書いていることもさることながら、たとえば『創造』同人金煥が『創造』第三号に載せた紀行文「東渡의 길」には、「我々は同人K君（金東仁のこと）を訪問した。君は三月のことで入獄し、出獄後ちょっと東京に行ってきて七、八日前に帰国したという」（一四頁）という一節があり、金東仁の東京行きが事実であったことを傍証している。

(85) 竹久夢二の自伝絵画小説「出帆」は『都新聞』に昭和二年五月二日から九月十二日まで連載された。昭和三十三年に龍星閣から出た単行本『出帆』（刊行者、澤田伊四郎）の後書きによると、竹久夢二の女性関係や知名なモデルたちによって当時は相当世間の話題に上がったという。この中に登場する竹久夢二の恋人でありモデルであった佐々木カ子《ネ》ヨ・別名お葉は藤島武二のモデルでもあった。藤島は父親のように相談相手になってやり、最後は彼女をきちんとした家に嫁がせたという。彼女の横顔を描いた「芳蕙」は藤島の代表作の一つである。「出帆」では、お葉は「花子」藤島は「駒込先生」として登場する。（粟田勇「画家によって貌を変えたモデルお葉 藤島武二・竹久夢二・伊藤晴雨」『芸術新潮』昭和六十年九月号／金森敦子『お葉というモデルがいた』晶文社、一九九六）なお〈金東仁〉が愛した女人の一人蟬丸は、「お葉」という名前の日本人芸者だった。

(86) 金允植『金東仁研究』八一頁

(87) 同上

(88) 註48に同じ

(89)「足跡を辿りて」『芸術のエスプリ』二二〇頁

(90)「先生は当時の日本では耳新しい『単純化』や自然の解釈と取捨選択の自由を力説していられた」（伊原宇三郎「藤島武二追慕」『みづゑ』五九三号　一九五五・一　四三頁）

(91)『芸術のエスプリ』三〇八頁

(92) Robert Louis Balfour Stevenson（一八五〇〜一八九四）イギリスの小説家・随筆家・詩人・文芸批評家。ただし東仁が引用した言葉の出典は不明。

(93) 金治弘編著『金東仁評論全集』四二頁［프롯트에 가장 귀한——업지 못할 것은、單純化와統一과連絡이다。세가지의 말（單純化、統一、連絡）이 다 제각기 뜻이 다른 듯하지만、追究하면 가튼 것에 지나지 못한다。複雜한 世相에서 統一된 連絡잇는 엇던 事件을 집어여、小說化하는것 이것이 單純化이겟다。］

(94) 同上、五二頁[리얼리즘이라 하면 흔히 있는 대로를 描寫하는 것이라고 오해를 하는 이가 있지만 결코 그렇지 않다。
리얼리즘의 사명은 이 복잡하고 不統一되고 모순 많은 人生生活을 단순화하고 통일화하는 데 있다。]

(95) 姜仁淑『自然主義文学論Ⅰ』고려원 一九九一 三八四頁 残りの二つの骨子は「人形操縦術」と「文芸娯楽説」である。

(96) 「小説作法」金治弘編著『金東仁評論全集』四二頁

(97) 「小說学徒의 書斎에서」同上、五九頁 この評論の中で金東仁は、我々が「文体」と呼ぶものに「文章」という語をあてている。

(98) 金治弘編著『金東仁評論全集』二六二頁 [´純化´라 하는 것은 알기 쉽게 설명하자면 絵画로 비유할 수 있다。어썬 物体(景致、静物、人物 무엇이던 간에)를 紙上에 재현하는 데 두 가지의 種類가 잇다。사진과 絵画다。/한 物件을 紙上에 재현하는 데 寫眞이라는 방법을 취하면 정확 無比하여 부족을 称할 데가 업다。(略)/가튼 程度로 重要하게 印画에 나타난다。그러므로 観者는 대체 그 画面의 무엇을 중요하게 나타내려고 제작된 것인지、판단할 수 업다。즉、製作者의 主観이라는 것은 나타낼 수 업다。/거긔에 反하여 絵画는 그러치 안타。만약 製作者가 露臺를 重視하고 만들은 것이면 露臺 이외의 것은 즉、不緊한 것은 몽롱히 나타내든가 혹은 전혀 무시해서 除去해 버릴 권리가 잇고 必要한 露臺는 더욱 명료히 더욱 두드러지게 나타낼 권리가 잇다。쑨만 아니라、그 노대에도 자기의 주관에 싸라서 加하고 減하고 添하고 削하고 혹은 색갈의 형태 위치 등을 변경할 수 싸지 잇을 쑨더러…]

(99) 同上、二六三頁

(100) 「자긔의 創造한 世界」金治弘編著『金東仁評論全集』二〇頁

(101) 同上、二二頁

(102) たとえば「朝鮮近代文学考」の「私は善と美、この相反する両者の間に合致点を発見しようとした。私はすべてを美の下に置こうとした。私の欲求はすべて美だ。美は美だ。美の反対も美だ。愛も美だ。憎しみもまた美だ。善も美であると同時に悪もまた美だ。」など。(『金東仁評論全集』八〇頁)

(103) 「小説作法」は(1)序文/(2)小説の起源と歴史/(3)構想/(4)文体の4つの章で成り立っており、(3)で「単純化」(4)で「一元描写」に関して記述されている。姜仁淑は金東仁の「一元描写」が岩野泡鳴の「一元描写論」と酷似していることを指摘し、「問題は以上の文章で金東仁が泡鳴について言及しなかったことにある」と書いている。(『自然主義文学論Ⅰ』三二〇頁)同じように「単純化」についても藤島武二にまったく言及しなかった金東仁だが、「女人」の中で藤島を自分の美学の師とすることで、それに代えたのではないだろうか。

(104)　姜仁淑は「暗示と省略の中でひとりの人物の全生涯が明確に把握され短い紙面の中で要領よく収斂されるダイナミックなテンポは金東仁だけがもつ強烈な東仁味だ」（姜仁淑「동인문학의 두 개의 축」建国大学校出版部『文学의理解와鑑賞2金東仁』三七頁）と述べて「東仁味」を手法や文体と関連付けている。一方金允植は「東仁味」は金東仁の人形操縦術から発するとみなしている。（『金東仁研究』九〈영대〉와「유서」）今後は〈単純化〉という手法を視野に入れた検討が必要だと思われる。

(105)　日本では余り気付かぬが、画家が「ベルテート」（直訳すれば美顔）というときに、普通の人はあれが美人かといって、どこが佳いのか、ちょっと合点がいかぬことがある。外国人は何か特色のある美人を好む、ただ目鼻立が揃っているだけの、ボンヤリしたのではいかぬ、この意義で、皺くちゃの爺婆でも、場合によっては「ベルテート」と言い得る。昔のギリシャ系統のいわゆる優美とか端麗とかの型を愛する画家は、表情のある顔を野鄙だと言って卑しむ。近来人物の表情ということに重きを置く芸術家はキャラクテールの表われた生気のある顔を好む…「モデルと美人の肖像」『美術新報』八月号　一七二頁

(106)　波田野節子「『狂画師』再読―あらたな解釈の可能性およびイメージの源泉について」、『朝鮮学報』第一七三輯、一九九九　参照／『韓国近代文学研究―李光洙・洪命憙・金東仁―』白帝社　二〇一三　参照

著者略歴

波田野　節子（はたの せつこ）1950年生。新潟市出身。青山学院大学文学部日本文学科卒業。現在、新潟県立大学国際地域学部教授。東京外国語大学／東京大学非常勤講師。著書：『李光洙・『無情』の研究』（白帝社）、『일본유학작가연구（日本留学作家研究）』（소명出版　ソウル）、『韓国語教育論講座』第2巻／第4巻（共著　くろしお出版）など。翻訳：『無情』／『金東仁作品集』（平凡社）、『金色の鯉の夢―オ・ジョンヒ小説集』／『夜のゲーム』（段々社）、『楽器たちの図書館』（共訳　クオン）など。

韓国近代作家たちの日本留学

2013年3月30日　初版発行

著　者　波田野　節子
発行者　佐藤　康夫

発行所　白　帝　社
〒171-0014　東京都豊島区池袋2-65-1
http://www.hakuteisha.co.jp
TEL ：03-3986-3271
FAX：03-3986-3272

組版・柳葉コーポレーション　印刷・倉敷印刷
製本・若林製本

ISBN978-4-86398-077-8
＊定価はカバーに表示されています。